U0741254

蠡湖吹雪◎著

冬至
DONGZHI WEI ZHI
未至

新华出版社

图书在版编目（CIP）数据

冬至未至 / 蠡湖吹雪著. -- 北京： 新华出版社，2017.5
ISBN 978-7-5166-3194-2

Ⅰ.①冬… Ⅱ.①蠡… Ⅲ.①长篇小说－中国－当代
Ⅳ.①I247.5

中国版本图书馆CIP数据核字（2017）第070260号

冬至未至

作　　者： 蠡湖吹雪

责任编辑： 陈君君　　　　　　　**封面设计：** 臻美书装
责任印制： 廖成华

出版发行： 新华出版社
地　　址： 北京石景山区京原路8号　**邮　　编：** 100040
网　　址： http://www.xinhuapub.com
经　　销： 新华书店、新华出版社天猫旗舰店、京东旗舰店及各大网店
购书热线： 010－63077122　　**中国新闻书店购书热线：** 010－63072012
照　　排： 臻美书装
印　　刷： 北京明恒达印务有限公司
成品尺寸： 165mm×230mm　1/16
印　　张： 17.5　　　　　　　　**字　　数：** 24千字
版　　次： 2017年5月第一版　　**印　　次：** 2017年5月第一次印刷
书　　号： ISBN 978-7-5166-3194-2
定　　价： 39.80元

版权专有，侵权必究。如有质量问题，请与出版社联系调换：010-63077101

目 录 CONTENTS

序

当我夜以继日完成《冬至未至》第一稿时，窗外已经斜阳下，目光所及之处，有两个依偎的影子，始终缠绵在一起。于是我仿佛看到走入婚姻的你们、我们。

曾记得有首歌唱的是"明天会更好"，我一直认为这只是为了给人信心、鼓励的。相反现实生活里的明天会不会更好，谁也不知道，但明天会更老是确定不变的。

在创作《冬至未至》之初，一直有种深深的痛楚缠绕在心间并挥之不去，以至多少次在梦中因心酸而苏醒。于是在塑造张由泰这位父亲的形象时，几乎未加思考，天下所有父亲拥有的慈祥、善良、勤劳、不畏困苦的品质、形象，一下子就矗立在我面前。

可以说，张由泰这个人是这本小说悲凄主调的重要人物。为了体现、表达天下父母对子女的爱，对子女的无私奉献并牺牲自己的一切而无怨无悔，在小说中没有过多地让主人公说什么，而是一直让他用行动来诠释伟大而令人心酸的父爱。

诚然，在塑造这个人物中，我也没有让他不食人间烟火般完美。而是突出人性，在他突遇不义之财时，我又"将心比心"地将他放在卑微的尘埃里去刻画。并没有按照道义上的要求，没有按照人们所期望的道德品质来赞颂他、美化他，而是从人性的本原出发，来诠释"人一穷，就失去尊严"这一现实写照。正如我不认为那位母亲为给女儿过生日，在没有钱买的情况下，从超市偷了两只鸡腿不是"偷"一样。

1

关于小说中的"我"和王媛的故事，纯粹是为了这本悲凄小说主调而涂抹的一道欢乐色彩；是为了"吸睛"而来，诚然你也可以认为是真实的我，毕竟作家在写作中总会真情流露。虽说王媛是我身边人，但我不得不说对于这个人物的定位，依然带着很多理想化的完美色彩，太多无人能及的"味道"。

她漂亮、活泼、可爱并加上自立自强。因此在小说中总是在故事前往悲凄之时，"我"和她这对无比"逗比"的恋人就悄然出现了，而且显现得令人垂涎。然，我也并未"画蛇添足"，而是紧紧围绕小说的主题——子女是父母最大的"债主"，父母的爱永远延绵不绝来演绎整个布局，进而把故事一次又一次推向新的高潮。

《冬至未至》中的仁兄弟是我多年来一直想写进小说中的人物。在江郎山下那个名为"十里牌"的秘密军事基地的一〇二单身宿舍楼里，留下我年轻时最美妙、最快乐的一段时光。那是一段不负时光并成就了我的岁月。为此在创作《冬至未至》时，我们仁兄弟便自然而然成为故事的主要人物。

本着"好兄弟本来就是用来出卖的"，本着"好兄弟总是在关键时刻掉链子"的这一生活的现实，小说中把我们并包括我个人的各种糗事以故事演进，以此来"昭然"世人——我们曾经如此年轻过，如此奔放过。

有人说：走过岁月，才知道它的凌厉；走过婚姻，才知道它的悲欢。当岁月与婚姻叠加在一起，约定、承诺、许愿……这些带有仪式感的符号总让人感觉格外难忘与美好。

纯粹的爱深不见底，它可将烦人的俗腻、渺小的私利和机会主义一扫而空；越俎代庖的爱太长，可惜我们的生命太短。父母之爱，感觉像是一个转门，常常从一个忠实的诺言走向另一个忠实的诺言。什么时候转门停止了，爱便找了归宿。

不过它属于永恒！

第一章　菡萏花开

一

东风好作阳和使，逢草逢花报发生。

那年那月那日，窗户有风拂过，南燕归巢，清风荷香闯进鼻腔，癫狂柳絮齐纷飞，洋洋洒洒在我眼前下起了一场迷离的雨。

合着这芬芳迷人的景色，我那异常青春的身体好像春天冰面开裂似的发出吱吱响声来，它仿佛正承受着内部某种东西爆炸的冲击。那爆炸的硝烟透过血液、皮肤不断向外扩散并发出了敌意的气味。

王媛的到来恰逢其时。

"好大一片青草，要不我们坏到一起吧？""你想干吗？"当我的身体如倾倒的大树慢慢压向她时，王媛

却用直勾勾的眼睛盯着我，有阻止，还有邀约。我在犹豫中，还是发出了离弦之箭，样子是志在必得。

"我敢肯定你是不敢动我的！"她这话令我惊讶得如耳边有蜻蜓腾翅而过，如此邀约的代入感太强啦。于是我在心里说："佛祖啊，如果你能听到我的愿望，我想要和这个我喜欢得不得了的人在一起，度我一生。"

"要不咱俩结婚吧？"在热血沸腾的耳鬓厮磨中，我喃喃说道。王媛本能如触电样推开我，用直勾勾的眼睛盯着我，过了几秒钟才从嘴里挤出来一句话来："贱人就是矫情！你先买房，我可不想一出嫁就当房奴！"

一听到"房子"两字，我立即像从天堂跌落到人间。爱情以美妙激情开始，又以回归现实而结束。而此刻我的双臂便撑在她身体两旁，就像等待发令枪响起的运动员，呼吸里还有一点隐约的粗重，是刚才热吻中留下的遗产。

"大小姐，太不厚道了吧，都这样了……是吧？"我忍着冲动，皱起了眉毛，故意把"小姐"两字加重语气。王媛大概没有听出弦外之音，眼里闪动着跌跌撞撞地问："你是好人吗？"这种眼神如众里寻它千百度。

渴望激情的身体是打住了，眼里的欲火却是狠狠地要烧着她了，我相信王媛此时也清楚这个时候点了火又去死命浇水很不合时宜，为此她明显地妥协道："行吧，反正这样了……"声音委屈，纤弱，仿佛很将就了。

大概她自己也觉得有些太草率吧，突然来了一句："我不想跟坏人干坏事的。"语意逆流却又宽广，于是我伸出了我这生最勇敢最肮脏的手……

美丽的女孩落入冲动的陷阱，像个索然无辜的小兽那样徒劳挣扎一番，然后被敛入囊中。

不得不惊讶地承认，青春的我从没有遇见如此会调情的女孩，心想，这得多少丰富的经历才能练就如此的娴熟？可是那个年龄段，但凡三观发育正常的男孩，都会想入非非，更无法控制已经开启的发动机。

"无论好与坏，你不试试怎么会知道呢。"我贴在她耳边呢喃。

面对我的激励，她便用曙光在前、道路曲折的表情审视着我、又诱惑着我。霎时间觉得这时无论错误大得捅破天一样也得去捅，否则太屈了。于是我开始大胆地、轻轻地吻她的脖颈；而她的双膝却是准确地夹住我的肚囊，进攻不了她的嘴唇。

我气馁地看着王媛，目光悠长而温柔。她的脸红了，那双清澈的眼睛闪着光，呼吸急促起来。

挣扎、僵持、对峙、妥协、再挣扎成为全部青春最热情的写意。不过只在两秒钟后，她身子就如气球遇到针尖样，渐次软了。"好吧，就当我的世界你来过。"眼里却是满满的、漾着希望的光芒后，又闭上眼睛。

不过我看到她长长的睫毛微微地颤抖，她的脸上，为何有一丝真实的痛苦？！似忧非忧，如愁非愁，艳丽的五官甚至有些扭曲，那副样子更吸引我了，甩去脑中的最后一丝疑惑，迷了神志般吻了上去。

吻着吻着，我却分心走神，有些于心不忍起来。就在我即将准备退却的片刻犹豫之时，她的身体开始像琴弦样弹动起来。

这让我有些发蒙起来，一时判断不清这是痛苦还是……不过我还是莽撞地行动了，当我的"士兵"以年少的喜乐的顽皮闯进她的身体时，瞬间就传来阵阵呻吟，那呻吟像承受着无比病痛的人类发出来的。后来，我只能感觉到自己的身体里也开始盘旋着余音绕梁的颤动，不过那是她真切感染的。这时我想我只是做了一个好人，是不应该说谢谢的！

那时时值春日，南燕归巢，柳絮齐飞狂舞，清风荷香闯进鼻腔。青春男，青春女，在大好的年华，在彼此需要的时刻相逢了。就在那天，我第一次体会到什么叫青春冲动，热辣的双颊在之后很久都不可抑制，酥得发烫。

不过后来，眼泪从王媛眼角悄悄地滑落，见此我用手连忙拦在了半路，脑子的眩晕也随着血液流速的减缓，世界的酒也醒了，天也渐渐光亮了，顿感万事万物在逐渐恢复秩序。

我端详着她左边的太阳穴，她眼睛缓慢睁开了，有点江南雨丝缠绵加一点我喜欢的听风观雨的味道。"你怎么了？""有时候会这样的。"王媛在我的注视中，转过脸难为情道，"你不用……担心。""哦，是吗？"我故意调侃，"眼泪会自然出来，是喜极而泣吗？"

青春的我此时才开始初步懂得了女性密码里不为人知的含义。不过她的这番话让我觉得有点吃亏上当的感觉，毕竟刚才我还是男孩，难道这就是所谓的猛虎嗅蔷薇吗？

她用一时，占有了我的全部。

"哪种时候？"我故意开始打趣地明知故问。"特别好的时候。"她回答的时候，面相风骚，气质冷艳，并难为情地用胳膊紧紧环住我的后背，生怕把我弄丢。

山峦青，山峦黄。时光不知已变迁；头发乌，头发白。时光不知客从来。

浙赣线铁路那弯弯曲曲的铁路线就如一位美女的曲线之美，常常引得人们远眺赞叹。有一天，在曲线美的关键部位出现了三名帅气的年轻人，一身特别的制服，个个显得英俊潇洒、风流倜傥。

"女朋友找好了？"我带着野猪糟蹋一亩玉米棒子的甜蜜和兴奋，向好友阿华问道。"嗯，是的，怎么突然问起这事来了。""长什么样？做什么的？"话一落音，边上的左誉立马上好奇道。其实我是想告诉他们我也有女人了，不过，那是炫耀。

男人的话题永远离不开女人。帅哥爱美女，最关心的还是颜值。阿华面无表情地说道："反正功能俱全，一件也不少。"他在说出这几个字时，像是完成了早已经准备好的答卷。那口气，婚姻对于他来说，不过是人们说的一件衣服而已。

为此，我故作惊讶道："不会你兄弟决定剑走偏锋吧？""反正只要能生儿育女就行啊。"呈现出的意味如一位多年不孕不育的女人拍着胸脯说："怎么着？管他怀的是座山雕还是白毛女，老娘就是有了！"

阿华的话让我脸上缩拢出一副惊愕的表情。在我眼里，在众人的眼里，他是那么帅，帅得阳刚加潇洒。先不谈学历、长相和身高，就他那篮球场上弹跳起的一刹那刚劲之美，就秒醉一片美少女。对此，只要每次他在篮球场上一出现，球场边总会出现各路美女们伸出长长的脖子，生怕错失了那一刹那间的转身上篮。

"就你这画风怎么也应该找个美女才搭呀。"这是我心里的话，不是敷衍，但又是对他前言的试探。谁知，他挠头不语，并用若有所思的眼神注视着我。仿佛正在从一个很远的地方把自己破碎的思绪收集到一起。

我有些莫名地失望起来。不过我还是忍不住地问道："你这是……"一脸的不理解。"这有什么不好，人家名牌大学毕业，有一份好工作，父母都是从政的官员……家势显赫有地位，干吗要说不呢？"

我跟左誉立立即惊呼起来。左誉立则像吃了春药一般，四肢并用，大骂他的堕落，骂他糟蹋自己，骂他好钢怎么就不用在刀刃上……就是动物交配吧，也得找个毛长得顺的吧。

当然我也积极参与其中，只不过比吃了春药更猛烈一些。总之，好兄弟间所有能骂的、不能骂的，全都撒了出来都还不解气，就差急得上吊了。

看着我们俩皇上不急太监急的样子，阿华并没有生气，依然摆出我是大哥的那种什么都懂、唯有你们都不懂的样子，来了句："你们太不切实际了，找个明星又能怎么样，不还是一副肉身做的皮囊，单纯！"

哀呼呜呼。我和左誉立齐心协力糟践道："你这是要借鸡下蛋的节奏吗？知道你爸和你妈付出多少鸡鸭鱼肉才把你培养成这样……多不容易！"

面对我们的插科打诨，阿华也不生气，只是诡异地嘿嘿一笑算作回答。那表情似乎世界只有我懂，你们全是傻瓜蛋。

二

前一刻在聊幸福的生活，后一刻就在聊性生活。男人的世界女人不会懂。正在我们仨沉默得不知所措的时候，王媛以秋风撩人的美妙声音打来了电话。

"什么时候买房子？"王媛说，"我们的事我可都跟我爸妈说了啊！"听得出，她像完成 Mission Impossible。爱情一认真，上帝就发笑了。

而在那么一瞬间，我好激动，好兴奋，不过随即是长长的愁绪像胶带样一圈一圈地缠上我的身体。但此刻，王媛那清脆的声音，加之配合我的表情，立刻引起了阿华和左誉立的注意并用打探的目光看着我。

见此，我故意在他们面前压低了声音，显摆地打趣道："我正在想办法呢，咱们不急不急啊，爱情是一场很累的运动，慢慢来吧亲爱的。"

王媛立即生气道："你当然不急！你是先上车后买票，而我是先上车还不知道车会开到哪儿去，可我一旦大姨妈不来就像你手机没电一样……你可要对我负责啊！"

放下电话，我骄傲地对着阿华和左誉立说道："兄弟们，pig head three，考验你们的时候到了。"口气如即将上战场一般，眼里眉里都是期望。

"什么球事，又在外面留下情债了吧？"阿华一脸疑问地问道。他总是担心我出事，什么人呀。

对此，我故意长长叹了一口气说道："欠债还钱，这比欠债还要严重多了。"说完我又补充道："我可不像你们不厚道地到处留情不买单，还要我帮你们打扫战场！"

点对点的扫射，却让左誉立难为情地低下了头。无意间捅到他的痛处，就有些后悔起来。可转念一想：谁叫我们是好兄弟呢，不都说了好兄弟就是用来出卖的嘛。

"说吧，什么球事？"我于是兴奋地看着阿华回答："你不是找了个当住建局长的岳母嘛，帮兄弟搞一套便宜房子吧，兄弟我要——结婚啦。""结婚啦"三个字拖得特别响亮。

"你家伙出手够快的嘛！"阿华说着又万分惊呼，"什么时候的事我怎么不知道，长得怎么样……"

"说吧，帮不帮吧？"我没有回答他所关心的问题。"嘿嘿，怎么帮？得先说说什么个情况吧。"在故意愣了一秒后，我迅速转过头，猜透他心思地说："就知道你想知道什么！"

阿华与我的拉锯对话开始了。

"长得怎么样？"

"就那样吧。"自豪地把手机的照片翻了出来。不过那动作明显有点炫耀的意味。阿华迫不及待地夺过手机，随即脸上的失望加狡黠之色一闪而过，像看到不应该看到的东西。

"长得没有你的女朋友漂亮？"对此，阿华便曲意缠绵、意蕴悱恻地说："不错，就是眼睛有点媚。"左誉立立即夺过手机。"哼！不对啊，你眼睛散光了吧，你看人家眉目清秀，不掺一丝污染落拓。"

面对他的拨乱反正，在感激中我偷偷瞟了一眼阿华，发现他脸上肌肉瞬间抽搐了一下，又快速复原。知道他这是在妒忌。这么多年，太了解他了。

"把你的私房钱借给我吧，兄弟我跪求了。""兄弟你的忙肯定得帮啊，"左誉立因此两手一摊苦笑道，"不过得回家商量一下，别抱太大希望啊。"目光坦率。

"唉！还真是好兄弟在最需要的时候永远默默地支持啊！"我的话并没有发挥出激励的作用。相反，左誉立还为此一屁股坐在草地上。悲伤的表情沿着他的鼻尖传上他的泪腺，眼睛里面立刻红了起来。

于是我没好气地掏出烟给他俩各发一支。随即一缕青烟就慢慢消散在空中。那飘散的烟雾令我浮想联翩。

"左誉立，我爸病了。"一大早，妻子张宁檬就在电话中哭哭啼啼地说道。

"怎么回事，什么病啊？"

"前列腺癌晚期。"妻子停止哭泣，哽咽着答道。

"那快住院治疗啊！"沉默了几秒钟后，妻子反问道："钱呢，做手术得几十万元，还有后面的治疗费用……"

"咱们家不是还有些存款吗？"

"那……那钱是准备给女儿绾绾上幼儿园的，用了孩子以后上学怎么办呀……"电话那头，妻子张宁檬怔了一下，接着像触电一样答。一瞬间，左誉立密密麻麻的焦虑渐渐铺上心坎。"那也……那也得先救人要紧呀，总不能……"

妻子开始在电话里大声哭了起来。

左誉立不知所措,他知道那笔钱是他们省吃俭用才攒下来的,说好的这笔钱就是天塌下来也不能动,结果天还真捉弄人,天还真的就塌了。

意外之外令他措手不及。当初他之所以选择张宁檬,就是因为他觉得她比前女友会过日子,才做了一回"陈世美"。

没想到绕过了一道弯,又来到一道坎。左誉立隐晦的态度,一开始没有成功传导。于是,我在情急之下推了推他肩激励道:"兄弟不就是借你仨瓜俩枣的,值得这么为难吗?"说完顿了顿,接着补了一句:"不借绝交啊!"

威逼无用!

"你说王兰现在过得怎么了啊。"我一愣,随即反问道:"都这个时候了你……你怎么突然想起她了呢?""就是想知道她过得好不好。"于是王兰的形象就浮现在我眼前。

"甩了人家愧疚到现在啊。"听我这么一说,他的心弦随即条件反射般扭曲起来,苍白的嘴唇露出了一抹苦笑说:"现在终于明白一个道理,倘若有时候对别人撒谎尚属情有可原,那么对自己撒谎就是可悲的。"

不知所意,我看了他一眼,他接着发出一声如释重负的叹息,沿途风景成为我们思考的背景。

据说男人、女人,无论经过怎样的悲欢离合,一旦撮合到一起后,便完成两性生物的功能。接下来的心思便转移到未来的一代人身上了,孩子便活在"第三只笼子"里。

说东道西,张冠李戴。我很不理解左誉立,很不理解这跟借钱有什么关系,觉得不就是借钱嘛,有那么难吗?直到若干年以后才明白那句"借钱就是考验朋友考验感情进而升级到借钱就是买仇人"。

王兰是左誉立的初恋。他们相识在中考结束的那年。那个季节已经从早春变成了梅雨季。天空总像一只哭得乌青的眼睛,总忘不了甩几绺清鼻涕一样的眼泪,黏腻的空气还配合着堵住少年的毛孔,让青春的骚动过犹不及。

天下母亲这个雌性生物总是不自觉地知道雄性生物的需求。母亲把他交给村里一起上学的王兰同学。那意思很明确：王兰你学习好，得帮帮你这个学习不好的哥哥。

说是哥哥，其实左誉立只比王兰大不了几天，而且哥哥的称呼也是宽泛的，他们仅仅是一个村里的。左誉立知道母亲是在一石二鸟。意思就是你看你还是哥哥还要妹妹帮你补课，你如果不好好学习，不超过女孩子，以后怎么有脸见人啦！

逆向式思维的教育已经成为我们这个时代父母的宿命，前仆后继。好在左誉立对荣誉和羞耻感并不那么在乎，加之他这个年龄很想跟女生在一起，母亲的安排有点像瞌睡来了遇到枕头。

王兰是村里同龄女孩中最漂亮的，她是那种肤若凝脂皓齿明眸的美，尽管她生长在农村，但这并不影响她的美。几平方米的小房间对于两个人而言，实在太狭窄了点，挤在一起能够感受到对方身上散发出的汗味。但他们好像并没有抱怨，也没有觉得狭窄，反而心照不宣地说：这样挺好的！

左誉立虽然不可能做到心无旁骛，但也算比较守心。因为他还不知道玫瑰花是怎样开的，更不知道如何去摘。在王兰的辅导下，他开始主攻高中数学。

时间一天天过去，王兰觉得他倒是很安逸很听话，因此相处得妥妥舒服。然而，只是时间太容易浸透人的情感，转眼间便在王兰的脸上攀缘上迹。左誉立的名字和他的模样却频频出现而且被王兰自动带入到喜欢的位置，并且随着时间的推移，她甚至在自己都不知道的情况下，将男朋友这个变量换成左誉立的常量。

数学能与爱情联系在一起，这在以后多少年左誉立才智力觉醒明白过来。觉得排列组合看似是做对题目了，却弄错了组合的要义。

高中三年他们虽然不在一所学校，家却住在一起。左誉立的母亲吸取前人教训，为了让他考上一所好大学过上城里人的日子，再次把他交给了王兰，并时不时从鸡窝中把正在下蛋的鸡赶起来，将还带着产后出血的鸡蛋煮熟后送到他们面前。

对此王兰很是感动，不过她心里带着应该先跟这个眼前的女人搞好关系的几多考虑，于是对眼前的这位"哥哥"更是不遗余力，把她所掌握的知识毫无保留地贡献了出来——什么"集合、子集、补集、交集、并集……"直到弄得左誉立头昏脑涨，还生怕心没恪尽职守。尤其每当王兰在他耳边念念有词，说"理解集合、子集、补集、交集、并集的概念需要了解空集和全集的意义以及掌握充分条件、必要条件及充要条件的意义"时，他就更迷惑了。

为此，他很泄气地放下书本回家睡觉。可是令他非常意外的是，这一睡从此令他脑洞大开，自此爱上了数学。不过这得感谢他在睡梦中身体一抖擞。当他醒来后仔细回味那抖擞的一瞬间，全明白了。

心想，什么子集、补集、交集、并集……不就是男人和女人在一起睡觉嘛。

豁然开朗，他激动得自言自语："夏天会更替，青春会散场，只因穿过了梦幻的岁月，才会觉得不朽。"

从那以后，王兰发现左誉立突然像变了一个人似的。只要一谈到"集合、有限集"他就脸色赤红，甚至说不出话来。

三

跟爱自己的人和自己爱的人在一起都会很累。

记忆犹新是高三的圣诞节，江南的天空应景地下了一场很大很大的雪。这在江南来说很是难得的遇见。

下午下课以后，男生女生们都不愿意回家，而是在操场上玩打雪仗的游戏，操场上瞬间的嬉闹打破了校园沉闷的气氛。年轻的荷尔蒙为此洋洋洒洒地开始弥漫起来。

男生女生们欢笑、追逐得不亦乐乎。还有的在雪地上涂着鸦表达着各种期许和心愿。有的用雪堆起圣诞老人，有的则写着 Merry Christmas，更有的小情侣们在雪上画着心形，写着他们心潮涌动的名字。

也许受到气氛的强烈感染，王兰很认真地在雪地里堆起一个雪人，上面工整地写着左誉立的名字并用手机拍了下来。不过，她始终没有发出，因为她不知道这是不是爱情！

转眼高考结束了。左誉立考上了一所特别的大学，王兰则考取了当地的一所师范学院。本以为这段没发芽的爱情像许多高中生早恋一样就此结束成为人们话说当年的最佳谈资，然后伴着未老先熟，谆谆教导："孩子们，不要相信早恋，你一定后会悔的。"

但是接下来的事，却令王兰不得不相信有些劝导是非常错误的，且早恋也是不错的。

大学是一个荷尔蒙高度发达，而且特别容易滋生所谓爱情的实验基地。据说大学里之所以许多男男女女愿意在一起尝试恋爱，是因为寂寞因为空闲因为脱离了父母的约束，太需要异性的陪伴，于是就有了"爱情"。

人一闲，就会生事，非得把空虚填满。为此，在不违反法律的范畴下，他们只好找自己能够身体力行的事。"恋爱"，更准确地说叫在一起玩玩、吃吃喝喝，看看电影。大学里这道必不可少的"菜"其实很廉价。

南大的招牌东大的汉，南师的美女南航的饭。王兰那所师范大学虽然以美女如云著称，但这并不影响她被男生追逐。因为师范大学隔壁是一所理工大学，替补队员十分充裕，如狼群般青春的男生们正经受着僧多粥少的煎熬。

可是，人家王兰意志坚定，心里是只有左誉立的。纵然周围男孩子的百般追求，她都孤傲地拒绝，可是这种坚贞只持续了两个月，就被左誉立毁掉了，因为在约定的时间未收到他的音讯。

那时，校园里正好人人哼着梁咏琪的《短发》，此时这曲目正精准应对了王兰的心境，为此她一生气就剪短了头发，立志要做一个干练的老师，且要专教高中数学，那意思誓将心中的淤积延续下去，就不信培养不出一个未来的老公来。

一个人，如果一直与孤独相依为命，那么很可能连深情都不会表露。然而，当某一天走进了江南那座叫南山寺的名刹时，发现好多人是在排队求签，一脸无助的求助状态。

"命运吗，掌握在自己手中，二十一世纪的我怎么能信这个？"她在心里说着，前进几步后又退了回去，接着又很无奈地折返回来。抽了一支签，可她没有勇气看。

"咱是天之骄子，是当代大学生，绝对不能信……这个是吧！"

随手就将刚刚求的签丢了，然而那支签好像对她不离不弃，就在她丢弃的一刹那间，身后的一阵清风卷来，那支签又回到她的跟前。她下意识地瞟了一眼。"施主，下下签：一杯愁绪，几年离索，错、错、错！"

她的心立刻抖得像筛糠一样——是害怕。可正在这时，她的手机像母鸡下蛋样"咯咯"响了起来。

"王老师这是在哪儿呀，能猜出我是谁吗？"王兰迟缓一秒，近乎那种破涕为笑加没有好气地回答："切，你就是化成灰我也知道你是谁，但我现在真的不知你是谁了。"

"不会吧？"左誉立心里一梗，又试探道，"难道正在跟男朋友花前月下？"

迟疑一瞬间，王兰在心里凄美一笑，对自己失败地说："原来世界上最苦的是，不是心悦君兮君不知，而是心悦君兮君已知呀。"

沉默须臾，她又十分好奇道："你怎么知道我的电话？"

"这还不容易，"左誉立说，"有事找家长啊。"

幸福和不幸福就像磁铁的两极，之前在它们之间是平庸的。也就是从这天开始，他们开始交往起来。

在交往的过程中，他们像一个生物面对另一个生物一样，反复在试探并摸索自己与对方可能达成的关系，渐次确立对方是不是心中的那个人。

就在这样试探、摸索中他们成为传统意义上的男女朋友。这时王兰已经感觉身心疲惫，就像失而复得一条狗，但心里还是十分美好的。

对此她有些不明白，当年中考完时，她还是个连恋爱是什么都不知道的小糊涂，却跌跌撞撞和他走过了一段三年的漫长人生之路。而这三年的时间，渐渐熟悉了对方的爱好、习惯和喜欢的味道，他的存在似乎变成了理所当然的一件事。

爱情可以让人放弃许多。

王兰无心成为学霸，更无暇成为校花，她开始转移视线，一心向往着大学毕业后找个安定的工作，把婚姻大事办了。学霸太浪费恋爱时间；校花吧，不仅要品学兼优和容貌姣好再加上玲珑身材，这是个多么艰难的共存，那不仅需要天生丽质，还需要后天拼命努力。

双方家长得知他们的儿女即将成为一家人后，那叫一个真高兴。尤其是左誉立的母亲更是觉得他们俩才是村里的绝配。逢年过节按照当地的习俗行礼请客来。而王兰的父母也觉得这是理所当然的，两家的联姻在当地一时传为美谈。

赤诚之心，坦荡无尘。

王兰在期待中来到左誉立的那所特别的大学。四目相对时，他发现她变了，变得男人气了。左誉立有些失望起来，不过他快速用落叶无声的样子把表情掩盖了。

女友千里而来，我们仨好兄弟自然而然找到机会凑到一起喝酒。阿华是我们仨中最年长的一个，理所当然要做着自己力所能及的事情，他以大哥的身份当起东道主。

被怂恿的伴侣总是幸福的，就像海洋里随着季节变化而涌来的不同洋流，鱼群不需要思考，从海水的温度与力度本能地明白该向哪里游去，应该谁来领导自己。

为此，那天的晚餐左誉立和王兰自然而然地成了我和阿华的共同"敌人"。我和阿华则一致对外，大有"敌人"不倒革命不算成功的架势。

斗酒总是残酷的，当一箱啤酒底朝天时，我和阿华渐渐不知道最后左誉立和王兰发生了什么，但接下来一年后我才知道了发生什么。因为王兰给单位写信说左誉立道德品质败坏，玩弄女性后又喜新厌旧，等等。总之是恋人不成，很仇恨地厮杀起来了。

局外人总希望知道局内事，这是人的好奇心，也是人性的悲哀。对此，我和阿华一直希望破解他们那晚到底去哪儿了、干了什么等，就像类似于哲学的问题。

面对疑问，左誉立说了一句此生中我认为最有文化的一句话："不知为何，想到未来，最近忽然恍惚。曾经能清晰地看到筋骨脉络的未来，渐渐晕成张模糊的网，分明有什么堵住了出口，却又看不清，辨不明。"

"你们俩到底谁帮我吧？"

面对我的催促，阿华好像很没信心地回答："房子我可以回家跟柳青她妈侧面说说，但不敢保证有百分之百的把握啊。"我立即狠瞪他一眼，心想你不是吹牛皮那个当局长的准岳母非常喜欢你，把你当儿子的，怎么关键时你就主动当起孙子了呢？

"干吗用这种眼神看着我？吓我啊？"阿华说着又换了口气说，"不过你瞪我也没用啊，毕竟我……我也得找个天时地利人和的机会来说吧，对吧？"

对此，我收回瞪他的眼神，又换上艳羡的目光说："哥们呀，好兄弟啊，就你这么潇洒帅气……只要一开口太阳都会提前起床，更何况你那准岳母那么喜欢你，一定会全力以赴，再说她是住房部门的一把手，分分钟钟就能搞定呀。"

假心假意地把阿华夸了一番，顺带着又把他准岳母恭维一番。阿华就如一点花开，脸上开始渐次露出喜悦。左誉立为此带着读心术在旁边煽风点火了一把："阿华，我敢肯定，你准岳母一定会帮的，你不要那么害怕嘛。"

"为什么一定会帮？"阿华疑问地看着他问。"首先你那准岳母是在官场混的，"左誉立看了他一眼又说，"这在外面混的人都好面子，你想想你第一次开口，她即使再不愿意都得考虑一下你的感受吧？"

阿华点点头，表示非常认可。"这其二呢，她有这个权力……""你说得不对。你听我说。"阿华打断他说，"现在是市场经济，住建部门已经没有多大权力制约房地产商了，现在的市场是卖方市场知道吗？"

　　听到这儿，我原本有些兴奋的心情渐渐开始沉向谷底，不过，脸上的失望之色是一闪带过，没有让阿华看出颓败来。左誉立见此，又看着阿华辩道："不对吧，她们这些在官场上混的人，都有圈子的，他们会在各种资源上优劣互补，寻求共赢……"

第二章　钱啊钱

一

阿华脸上的喜悦一下子就盛开了。我赶紧接上讨好道："是呀，是呀，左誉立说得好有道理，就看你那准岳母给不给你面子了，不过她应该会给你面子。"果然阿华就犯道："那好吧，我明天就去跟她说说。"

那口气就像对他下属的样子。我也像得了一颗定心丸，立即电话告诉王媛这房子有着落了，还将阿华这样后台硬的朋友，好好吹嘘了一番。王媛很高兴并说晚上回家就跟爸妈摊牌，我要嫁给你。

那一晚，我做了一个非常奇特的梦，梦中我在一棵梧桐树下，那梧桐树枝叶繁茂。忽闻一缕清香沁人心脾，警觉回头，只见王媛一袭嫩青的衣裳，

袅袅婷婷走来，巧笑倩兮说："亲爱的，你怎么在这儿，让我找你好久好久。"

那楚楚可怜的样子令人莫名的心悸，我一激动，用力将她拥入怀里，抚摸、亲吻……到情不自禁时，身体如脱缰的野马般冲向她的身体，结果把自己冲醒了，然后是意欲未尽的失望。

害怕失去，情不自禁的我如鸵鸟将整个身体缩进了被窝深处，拨通了王媛的手机。没想到王媛居然接通了。带着睡意朦胧，声音暧昧好听。"喂，谁呀？""媛媛是我啊，把你吵醒了吧？"我压低声音问。"嗯，睡得香呢，怎么了，半夜三更打电话来？"

"媛媛跟你爸妈说我们的事没有啊？""什么事啊？"王媛随即纠正自己，清醒回答："哦，我们俩的事啊，这个周末就告诉他们，别急呀，还不知道能不能说得通呢。"

"这是什么话！"不过我没有发作出来。心想，不是我急，是你急呀。女人真是一种情绪化的生物。"那你睡觉吧。"我失望道。"别呀，醒都醒了，那就聊一会儿吧。"于是我把头从被子里钻了出来，发现这样聊天很容易想入非非，在相对封闭的空间中，居然更能激发出生理的能量。

从被窝出来后我长长地吸了一口气，吸气声居然被王媛听出来了。"干吗了出这么粗的气呀？""哎呀，憋死我了。""你……你不会是……涂了费洛蒙神水吧。"王媛话到嘴边又改口道："你想什么呢？""想念会有声音呀。"王媛顿时发出了"咯咯咯"的一串笑声。

这一笑还真把我的青春积蓄激发出来。于是我一脸假正经地说："我是想你了。""哪想？"问着又发出了"咯咯咯"的笑声，像一只欢快的金丝雀。

"嗯……就是那种想，你懂的呀。"我已经无法控制生理上的冲动了。"你精虫上脑了吧。"不过她在嘟哝抱怨着责怪的口气中，很有依附我的味道。因此那蓄势待发的生理进一步加剧了魔鬼般的冲动。

"要不今天晚上一起吃饭吧？"

"不是吧？"王媛说着又发出了一串"咯咯咯"笑声说，"你又……""反正……反正都是吃饭吧。"我也忍不住地笑了出来。暗夜中的我，一定是那种很无耻的笑。

"不好！"王媛说，"我还没有跟我妈说呢。"为此我立即又扑哧一笑说："这事怕是不好跟你妈说吧。"

"想什么呢！我是说我们俩的事。"责怪声直冲我的耳际，好像她就在身边。转念我又一想，不对呀，说事儿跟"吃饭"有什么矛盾，再说那天不是没跟你妈说不也……吃饭的。

"晚上吃饭吧？"

"好了别闹了，"前奏眼看就要奏完了，我只好央求，"晚上下班我们一起吃饭啊。"

"好！就吃饭。"我嘿嘿一笑说"好！就吃饭。"先她一步放下电话，生怕她又反悔。

说起与王媛的相识，还颇有点罗曼蒂克的味道。

那是因一次去北京出差。八点之后红眼航班促使更多的人加入了出行与回归的行列。我实在搞不明白为什么机票白天就贵晚上就便宜，不都是从天上到地上，又从地上到天上？

当时王媛与我邻座。见如此美眉，我故意试探地冲她笑了笑。大概我的笑容很有魅力，大概又帅吧，她对我嫣然一笑。

后来，我们说起那天认识的情景，王媛说："你那天的笑，是一种舒缓的笑，一种勾人心弦的笑。"于是她的心就融化了，被俘虏了，就想跟我在一起了。

飞机上的爱情大概殊途同归才显得比较容易吧。

机舱光线很暗，可我还是能看清在飞机起飞的那一刹那，她脸上突然出现恐惧的慌乱。"英雄救美"的我见机行事地抓住她的胳膊，在抓住的一瞬间，我看到她苍白的脸颊瞬间又红润起来。

然后接着回敬我的是，她用那双漂亮的双眸紧紧盯着我看。对视中，我发现她的眼睛宛若丛林中两湾泉水，散发着一股妩媚的亲切。

于是我心虚地转移视线，跟她轻声聊了起来。

直聊到飞机降落苏南机场，我们都还意欲未尽，觉得飞机能再飞一会儿或折返回去就好了。待我们很不情愿地走下飞机，还没来得及说想分开，却被人群冲散了。立刻，我的心里狂乱得如奔腾的野马。

然而当我绝望地拖着行李箱来到巴士站台，怅然着"此情可待成追忆，帅哥失去大美女"时，一个抬头，又猛然间看见了一个熟悉的身影——是她。"明明是眼中你，可此时我还不知道你的名字。"

她站在昏暗的夜色里，路灯闪亮的光影，却构成了离别的音符。我疾步上前偷偷瞥她一眼，却没有勇气说出话来，不过心里却是异常的兴奋，就如我的那只长毛狗突然失而失复。

失而复得的东西总是令人惊喜。何况是一美女呢，对吧？

机场巴士是双层的那种，很少有人愿意费力地来到上层，于是空旷的车厢里只有我和她并且都选择坐到最后一排。明显是彼此心照不宣。但我们俩却又各自靠着左右的车窗等待谁先说话，结果在巴士一个颠簸中，打开了我们的话匣。

"这巴士是不是有点像加层的棺材？"面对她突然冒出的一句话，我有些惊悚不知所措，却又很顺口地回答："是呀，像会移动的棺材，我们在这里死去又在这儿活着。"

"总有一天我们都会到棺材里去的。"

"现在不用那东西了，盒子。"我说着用手比画着。

"相比较白天的话，我更喜欢夜晚去火葬场，那样比较容易升天。"王媛谈鬼面不改色并且很享受的样子令我有些吃惊。

"嗯，这样才显得阴阳两隔比较真切，人也容易变成鬼无忌地出没是吧。"

"其实做鬼也挺好的，至少可以吓人。还有一个活人帮你建造好属于自己的独立空间，可以在里面不用为不同季节穿什么样的衣服发愁，尤其是逢年过节有人来问候你给你带好多吃的、玩的、花的，还不用劳动，多好。"

"感情你比较向往吗？"

"嗯，当我看到人们为情所累、为钱所累、为房事所累、为很多东西所累并延伸到我自己的身上时，觉得做鬼比做人要轻松许多。"

说完，她用一个圆酒窝的笑总结了陈词。我们相视一笑。不过那个笑容明白无误地击中了我，后来我多次回想起来，就是在那个时候爱上了她，是死心塌地地爱。

巴士在我没有防备中突然停了下来。

"我要下车了，"王媛手一伸说，"要不留个电话吧。"我立刻激动得有点手忙脚乱。

望着她的背影，我怅然若失地移到她坐过的位置，仿佛身体一下如触电般瞬间感受到她的余温，然后依依不舍地打开车窗，向她挥手，她露出甜蜜的一笑。透过灯光照耀，痴痴望着她渐渐消失的背影。

"这不是在告别，而是在相逢。"我在心里加油！

她的突然出现，以最美丽的姿态站立在我经过的路口，又倏忽被更加明亮的光线和更加新鲜亮丽的景色淹没，如晨星般闪亮耀眼后很快消隐，于是我遗憾起来。

王媛用现代人的标准说：年轻、肤白、貌美、锥子脸、身材颀长配上普拉达的长裙简直就是网红的标配，但若局限于此，王媛就不可能成为我日思夜想的人了。因为她身上，还有很多值得我回味的东西。

尤其她那似是睡意朦胧时不经意挑起来的弯曲细眉，似是不自觉笑起来的剪水双瞳。特别在低头时浅浅一笑的神情，就能把整个世界给颠覆。

很无奈的是，我在激动中又少了一个步骤，她只能联系我而我只能相思以待。十分后悔自己为什么不主动留下她的电话。这难道就是激动的代价？

无数天以后，当我的相思非常疲惫的时候，突然接到她打来电话说她正好晚上没事，能不能带她去吃吃白白相。面对美女的主动邀请，怎能拒绝呢？何况还是我朝思暮想的人。

随着服务员的带领，我大大咧咧上楼来，凉气一吸，舌头差点掉进肚子里。王媛卷曲的头发披散着，暗色的OL工装衬托着，裸露着如脂如玉的双臂，像风摆杨柳般婀娜，带着微微香风袭来。那是一种大家闺秀的气质，南国佳人般的婉约，看得我目眩神离，直抿嘴吞咽着。

　　见我快速迎了上去，王媛一个转身继续上楼而去。我跟在她身后，不过眼神从上到下，又从下到上最后停留在她的臀部中央，顿时，一种冲动油然而来。

　　此时，王媛一定不知道我对她已经魂牵梦萦加魂不守舍。对此一落座便贪婪地把活生生的美女印入眼中。心想，这堆积的奢华外表下，要害死多人晚上睡不着，破坏多少家庭安定团结了。

　　千百年来，酒这东西真是好东西。因为酒精是最好的润滑剂，几杯酒下肚，我们就开始相信高山流水，相信彼此亲如一家了。聊天的时候，始终处于一种相见恨晚的亢奋。直到吃完饭，离开酒店的途中，彼此还暗香浮动，牵起了手。

　　爱情来得太快，却不知是一个怎样的开始。

　　有人说，男人和女人一旦彼此占有，就会变得家长里短什么话都能说，什么事都能做，然后就时而成为利益共同体，又时而成为利益矛盾体。这不，王媛跟我谈到了房子。

　　不知为何，一想到房子，就忽然有些恍惚起来。那曾经能清晰地看到筋骨脉络的未来，一下子晕成一张模糊的网，分明有什么堵住了出口，却又看不清辨不明起来。

　　"难道房子真的成为我和王媛的掣肘？"于是我决定不想那么多，继续闭眼睡觉。

二

　　心情不是人生的全部，却总能左右人的所有。

　　"手术费得多少？"左誉立看着妻子张宁檬问道。"三十多万吧。"她哽咽着说，"到哪儿去筹集这么多啊。"左誉立嘴动了一下没有把话说出来，因为钱是英雄人是胆。昨晚我们一起散步回到宿舍后，就接到妻子催促他回家的电话。

一夜未怎么合眼，全是因为手术费没有着落。

都说如果钱能解决问题就人是问题，这时他才觉得大款们也太矫情了，站着说话不怕腰痛。对于他这样的工薪家庭来说，唯一不缺的就是缺钱。

家里那笔存款是他和妻子省吃俭用好不容易积攒下来的。原本说好了这笔钱用在孩子上幼儿园择校的。可现在在救人和恪守孝道这一必须尽义务与关乎孩子成长并不能输在起跑线的问题上，把他们夫妻俩给难住了。

回到家时，岳父已经住进医院。可医疗费还没有落实。看着妻子无助的样子，左誉立走到她的身边，轻轻地拉拉她的手准备走出病房。正在这时，岳父张由泰大声喊道："你们干吗去呀？"并在质问中，示意他们坐下说。

"癌症患者都是该死的，世界医学都解决不了，就是该死的，还治啥？医学救不了这种人的病。"岳父张由泰一出口就令左誉立一惊。这是他第一次听到有人能这样面对自己的病情。

左誉立迟疑了一下，说道："爸，你这病跟别人的不一样，可以做切除手术的。""怎么切除？""听医生说根据你的病情，首选手术，辅之以放疗、化疗、内分泌治疗、中医保守治疗就……"

见丈夫失语，讲不出话来，张宁檬连忙插话道："我查一下网上可以采用中医特殊疗法治疗，通过中药杀死癌细胞，消除肿瘤，调整阴阳平衡，扶正祛邪，标本兼治，消除癌细胞赖以生存的环境，从根本上使人体不再产生癌细胞，达到治愈目的。"

"好啦，你们都别劝我了。"他说，"这人吧，一旦得了癌症就别再想多了，这病检查出来我也网上查过，多则手术后活一两年，少则三个月，遭那个罪干啥呢？"

正在说话间，主治医生沈仲阳走了进来。"老先生，你说得不对呀。现在的医疗水平跟过去不好比的，晚期前列腺癌常用内分泌治疗方法有睾丸切除术、雌激素治疗、抗雄性激素治疗及肾上腺皮质激素治疗，其中以睾丸切除术最为常用，以消除雄激素源头，再配合雌激素或抗雄激素等治疗，效果较好，对延长晚期前列腺癌患者的生存期有一定帮助。"

　　说到这，沈仲阳医生停顿了一下，接着说："前列腺癌晚期治疗鉴于放化疗及内分泌治疗对人体的毒副作用，在晚期前列腺癌的治疗中可合并中医药治疗，以起到增效减毒的作用。对于转移范围广、身体机能弱、已经难以耐受化疗的晚期前列腺癌患者，可用中医进行保守治疗，虽然短期效果没化疗明显，但远期效果好，对改善生存质量、延长生存期方面有明显的作用。"

　　"那得多少钱啊？"张由泰一脸的舍不得。

　　见父亲舍不得医疗费用，张宁檬连忙说："爸，钱不是问题，你别操心了，我们那儿还有一些。"张由泰一听，立即阻止道："你那钱是缩缩上学用的，可不能动的啊，否则……跟你们没完！"

　　心想，你这位医生蒙谁呢，说得直白一点，癌症治疗其实就是一种赚钱手段，就是一项创收产业。我问过多人，晚期前列腺癌患者手术后也就生存三到五年，而且还为数不多，有的快点儿也就半年。三十多万元的手术费摊到一年半上，太不划算了。再说多活过三五年没有意义，还枉费了心机。

　　"我们不动那笔钱！"左誉立说，"我已经跟朋友说了，他们借我。""跟朋友借？"张由泰质问，"以后不要还吗？"眼睛里却是闪着感动的泪花。

　　"那……那也得治疗啊。"见此，张宁檬也劝说道："是呀爸，你不要这么犟，就听我们一次吧。"说着，她已经泪花从眼眶中滚落而下。"好啦。"张由泰态度坚定地否定道，"你们不要劝我了，就维持医保下的治疗，明天就办手续出院。"

　　医生乏趣摇头，退出病房。作为一名医生，他每天看到这样的病人太多了，也知道这种病一旦落到身上就无法从根本解决，花再多的钱也只能解决三五年的问题，甚至更短的时间。但从医者仁心的角度，从病人亲属角度出发，从……利益考量，又时常会违背自己的意愿，动员病人深度治疗。

　　张宁檬已哭成泪人。看着妻子伤心的样子，左誉立鼻子酸酸的，他决定晚上回家一起好好再商量一下。于是用纸巾给妻子擦拭着眼泪并轻轻安慰道："这事你交给我吧。"

　　风和日暖，倏然永恒。

　　大概女人听到这么坚定的话语像一下子找到避风港样，心中却感觉到了那种不论发生什么都能快乐地接受的力量，顺势就扑向他的怀里抽搐起来。因为父亲虽然不是亲父亲，但已经远远超过了亲生父亲给予的所有爱。

　　悲伤凄凄中，她想起了父亲的爱，想起了自己苦难的人生。

　　那是一个秋冬的一天，女孩在一座大山中降生了。那个小女孩就是张宁檬！不过现在她已经想不起来那时候她叫什么名字了。有名或无名对她来说都是无法回味的酸楚。

　　张宁檬出生后，一家四口也算是小幸福着。只是在她两岁的那年，噩梦突然降临。父亲在外面工作时遇到了一起意外事故，在床上躺了两年多，最终因为花光了家里所有积蓄还是不够钱医治，父亲不久去世了。

　　至今她对父亲的最深记忆只有一个，就是那天她坐在门槛上，爸爸奄奄一息躺在床上，不到五岁的她根本不懂什么叫病痛，更不懂得什么叫死亡。在母亲下达的劳动任务完成后，她伸了伸懒腰对父亲说："爸爸我想睡觉。""孩子……"父亲停顿了一下又轻声地说："你真乖，自己去那床上睡吧。"

　　梦醒之后是别离。当她醒来后，却再也找不到敬爱的爸爸了。"你爸爸去了一个很远很远的地方。"奶奶见她不明白，又对她撒谎说："等你长大了就会回来！"她深信不疑。

　　后来突然有一天，母亲带着哥哥不辞而别。为此她只能与奶奶相依为命。手脚还算灵便的奶奶对她更是疼爱有加。谁知，突然一天，噩梦再次降临，奶奶去菜地种菜时，跌倒在水沟中，等人们发现时，奶奶已经去了另一个世界。

　　张宁檬成了孤儿。

　　村里的好心人有一顿没一顿地用饭菜维系着她的生命。村口、山坳、水塘边成为她栖息生存的乐园。人们时常为这个命运多舛的小女孩担忧，生怕她被山上的野兽叼走或一不小心掉下山坳。可是在这个贫穷得都在为生存风雨兼程的环境里，能够关照她的人实在太少太少了。

　　"好啦，别哭了。"左誉立拍拍她的肩膀道，"我先回家给你们做饭，一会儿再来。""孩子别哭了，爸懂得你的心意，生老病死谁也逃不过的。"

话毕，张宁檬又"哇"的一声扑到他的床上，哭得伤心欲绝。

张由泰知道这个女儿的心情，她要报答他的养育之恩。因为在她五岁的那年春天，张由泰所在地矿队一行人去云雾山探矿。一天工作结束后，当他们一行人寻觅着乡村的烟火来到一个名为稷凹村的村口时，恰好与张宁檬相遇了。

那是一个头发蓬乱，小脸蛋上几乎看不出皮层的布娃娃。直到他上前一看，才发现是个小女孩。小女孩很是惊愕地看着他，那镶嵌着一对水汪汪的杏核眼，看着他一眨一眨的，仿佛对他说："你是谁，怎么跑到我的地盘来了！"

那洋娃娃般小巧的鼻子，直让人想怜爱地捏逗她，樱桃小嘴一张一合的想要说什么又似乎说不出来。于是张由泰上前抚摸了她的小脸问道："小朋友，你在这儿干吗？"小女孩惊慌地站了起来。

"别怕小孩，我们不是坏人，带你回家吧。"她好像听懂了他的话。

待张由泰一行人走进小女孩家里一看，顿时惊呆了。家徒四壁，一地垃圾，几乎无法下脚，猖狂的老鼠将洞口打满了土屋，惨状令人惊心骇然得连连后退。

"你爸呢？"小女孩摇摇头。"你妈呢？"她还是摇摇头。村里人大概看到一群特别的人到来，就纷纷围了过来。于是张由泰从村民的口中得知了她的一切。

人总是容易在触景生情中感染自己。张由泰给小女孩洗了一把脸，再给她洗了一下头，小女孩粉嫩嫩的小脸蛋立刻呈现出来，煞是令人喜欢。就是在这一刻，张由泰做了一个决定——收养她。

张宁檬从此过上了幸福的生活，从此也有了这个名字。

那时的张由泰刚与妻子离婚不久，原本萎靡不振的样子从此有了精神支撑。他开始父亲般有模有样地尽起责来，希望成为一位合格的父亲。

晚上和张宁檬坐在床头给她讲《白雪公主》的故事，白天上班时顺带送她到幼儿园……

伤悲伴着思绪行。

"医生，我女儿怎么样了？"张由泰急得泪花都出来了。"三度烫伤，问题不大，但要防止二次感染。""不会留下疤痕吧？"说着眼泪倾盆而下。接着又看着张宁檬说："都是爸爸不好，不该把你一个人留在家里的。"

这是张宁檬记忆中养父对她所有关爱中的另一件事。

那时的张宁檬已经六岁了。养父对她的爱一点点一件件已经让她这个孤儿不再孤单。尤其是养父跟医生说的那席话，令她终生难忘："医生，一定不能让我女儿腿上留下疤痕啊，女孩子长大了穿裙子会不好看的。"

养父说着还拿出红包往医生兜里塞。在医生的拒绝中，养父几乎是下跪着请求。

后来医生从父亲身体上取下一大块皮，植在她的腿上。她记得从手术室推出后，养父深情地对她说："孩子，从今天开始我们骨肉相连，就是真正的父女俩了。"

话意深长，那时她还不懂得话意，但她知道她的身体上从此有了养父的陪伴。而张由泰因为她，也没有再结婚。这样的恩情张宁檬怎能不去回报？

"爸，"张宁檬抬起头泪眼朦胧地说，"你如果不答应，我今天不再做你女儿。"口气坚定不移。张由泰有些于心不忍起来，便看着她故意嘿嘿一笑道："其实这种病没有治疗意义的，浪费钱财不是？""不行，必须听我们的，你得配合治疗。"

感恩之下，张由泰在喜极而泣中，欠了欠身体感叹道："好了孩子，你什么时候不流眼泪了我就配合你，看眼睛都肿了，变丑啦！"

"这才是我的好爸爸。"张宁檬泪眼婆娑扑了上去，像小时候胳膊圈着他的脖子，撒起娇来。

三

阳光透过稀疏的树丛倾泻下来，白花花的灼人眼睛。

"柳青，你妈买房子不能便宜点啊。"阿华在与未婚妻接过长长一个热吻后，突然采用饥饿营销的方式，故意推开她问。可见他是多么成熟稳重。

以至当他这句话说了两遍后，柳青像啥也没听见样，脸色潮红并很是气馁地责怪道："你干吗？"阿华为此把刚才的话又重复了一遍。"我家有房子干吗还要买房子？"说完还轻蔑地看着他。

口气中明显带着我是谁的自信。这令阿华有些不爽来，后悔不应吹牛，更后悔不该答应这档子事。可转念一想誉立和我的期待，重要是为了以后在兄弟们面前更有面子，他只好硬着头皮说道："不是，我兄弟的女友催促我兄弟买房才跟他结婚，但他现在经济很……否则就……能不能跟你妈说说便宜点，帮他买一套房子。"

"否则什么？""不跟谁结婚啊！""干吗非要有房子就结婚？"还没等阿华把话说出来。柳青接着用鄙视一笑道："天下那么多男人没房子的多得去了，难道就不结婚了？"

语气笃实，阿华被噎得一时语塞。不过他很快意识到这个女朋友是喝着酸奶、吃着巧克力长大的，却不知道还有许多人在饿着肚子，明显是站着说话不知腰痛。

为此，阿华继续强作欢颜并对她大献殷勤说："其实也不是他女朋友要买，是她妈说不买房子就不让女儿嫁给他。"阿华灵活借用那位房地产大佬的话，表达了对兄弟不离不弃的担当。

"我妈就……就不会这样。""真的呀，那我是不是以后不用买房子了？""那是，我家有好……"

她差点泄露了家庭秘密，急刹住车看着他。

因为她妈一直跟她唠叨，说别墅都买好了，就等你找个男朋友结婚了。她知道，别墅是一个经常过年给她红包的赵叔叔送的。那位赵叔叔还说等她结婚时要送一辆保时捷……

结果她还没找，就被她妈帮她找到了。

"回家跟你妈说说好不好？"阿华用乞求口气说。"都是什么事啊！"柳青嘴嚅动了一下，又忍不住责怪道："结婚就要房子、车子的，这样的婚姻不就是买卖嘛，一点都不爱情。"

"爱情？你懂得纯洁的爱情有多难吗？"阿华心里顿觉酸酸的，涩涩的。不是因为爱情，而是爱情这两个神圣的字他用来亵渎了，自己感到汗颜。

"能不能帮个忙嘛，那可是我的好兄弟啊。"对于阿华这种自傲自大、爱慕虚荣的男人来说，这事如果办不成，肯定就如无法治愈的皮炎一样，搞得他非常无奈和非常气恼。

"好吧。"她在答应中又犹豫地向他的责任屈服说："看在你面子，我回家跟我妈说说。"阿华立时开心起来，觉得这下可以给兄弟们交差了。

柳青说完则换了一副小鸟依人的样子往他怀里靠。阿华也不知是还没从惭愧中回过神来，还是对她已经离心离肺了，居然不解风情地拉着她的手说："走吧，咱们回去跟你妈妈说说。"

"我妈今天不在，在外面应酬呢。"说着用力甩开他的手，样子是气馁加失望。阿华一愣，又不解风情问道："现在不是不允许在外吃饭，不是有八项规定的……""你懂什么啊，办法总比规定多哇，人家都在单位的小食堂……"

柳青需要缠绵，他则要急功近利。于是他们俩开始在贡湖湾大堤上默默地纠结徘徊着。

望着水天一色，不知名的水鸟儿们飞舞嬉戏着。他们却找不到一点儿快乐。阿华有些后悔起来，觉得他和柳青根本就不在一个频道。而这种差距来自门不当、户不对。一个在蜜罐中疯长，一个在破碗里犹存。尤其每次看到柳青那张拉长的脸，就如一名将军挥着剑，对士兵横刀立马，霸气侧漏。

想到这里，阿华远眺弯弯曲曲的湖湾大堤，突然有些醒悟地觉得这人生无论道路曲直，终点永远在同一个地方。只是走过弯路的人多了一些汗水，却收获了一路风景；而直达目的地的人，虽然瞬时采撷到果实，却少了一份付出再收获的快乐。

"你在想什么呢？"柳青见此，打破沉默地走到他跟前，用指头刮了一下他的鼻子问道。"我在想为什么那么多人因为房子而劳心劳肺的。"他故意把话题又生生地绕了回来。

对此，柳青显得没好气道："是呀，我也听说在县城买房已经成为农村青年结婚标配，农村适婚青年的婚房需求成了去库存过程中的刚需。"

对此，阿华心中窃喜，嘿嘿一笑道："所以我前面说的话是对的，你还反对。"柳青一愣，又反驳道："那也要量力而行啊。总不能唯房是嫁吧。我要喜欢一个男人管他有钱没钱有房没房……"

语气坚定，阿华却幸福不起来。心想你这种人就如前几天网上的那道考题，显然是伪命题。对于你这种类似《欢乐颂》中曲筱绡家境条件好，含着金汤勺出生的人来说，钱的问题还真不是问题；而对于像樊胜美这类人来说，最实惠的必定是首选。什么处男、温柔、有责任心……全是婚姻的附属品。

"走吧，回家吧。你妈应该回来了。"柳青很无奈地看了他一眼，感觉到他那双淡然而锐利的眼睛已经没有耐心地催促着自己。

"你这人怎么……现在不想回家！""难道你想在外过夜？"阿华结结巴巴反问。"是啊，晚上不回去了。"柳青把阿华随口的一句话，当真了。他有些叫苦不迭起来，虽说他已经做好与她结婚的准备，准备好接受自己选择的婚姻，但现在突然要真枪实弹来，心里还没准备好。

见阿华不语，柳青又挑战道："不敢了吧，胆小鬼，我还不愿意呢，我可是个好女孩。"说完还用剪刀手，做了一个萌萌哒的样子。顿时，阿华有些恶心，他觉得这卖萌和做瑜伽一样，那都是美女们的专利，否则就是露丑。

尽管他现在觉得柳青比第一次见到时漂亮多了，但依然觉得她跟美女不沾边。记得在与柳青见面之前，介绍人李行长把她从鼻子到眼睛描绘一番后，总结陈词是长得像某位明星时，他立刻激动不已，曾经在梦中多少次与她邂逅，觉得娶这样的一美女才不负来生。

正当他激动时，李行长又把她的家世着重描绘了一番。尤其突出重点说女孩的母亲还是局长，领导干部，权力可大呢，将来你在仕途上……怎么怎么样时，他欣喜若狂了。抱得美人归，还外带升官发财。太幸运。

在期待中见面了，借着酒吧昏暗灯光，细一看，心凉了。没有几根眼睫毛，还长了些许胡子，笑的时候，牙齿像火烧过，黑牙，还歪来歪去。再注视她的鼻子，觉得鼻梁过高，都有点像拱桥。

阿华原本兴奋的笑脸在一盯二看三瞅之中僵持住了。典型一"无盐女"，就如人们调侃：背面看，想犯罪；侧面看，想后退；正面看，想防卫。如果当时不是李行长给他介绍他还以为走错了地方。

上了船，他唯一能做的就是前进，否则只能跳海。更何况人家不是常说"伸手不打笑脸人"。再说人家李行长笑脸相迎连声说："快坐快坐，美女都等你半天了……"

阿华再把视线转向准岳母，李行长连忙介绍："这位缪局长……"他本应叫局长好的，却是一声伯母好。都怪昨晚在心中默念了一晚上，想改口已如奔驰的汽车上了高速，刹车是已经不可能了。

接下来，李行长对柳青重点从工作能力和心地善良及上的什么大学作了深入浅出的介绍。不过，他的那些话阿华觉得简直就像菜不够，汤来凑。可是他还得一脸认真地点头，肯定着这女孩太有才了，很优秀，以及是个好姑娘的意思写满脸上。

说实在的，阿华到现在都不知道那晚他是怎么回家的。如果不是李行长的高级轿车送达，他很可能就找不到回宿舍的方向。于是他明白了一个道理：希望越大，失望就越大，天上从来就不会掉馅饼。

烙烧饼一样在床上睡不着，头脑中思绪翩翩。于是他一个电话打给远方的母亲。

"深更半夜不好好睡觉，怎么，想你妈了？"母亲电话拿起一听，便责怪道。不过那是一个母亲幸福的味道。

为此阿华将李行长给他找了个对象的事说了出来。不过他只对女孩长相蜻蜓点水式的，有选择地进行了介绍。譬如女孩清华大学毕业，在某国有企业做网络工程师等。

一听儿子找好了对象，顿时睡意全无，他妈连忙说："儿子，不错啊。名牌大学毕业，又是国企的工程师，工资一定很高吧……"喜滋滋了一番。

然而这时，阿华却有些气馁道："就是人长得……"

母亲没让他说完就连忙责怪道："傻儿子，你没听人家说嘛，丑妻薄地家中宝，媳妇丑一点好，守得住家，只要心地善良，身体健康就好。"

一听妈的话，阿华死的心都有，心想，什么年代了还有这样的观念。大概母亲知道他在想什么吧。又连忙补充道："好看姑娘不下力，走到外面竟扯皮……"

又是一番俗语俚语。这时阿华又说道："她妈是局长，管着全市的房屋分配……""儿子，"母亲近乎惊叫起来说，"你真是好福气呀，太幸运了，我们老华家真是烧了高香……"

此情此景，他仿佛看到远方的母亲从床上一跃而起在跟他说着。

人大概都会受到赞美的绑架继续前进吧。阿华开始高兴起来了，说那介绍人李行长对未来的准岳母也点头哈腰，估计她的权力应该不小……

阿华妈又是一声尖叫，说："儿子，你这辈子有好日子过了，不用为房子发愁了，不用为钱发难了。村里王石涛的儿子在县城里的轮胎厂工作，一直与女朋友住在出租屋中，不知道还要多久才能买得起房……啊。"

在母亲一以贯之的持续赞美中，阿华觉得长相都不重要了。反而像打了鸡血似的兴奋起来，一下子就看到了人们调侃的成功人生——拿美国的工资，戴瑞士手表，娶韩国的女人，开德国的车，喝法国红酒，雇菲律宾的妇佣……

第三章 妥　协

一

　　"房子考虑得怎么样了？"王媛一边问着一边揪着我的耳朵警告，"别没买票上了车还赖着一直想上免费的车啊。"立即，我在夜里、白天，一直积攒着的激动的心，顿时变成了寒冬腊月的冷冰冰。

　　更令我生气的是，我那原本已经凑上前的嘴巴，只能咽气地妥妥收了回来。对此我气馁地责怪道："别急嘛，就是生个娃也得十月怀胎呀，况且还是上百万元的房子呢。"

　　"哼，你当然不急呀，可我……"说着她下意识地看了一下自己的下腹。那意思分明提示我，这地方就是地雷，你一脚踩下去了，不是你粉身碎骨，就是肚子里面的孩子粉身碎骨，你看

32

着办了啊！

见此，我无奈地嘿嘿一笑道："革命的种子会发芽，我就不信他不是我的娃。""说什么呢？"王媛恼怒地从床上坐了起来道，"你把我当什么人啊？"原本那张十分媚惑的脸变成狰狞的怒气。

见我不语，她又补充道："告诉你何嘉，本小姐根本就不是那种随便的人，但我要是随便起来也是人，就算再嫁不出去，孩子的爸还必须是亲爸才行。"

立刻，我笑得在床上打起滚来。

"你疯了是不是？"她怒其不争地又质问道，"难道我说错了吗？"为此我还是忍不住地笑了起来说："我跟你理理这句话啊。通常情况下，一对夫妻结婚生出来的肯定是亲娃，我也是亲爸。"说着我指了指她和我。她不语。"但是，但是，很多夫妻生出来的不一定是亲娃，他爸根本就不是他爸。"说完我又觉得没说清楚。为此，我又采取以案说理的方式给王媛讲了一个故事。说在某地，一漂亮的25岁的已婚女子，带着一名刚出生不久的男婴到本地一家大型医院去做亲子鉴定，想确定一下现在的丈夫到底是不是孩子的生父。

这是她第五次到这家医院做亲子鉴定了。然而在一个多月的时间里，陆续领来四个男人做检验，结果都令她很失望，直到鉴定到第五个男人时，医生非常惊讶了，结果还是不是。

"胡说八道！"王媛说完把背对着我并反手掐了我一下，愤慨地说，"肯定是哪个人闲得无聊炮制的新闻。"我力辩："你以为这是电视剧里才会出现的情节？这只是这家医院亲子鉴定机构里面众多故事中的一个。仅去年，这家法定机构做亲子鉴定的就超过1000人次。"

"这帮女人也太荒诞了点吧。"王媛说完又觉得哪儿不对劲儿，质问道："你什么意思？"我便连忙求饶道："我可没其他意思啊，你可不是那种人渣，咱们必须来个亲生的好继承王位。"

"滚，"王媛挥挥手说，"离我远点。"

见王媛假生气，我又把她转过身来，把掌握的八卦新闻现卖了一下。"前不久，刚结婚不久的市民阿珊独自一人挺着大肚子来到医院检验部。当时，她已怀孕 5 个月了。"

"医生，你好。我想看看我肚子里的孩子是不是我和我丈夫的。"阿珊很简单明了地说完，就向医生出具了身份证等资料并采集了血样。不过，医生很为这名准妈妈的淡定而惊讶。

一周后，阿珊的亲子鉴定报告出炉，在将报告交给阿珊前，医生有些忐忑，因为鉴定结果显示，她腹中的孩子并不是她丈夫的，怕她可能会无法承受这个现实。

对此，医生不敢说话了，怕挨打，便做出很难的样子做着激励思想斗争，思考着一句适合的话来。精明的阿珊大概看出医生的为难，便开门见山道："医生，别替我难为情了，不是我老公的孩子吧，我就希望是这样的。"

医生于是如释重负地笑了。阿珊竟也露出了笑容。看到如此场景，在场的医生都雷住了，并竖起大拇指说："你这才是女人中的极品。"阿珊一扭头，趾高气扬地走了。

原来，阿珊婚前曾交过一名男友，后因家人反对等原因，她嫁给了另一名男子，但阿珊对他没有多少感情，仍爱着前男友。婚后没多久，阿珊发现自己怀有身孕，这才想检验一下，看看孩子究竟是谁的。

孩子不是现任丈夫的，那就是前男友的了。有了这一纸鉴定，阿珊决定和丈夫离婚，可以跟前男友复合了。

"不要脸，混蛋，无耻……"说完，王媛突然觉得跑题了，便坐起来质问道："房子到底怎么样了啊？"那样子大意是你没房子我要跟别人了。

一看那架势，我连忙说："家里正在帮我筹钱，兄弟正在帮我托关系买廉价的房。需要等待，不要急……"王媛于是露出了甜蜜的笑脸，两颗小虎牙白亮亮的很是清纯无比。

见机会已到，我便把她揽进怀里。王媛则像一条小鱼样在我怀里挣扎了几下后，就开始顺流而行……一系列动作完成得行云流水。

在顺流而行中，王媛大概觉得这样被动太不过瘾，于是自己一个翻身，逆流而行起来。这时她又像一条逆流而行的秋刀鱼，前进后退，后退前进着，很是享受。

坐享其成大概并不令我满意，但她的每一次逆流冲撞我便能听到鱼翔浅底、鹰击长空的努力，为此我很是为她的身体担忧，心想你这单薄的身板不能全花费在这种自娱自乐的卡拉OK上啊，你将来要为我何家生儿育女，提前废了，将来大任谁担？

在她热烈的奔放中，我真的智商很低，就不解风情地调侃道："睡觉吧，明天还要上班的，你到时去谈事人家看你脸色发黄一定猜想你不是亲戚来了就纵欲过度……"

"别惹我不高兴啊，我是把每一件事都当作事业来做的人……"说话的声音带着急促而色欲。

"好吧，我成全你吧。"一个鲤鱼龙门，我迎浪冲锋而去……

两个人立即像撕咬一块牛皮糖样。之后的之后，王媛咧咧嘴角，咕咕笑着睡觉了，而我却累得不行。心想，就是当年在澳门跟几个金丝雀玩一夜都没这么疲惫。因此全无睡意，意乱心烦起来。

窗外杨柳在月光下轻轻地摇摆着。在这样一个躁动的日子里，我真希望透过薄如蝉翼的夜晚，将走过来的日子幻化成七彩的霓裳，让它在我的梦中蹁跹。可是青春年华的我，却不知眼前的这一切是怎样一个开始。

其实，我没跟我妈说买房子的事，这个的确是骗了王媛，可我不骗又能怎么样呢？一个农家妇女，用母亲的话说在地里刨食，一年四季下来几乎无所节余，况且父亲还一身病需要治疗。若告诉母亲她也会像天下父母一样，觉得无能为力，还要愧疚得睡不着觉。

不过我也没打算辜负王媛，已经告诉她能够借钱的江湖好友们我都努力了，虽然有人拒绝，但也有人相迎。但不管怎么样，已经很努力了，她是个好姑娘，尽管有时候觉得她像某种行业的那种女孩子样不像是个好女孩，但我能感觉到她根本不是那种人，只是她太喜欢我罢了，就如我喜欢剁椒鱼头一样，一见到就欲罢不能，垂涎三尺。

对此，我心安起来。女人喜欢男人，男人喜欢女人不都是如此吗，更何况王媛是我喜欢的类型。

而钱这东西起初对于我来说一直觉得很重要，但从没有想到今天居然重要得如此急火攻心。房子也是，这东西对于我来说一直觉得不重要，但现在也觉得特别重要。因为在我的家乡，那儿的房子不值钱，只要你高兴，随便找个地方就能建个别墅洋楼什么的，不像城里人一不小心，就会惆怅在房子上。

前天在报纸上看到，一对相恋八年的情侣，就是因为在他们漂泊的城市里买不起房子而不得不分离。为此，男孩选择了从那座城市最高的楼顶一跃而下。看那则新闻时还不以为然，觉得女孩太世故太薄情。当刀架在自己脖子上时才知道这是怎么一个疼痛的开始。

记得诗人席慕容曾经在她的诗里说：若不得不分离，也要好好地说声再见，也要在心里存着感谢，感谢他给了你一份记忆。长大了以后，你才会知道，在蓦然回首的刹那，没有怨恨的青春才会了无遗憾，如山冈上那轮静静的满月。

诗很美好，却是那么不近人间烟火。可怜那位男孩子永远定格在28岁，再也长不大了。爱和物质是对孪生兄弟，总是形影不离。有人说"爱对了就是爱情，爱错了就是青春"。说这话的人，完全是自我疗伤。

青春是什么？青春是首美妙的歌，你的五音不全，唱什么？我在心里说。

"房价真的会跌吗？""阿华跟他准岳母说了没有？"一想到这些，我便子夜不能寐，踩着月光，来到月光皎洁的室外。

"大半夜里不睡觉叫魂啦。"阿华一接通电话就责怪道。"你当然睡得心安理得，不为房子愁，不为……"

没等我说完他便阻止道："大半夜不睡觉干吗？""买房子的事说了吗，兄弟？""就知道是你那球事，怎么你媳妇要生了？这么急不可待？"

"你家伙是站着说话不知腰痛啊！"我说，"你都不知道哥们我愁得快跳楼了，到底说了没有啊！"这时，阿华好像清醒了起来，说："当然说了，岳母一口就答应了，说要在全县最好的楼盘帮你买一套便宜的房子。"说完他还很得意地补充道："她问你要不要别墅啊。"

我一听别墅，差点哭着笑了出来，说："还别墅，就是别野我也买不起。""一步到位嘛，不是你还买不到这么便宜的别墅。我岳母说了，那开发商是她的好朋友，可以打七折优惠。"

电话中阿华明显显现出高人一头的自信。

"求你了，放过我吧，我还是先搞个窝再说。""那好吧，先等着吧。睡觉了啊。"

放下电话，我心情顿时大好，这时我才意识到阿华的选择是多么正确。现在他不用求人家，而我得求他。"漂亮也不能当饭吃，还不是……一起睡觉？"立即觉得他的话好有道理。

心里喜喜地回到房间，借着房间迷蒙的灯光，半掩的被子外，王媛修长的大腿都像是莲藕一样，白皙而又十分细腻，冰肌玉肤有一抹淡淡的红，在白皙之中显得清透。

我决定仔细研究一下她的身体，因为之前那都是饿虎嗅蔷薇，没有好好看看她的身体，觉得现在应该补上这一重要环节，否则太对不起她了。

臀不是很大，却特别结实挺翘，细嫩的小蛮腰有种骨感美，她合拢的双腿，只能看见三角区的点点体毛，很少、很软，似乎在诉说这个身体有多么青涩。

随着视线的移动，我发现她鼓囊囊的一对乳房像两只被束缚的红嘴白鸽，充满了力量的挣扎，看着那里，就想到女人的花蕾了，于是我不能自持起来……

二

"人间没有天涯陌路，只有殊途同归。你们俩也不要为难了，爸爸准备配合你们。"张由泰接着又不容更改地说："不过我也有我的尺寸，做那手术像割……那什么，我是不能接受的，我那样不成了太监……对吧。"

晚饭后，张由泰在女婿左誉立与女儿张宁檬对视一眼中连忙抢先说道。

左誉立看到他说话时，双眼中充满了慈祥和人生无奈的疲惫。为此左誉立嘴嚅动了一下，与妻子又对视了一眼后，张宁檬抢先疑问道："爸，你不是说配合的，怎么……突然就又变了？"

张由泰欠了欠身体，苦涩一笑，说："我没说错呀，配合不代表就要手术啊，可以吃药打针啊。""这样治标不治本啊！"张宁檬因此口气坚定道，"不行不行，你还是得听我们的。"

"是你是父亲还是我是父亲，是你生病还是我生病了？"张由泰脸都急红又说道："这世界就没有治本之策，即便有也是相对的，每种事物都会各自变化，每种事物都会随着量变到质变。"

一大通类似哲学的唯物辩证法，满脑子是对这个世界的不相信。如果不是女儿跟他这样说话，怕是他要大发雷霆了。左誉立见机连忙和事佬道："宁檬，不要急嘛，让爸爸再考虑考虑。"

"不考虑了，就按照我说的办，保守疗法，你们要是做好吃好喝的我不拒绝……"说话时嘴唇坚定地抖动着。

这时左誉立才领教这老头有多犟，不过他也理解这一辈人的心，灵魂深处还有父辈手上的老茧在作祟。试想，你让他手术将睾丸割了，面子往哪儿放，尤其一回到家中，邻居们问他做的什么手术时，他会难为情，觉得自己跟那过去的太监无两样。

想到这一切，左誉立决定做做妻子的思想工作，劝她遵从老人家的意愿算了。"宁檬，咱们就听爸的意愿吧，你看他……""他"字后面的话还没有说完，妻子便一把眼泪地责怪道："他现在是病人，听他的怎么行，他年纪大了有什么主见，不是你爸是吧……"她满脸扭曲着，比愁眉苦脸更痛苦。

一番责怪，令左誉立很有些迷惑不解。觉得她这样子太有点歇斯底里矫枉过正了，他也想给老人治病呀。对此，就有些生气道："所有的给予不是唯一的最好，而要因人而异。你这样强加给他只能让他生气不高兴，生气只能……"

"我不要听，反正这个时候不能见……不救。"张宁檬说完自己用手强力捂着嘴生怕发出声来。

见到妻子悲伤欲绝的样子，左誉立心一软，连忙上前抚摸着她的后背，歉疚地安慰起来。

"对于每个老人来说，享清福的标准都是不一样的。子女们往往按照自己的逻辑强迫老人享清福，反倒会带来很多问题。有些老人属于外向型，对于子女安排的'享清福'不满意，会表达出来；有的老人则不然，他们可能默默承受。"

"他就是舍不得钱啊！"张宁檬说完又接着泪眼朦胧道："他是不想拖累我们，知不知道啊？"说完她又加重语气地说："他越是这样我越觉得心里愧疚，知道吗？"

左誉立于是叹了一口气说："我给你讲一件真实的事吧。"

祁阿姨已经年过八旬，她有一对非常优秀的儿女，并且双双在国外定居。祁阿姨和老伴儿一直在国内生活，孩子们逢年过节回来看看父母，倒也其乐融融。但这种美好没有一直持续下去：两年前，祁阿姨的老伴儿去世了，祁阿姨的生活一下子没有了重心，出现了轻度抑郁。

在她治病的期间，儿子和女儿分别请假回家来看她。等她的病好了，儿女把她接到了国外，让她在发达国家享享清福。没想到，没住多长时间，就闹着要回国。

她说："在国外，我简直就是蹲监狱一般。"

回国后，儿女又专门找了保姆照顾她，儿女轮班回国探望她。但老人总觉得自己给儿女添麻烦了。没想到，回国一年多后，祁阿姨曾试图自杀，幸好被人发现了。老人的儿女不知所措，不知道应该如何做才能让老人安享晚年。后来，儿女通过祁阿姨的朋友了解到老人的想法，才明白祁阿姨这样做的原因是不想给儿女增加负担，不想让自己拖累儿女。

左誉立停顿了几下才说完。

"你确定你没骗我？"左誉立没好气道："骗你干吗？"反驳后又说："真

正的孝顺，真正的享福，还是要顺应老人的生理和心理特点，让他们做自己喜欢、感兴趣的事。喜欢跳广场舞就跳广场舞，喜欢下棋就下棋，喜欢城里就住在城里，喜欢乡下身体条件好就种田养鸭。衣食无忧固然是福，但内心快乐与充实才是更高层面的幸福。"

"反正我不想爸离开我们……"

"好了，我懂得你的心情，但你也要懂他啊。你看他的态度多坚定，就顺势而为吧，说不定也能创造奇迹。"张宁檬的目光一直在盯着他，似乎在对他的话进行着某种评判，又像无助的孩子一样渴望帮助。

左誉立顺势把她搂进怀里。

第二天，左誉立通过关系，四处联系医院，了解医院；而张宁檬则四处去访问病人。她骑着单车奔走在崎岖的马路上，那单薄的身影，在阳光烈日照射下拉成长长的巨人，仿佛在告诉世人：我一定能顶天立地！

虔诚的孝心令人感动。她穿梭在医院的病房里，跟父亲同病的病人聊天，跟肿瘤科主治医生聊天。她的爱深深打动着人们。病人家属们知道她的来意后，热情地道出了许多实情，医生们也给她讲了许多成功与失败的病例。

特别是有位医生得知她家庭条件非常艰苦却又要给养父治病的迫切心情后，把近五年来与父亲同类病人做手术和保守疗法做了一个比较。对此她一下明白了，父亲的病没有治本之策，无论采取手术还是保守疗法都是延缓生命而已。

于是她心里有了主意。

"兄弟，你说你觉得应该怎么感谢我吧。"第三天下午下班后，阿华兴奋地打来电话。听口气，我就知道房子有戏了，便故意套话道："默契到这份儿上，不开瓶酒怎么行呢？"电话中，阿华嘿嘿一笑说："那从了！"

江南的夏天，夹在梅雨季没完没了的雨水，起初是气温涨涨停停，忽然有一天雨霁云开，夏天就像浇上浓汤的照烧牛排一样，冒着嗞嗞的热气。夏天长得仿佛万寿无疆，容易令人向往啤酒的浇凉。

"真的准备结婚了吗？"这是阿华见到我的第一句话。我兴奋地点点头，态度是义无反顾地坚定。

"进来的人想出去，出来的人想进去，我替你担心啊小何同志。""没事！"我又打趣道："我就想进去看看城里还有没有美女哇。""据我夜观天象，昼观人相，你小子阳气下沉，晦色满面，属于沉迷之相，一定是沉迷女人而不能自制了。"

"对！沉迷女人不能算丢人，好歹咱也有追求，连生活目标都不知道，那才叫丢人呢。"

"你那窃喜的样子就像小老鼠偷到油瓶。"阿华一语击中我的伤口，很有点疼痛。也不知道是我想得太多还是他的无意，反正心里很是不爽起来。因为王媛这几天的表现令我对她的"忠诚和清白"如刺梗喉。我不知道她到底交往过多少男朋友，到底跟几个男朋友有那种关系，有几次想试探，却又开不了口，可就是想问我到底是你的第几个男人。

"拖油瓶我是不会干的，那不符合我的风格；戴绿帽我也不愿意，那不匹配我的身体。"在痛苦中，我装着一脸平静地挣扎道。

聪明的阿华好像发现了我内心的秘密，故意没事找事地奸笑道："吃现成的多好，你看人家现在有些女孩子，就喜欢吃现成的，有房子有车还不用生孩子，多好。"说着，他那狡黠的目光一闪，再次深深地刺痛我。

"扯淡，不谈这事。房子搞定了吧，否则今天你买单。""搞好啦！"阿华说着就自己灌了一杯酒，并学着四川话说："格老子的，怎么觉得老子像上辈子欠你的？"

"还是兄弟你靠谱，真的搞好了？""当然啦，我是谁。"说着还拍拍胸脯。"你是局长的女婿啊。"阿华于是假装脸一沉道："咱又不靠脸吃饭，你小子会不会聊天啊，还自称酸文人！"

情知自己失口，于是我马上讨好道："咱们是靠身体吃饭。"阿华一急，用筷子指着我道："你……""身体是革命的本钱嘛……嘿嘿。"

阿华还是有些生气，直到我把我那一损友靠身体吃饭的故事讲述完后，阿华的脸上才露出了奸淫的大笑，以至饭店吃饭的人都回过头来。

"你说的是真的？""兄弟什么时候骗过你？""那他就靠身体吃饭？""吃得消！每天的工作就是去健身房操练身体。""太堕落了，太堕落了！"

"怎么的？"我又不以为然道，"人家一不偷，二不抢；不生娃，不犯法……"阿华又是淫荡一笑道："跟失踪妇女一样，也是醉了。喝酒……"我们把酒言欢继续。

那天，我和阿华喝了很多酒。从此，我们伟大的友谊顺利升级换代，从有难同当到有福同享，不过始终围绕着酒桌上的话题展开、收拢、再展开。直到我们俩感觉都差不多醉了才回单身宿舍。一路上，我们悠悠地唱着《我的未来不是梦》。

不过，夜色里我们眼睛都布满血丝，眼神也彼此凌厉得有点吓人。

三

连续多日雾霾，接着就是湿冷的阴天，这样的恶劣天气，如同一个初孕少妇，身体折腾得死去活来，终于生出个白胖胖的小子——阳光灿烂。嚯，果然如我所想。

"你这种眼神看女孩，一定是要挨揍的节奏。"王媛那恶狠狠的表情，假装吓得我哆嗦了一下。"长得不好看就不让人看吗？"我故意夸奖她。谁知她却并不领情，翻了一个白眼，把背对给了我说："你到哪儿能遇到这种肤白貌美气质佳的满分爱人哇！"

也许那时候我急于希望完成青春期的冲动吧，也许是这个女人出现带来的刺激，使我相信：我得到了那种可望而不可即的爱情，比小说中描摹的要幸福得多得多，什么内心的骚动、发不完的誓言、亲不完的嘴……那全是扯淡。

而在与她相识之前，我的爱情仿佛是一只玫瑰色的飞鸟，只在充满诗意的万里长空的灿烂霞辉里飞翔。然而现在，我不敢想象，这样美好快乐的时光，是不是来得有点虚幻缥缈。

见王媛真的有些生气，我便凑上前去讨好道："甜心，为什么你有了我以后，反而好看得伤天害理。""切，酸不酸啊！"王媛说完依旧不开心道："小心烂舌根！"

如此一来，我不知道她是真的不开心还是为了下一步更大的棋。为此我一脸严肃地看着她说："房子已经差不多了啊，你就安心养胎准备奉子成婚吧。"

"谁说要奉子成婚了？"王媛一个箭步上前拎着我的耳朵道。"那你干吗那么着急要结婚，"我一个扭头摆脱了她的质问，"还以为你……有了。"

"这叫两手抓，两手做好准备知道吗。""早知道……我就不……不那么急地四处求人了。"我把不想买房的意思在措辞选择中完整地表达出来。没想到王媛冷冷一句道："不买也罢，我还没准备好跟你结婚呢。"

于是我急了，神经质地问："不是吧……不是吧……不是说好的，有房子就可以结婚的。"王媛于是用审问犯罪分子的眼神看着我道："有房子就跟你结婚，那我不成了房子的奴隶了，想得美你。"

说完她就做出要走的样子。于是我疾步上前拉着她说："房子真的搞好了，过几天就可以交钱了。"王媛为此摆出一副不相信的样子。我只好老老实实地把阿华昨晚吃饭时的一席话说了出来。

"真的吗？"王媛虽然还是疑问的语气，但是我知道她已经相信了。

"那什么时候看房？"

"过几天吧，别急嘛，又不是要生孩子。"我故意把话题引到孩子的身上，因为那时候我对女人怀孕，什么时候能怀上，什么时候不能怀上完全一窍不通。对此，当那天跟王媛第一次后，她说我"我先上车后买票"的话就一直困惑在心间。以为男人跟女人就像亚当跟夏娃偷吃禁果后就会发生意想不到的事情一样。

王媛心情已经大好。拥抱完毕后，两人开始凝望远方，观察天空中飞翔的鸟群、缓慢移动的白云……

我实在搞不明白女人为什么对房子看得如此重要，难道真的如人们所说，女人都害怕她们的爱无处安放吗？放我这多好，又不会让别人偷走！

"咱们去看舞台剧吧？"我被王媛家庭主妇般的幸福而感染了。"好的呀，你总算想到来点精神上的享受了。"说着就小鸟依人般挽起我的胳膊。为此我又有些不服气道："孔子曰，食色，性也。当然先……"后面的字没说出来之前，她已经捂上我的嘴。

于是，我们脉脉含情地相互对视一秒。我便开始有些后悔起来，干吗提议去看什么舞台剧——好蠢！

歌舞上场，方式倒是别致，是河面上载着一只只小船漂过来，宛若片片花瓣随风而聚，在水面上徜徉，每只船上只有三五个人，或划船，或奏乐，或跳舞。乐声空灵婉转，舞姿美妙动人，更赏心悦目的是中间最大的一条船，上面坐着一个犹抱琵琶半遮面的女子，俄顷，歌声响彻夜空。

"好有情致啊。"我赞叹道。接着珠帘漫随风动，低吟浅唱。歌声犹如夏夜江月之悠远，空谷幽兰之出尘，塞外飞雪之壮阔。王媛紧紧依偎在我怀里。我们的腿，有时候你夹着我，有时候我缠着你。她的眼睛不自觉地向下看着，我则装作什么也没有发生。不过，很快我感觉有些晕眩起来。

以至在舞台剧结束后仍然没能清醒过来。

这时，夜是黑的，还下了几点雨。我吸着温润的空气，凉风吹着我的眼皮。舞台剧的音乐还在耳边响起，她则睁着眼睛想打瞌睡，仿佛那舞台剧对她无关紧要。

夜色，有时候真是最好的屏障，我按捺不住身体狂奔的动机，抚摸着她的蘑菇头，抚摸着她的手指，软如细骨，沁人心脾；有时她张开樱桃小嘴，我却是大吻着她的脸蛋；而她只好是半推半就，带着微笑，又带着厌烦，就像对付一个纠缠不清的孩子。

突然我嗅到她身上不知道从哪儿来的芬芳味，仿佛她的肉体使她的内衣也变香了。于是我们在彼此的需要中，把情侣间的节目再重复了一遍。

烦闷这只蜘蛛总是在人们内心痛苦的时候开始小心织网。

夜深人静了，王嫒睡不着，不是因为房子，不是因为我，而是她自己也不知为什么烦闷。

"少女情怀总是诗。"还有什么能比初恋少女的情怀更纯真、更美丽呢？许多年以后的今天，在这样的底色，她仍然会忆起 22 岁那年，窗前那淡淡的阳光、淡淡的花香和淡淡的忧郁得像诗一样的心情。

那一年，她刚大学毕业。

找的工作恰好坐在临窗，每天上班她都会早早来到公司，把从路边刚采来的鲜花插在花瓶中。和煦的阳光透过玻璃窗直射进来，把她连同鲜花都定格在一个画框中，那叫一个漂亮。她拨弄着鲜花，嗅着鲜花发出淡淡的幽香，像一位初恋的少女，等待心爱的人出现。

宁泽有一个非常洋化的英文名——Vanke Co，是个高高的潇洒的台湾男孩，刚从英国留学归来，在这家公司的无锡分公司任部门经理。一头不羁的黑发，在快速走路时一扬一扬，像一束风中摇曳的芦苇，很有点气宇轩昂。

Vanke Co 是个很内敛的人，有一次，她忍不住对他说："经理，你做事好有激情哦！"他一愣中，粲然一笑，回答："理想的生活来自生活的理想！我们一起加油吧！"

正是因为这句话，让她想了许多日日夜夜，可是她却无法得解含义所指。有一天，公司的人员接二连三地辞工、请长假，顿时把他忙得焦头烂额，随后又不断地咳嗽。一种潜在的母性在她心头蠕动了。

为此，她真诚而心痛地对他说："你多请几个人帮你吧，看你每天干得那么辛苦，身体会受不了的。"他似乎很感动，眼睛盈出泪光，投去深情的一瞥。

爱总是来源于感动。他逐渐喜欢上了这个聪慧、清纯、秀雅、善解人意的女孩。她给予他关怀、温暖与欣赏，使他身在异乡不觉得寂寞，工作劳累不觉得辛苦。

每天一上班，他便总要看看她窗前淡雅的鲜花，给她投去关爱的一瞥。

而这一瞥中包含了几多深情不曾有过。因此他的心里总会一颤，对自己说：我这是怎么了？

对于她，对于这样的坚持，这样的温情，他觉得也是甜蜜也是一种负担，因为他心早有所属。可是面对这样的温情，他害怕失去又害怕得到，但无论如何这已成为生活中一种不可或缺的习惯。

被人爱，总是一种幸福。爱别人又何尝不是一种幸福呢？于是有一天他将一切都告诉了王媛。

王媛因此非常伤心，并果断选择了离开。但她并不后悔，一个正沉浸在爱河中的女孩，会因所爱的男孩而美丽、恬淡、温柔，会因所爱的男孩满怀淡淡的忧郁，会为心中充盈的甜美的情感而读诗、写诗。

隔夜的爱情就如隔夜的茶，再怎么细心品尝也只有昨天的味道。王媛有些失落起来……

"对于你父亲的病，科学治疗完全有希望治愈，建议采用中医特殊的疗法服中药治疗，通过中药杀死癌细胞，消除肿瘤，调整阴阳平衡，扶正祛邪，标本兼治，消除癌细胞赖以生存的环境，从根本上使人体不再产生癌细胞，达到完全治愈的目的。"

中医院尤士德主任医师说完，张宁檬立即惊喜道："真的吗，医生？"尤士德看了她一眼，又辩证道："不过呢，你父亲这种病主要还是看自己的体质，还有意志。"张宁檬于是又疑惑道："我父亲的体质一直很好，从没有感冒生病发烧。"

尤士德为此扭了一下脖子道："病来如山倒，这跟平时生病不生病没有关系。"说完他又接着说道："我这儿有位病人，到过很多医院都说没有救的希望了，但是病人觉得他没有问题，在查出晚期后依然活着，到现在五年了……所以说病人的意志很重要。"

那天晚上，张宁檬一高兴就将这一消息告诉了父亲。张由泰听了依然用宠辱不惊的表情说道："从今天开始我将进行你死我活的斗争，放心吧孩子，相信你爸一定行。"声音中透露出无比的疲惫。

张宁檬握紧拳头说："嗯，你一定行的！"张由泰还给一个意味不明的笑。

懂得越多就越像这世界的孤儿，走得越远就越明白这世界本是孤儿院一样。

张由泰与前妻离婚而不愿意再婚，就是因为他太懂得婚姻不是人生的全部。他对死亡一点也不害怕，相反他更害怕他死去之后保护不了女儿张宁檬了。因为这个养女带给他前所未有的幸福与快乐。

在梦中，张由泰迷蒙中看着养女张宁檬决然远去的背影，他往前伸出了手，却什么也没有抓住。身边的秋叶仿佛配合着的悲惨顿时飘然落下，乌鸦仿佛配合的啼叫让人痛彻心扉。

张由泰感到心脏猛然抽搐，脸色唰的一下变白，随即捂着胸口在角落蜷缩，紧紧盯着女儿的背影渐行渐远，他眼里噙满泪水，却身如沉石，动弹不得。他感受着心脏病发作的剧痛，感受着生命的流逝……

正当绝望之时，张宁檬一声甜甜的"爸爸你在哪"把他从死亡线上又拉了回来，于是，他使出全身力气打翻了床头上的茶杯。七岁的张宁檬冲进房间后，她没有哭泣，没有慌乱，而是拨通了120。

医生说再晚五分钟就没救了。张由泰得救了，他觉得他的命是女儿救的。更为这个小小年纪的冷静而折服，从此对她更是疼爱有加。

第四章 算 计

一

有人说人生的幸福始终是一个递增过程。然而有一天我惊讶地发现，人生的幸福始终是一个递减的过程，而困苦才是一个不断递增的过程。

譬如婴儿从出生，先是妈妈们在减肥、美容、无节制的各种娱乐中把奶水弄没了，只好借助奶粉来长大，还享受不到母爱的乳汁；接着上幼儿园了，自己飞不动，得让孩子飞呀，需要找个好学校或便利的学区房，不让孩子输在起跑线上，于是花掉父母大半生的积蓄，而孩子们还得承受拔苗助长的痛苦；再接着上小学、中学、高中，又是学区房又是补课费，父母更加疲惫不堪，而孩子们则往往要像小牛拉大车样，在各种补习、培训班

中穿梭；再接着高考前后，父母焦虑得睡不着，生怕孩子上不了好的大学，怕填写错了志愿，错过人生的"独木桥"……

直到孩子大学毕业，为人父母们还在忙活着。托亲戚朋友帮孩子找工作，工作完成了紧接着得买房子，买房子还得买车子呀……然后再到孩子结婚生子，把前面的路重走一遍，实在是苦不堪言。对此为人父母哀呼，令自己感动，孩子们则一脸无辜并在心里说："谁叫你们不好好睡觉非要把我带到这个世界？"

我之所以得来这么多的现实总结，得感谢阿华昨晚给我报告了一个他的特大喜讯和特大烦恼。特大喜讯是阿华说准岳母催促他们早点结婚，说"女儿大了不中留，留去留来留成仇恨……"

那说话口气并不是她不希望留着女儿，而是女儿实在不听话……怕以后她的脸没地儿搁……怕同僚们笑话她……女儿没结婚就肚子搞大了。

阿华是个聪明人，知道缪局长一席话中的话意。是在责怪他们不应该这么快就同居在一起，保不准哪天把她女儿肚子弄大了她这个局长在外面无法见人。可是阿华并不这么想，他觉得男人和女人在一起，就像猫和鱼，就像茅草和火，哪有不出事的道理。

其实缪局长是欲加之罪，她是想在其位谋其私，利用公权把女儿婚礼办了，过两年退居二线了，就无法权力自肥了。

阿华心想，就算把柳青的肚子搞大了也有你一份功劳啊，否则我就是再怎么练习童子功都没用。记得那天晚上他坚持要回单位宿舍，可你缪局长老人家说天太晚没车了，就在这儿过夜吧。

过夜就过夜吧，我也答应了。可是你只字不提我睡觉的地方，你这不就类似请人吃饭就是不安排座位，就是分明叫我跟你女儿挤在一起啊。我还冤呢，我还没做好准备你就让我当新郎了，能怪我吗？

结婚这件事，对于阿华来说既喜又忧，不光来得太突然，他都没做好心理准备，更没有跟他妈汇报，尤其这次谈话中已经让他领教了缪局长的厉害，什么敲打、威慑、利诱、拉拢等官场上的那套全用上了。他可不想像柳青她爸那样被人压制一辈子。想到这，他惊出一身冷汗。可是现在已经箭在弦上，想打退堂鼓已经无法退却了。

对此，阿华思索一下，只好毕恭毕敬地说："阿姨，给您添麻烦了，结婚后我一定会对柳青好，您放心，我绝对不会做出对不起她的事来。"说完又补充道："那我马上跟我妈打电话说买房子、筹备婚事好吧？"

"买房子、筹备婚事这些事，就不用你们管了。"缪局长说，"房子几年前就为你们准备好了，婚礼就交给下面人去办，你们就准备当新郎新娘吧。"

阿华只是一个略表决心，结果真的弄假成真。他挣扎着想说结婚这也太快了吧，我还没有跟我妈讲啊，等等。有很多话要说。结果在他想跟缪局长商量说能不能再等等时，缪局长脸一沉道："从今天开始别再叫阿姨了，听得怪别扭的。"说完就拎起公文包往外走。

"妈，你上班去呀。"阿华几乎是脱口而出。缪局长在一愣中，欣喜地回头，幸福地笑了，她觉得效果太明显了，阿华太懂事了。

"妈，我要结婚啦。""这么快呀，是那个局长的千金吗？怎么也不跟我提前说一声。"阿华的妈在电话中既惊喜又不无责怪道。于是阿华把妈妈脑子中所有的疑问，用刚才跟准岳母的一席话进行了回答。

对此，母亲不再责怪他，而说将重点转移到婚礼谁操办的问题上。"那不行！"阿华妈否定后又理直气壮地说，"华家的大喜事，怎么让我们不参与……咱们不接受、不承认、不执行……"声音比外交官坚定几倍。

围堰里面淹死人。阿华知道母亲的脾气，从来都说一不二。因为他就从来都没有听到过父亲一辈子说过不字。于是心里犯起难来。

"那我们再商量吧，妈。"

电话说到最后，阿华实在没法再退守了，只好来了一个缓兵之计。谁知，他母亲并没有放下电话的意思，而拿出两国交战，决不退缩的勇气，说："儿子啊，这事没商量啊，华家这么大的喜事怎么能她一家说了算，恋爱是两个人的事，结婚是两家人的事……懂吧。"

阿华也不知道母亲什么时候练习得能说出这么大是大非的语言来。因此他只好在"嗯嗯"中放下电话。

放下电话后，阿华对母亲的强势介入有些不理解，非常困惑烦躁。心想，人家又不要你买房、买车还把婚礼都一起办了，不费钱、不劳神，白白让你家娶一媳妇还要干涉那么多干吗呢？

困苦伴着思绪行……

"你小子在哪儿，快到我的房间来！"接到阿华的电话时我正在赶写一篇《关于婚姻门当户口对建设性思考》。这是应约那本知名的婚姻杂志的约稿。

在接到编辑的约稿电话后，我一连说了几个"不行不行"并说我连恋爱都没谈几天，哪能写出这样有建设性的思考，那不就是对牛弹琴，瞎说八道嘛。可是那位美女编辑执拗地不这样认为。她说就是因为你是围城之外的人才看得清看得明，才可以指导人……并说好多婚姻专家都没结婚……也建设性了许多问题。用流行话说这叫跨界懂吗？

"是天塌下来了还是日本国再次偷袭珍珠港了……"我在电话中责怪道，并说我正在写《关于婚姻门当户口对建设性思考》的论文。阿华一听，随即戏谑地责怪道："你那写的破东西都是纸上谈兵，我这事儿足够你写三天三夜也建设性不出来。"

我猜想如此急，应该是他的性事出问题了。因为听出他的用字了。

推开阿华单身宿舍门，发现他正在烟雾缭绕，类似于罗丹那幅"思想者"的雕塑。

"何事愁？"他不理，我又打趣道问，"愁何事呢兄弟？"阿华依然保持着"思想者"的姿势。我便十分好奇地上前推了推他，然后用探雷的目光盯着他问："说呀，什么事能把局长女婿给难住了，找她去解决呀。"

我不得不承认，对好兄弟这样说话有点落井下石的味道。不过，说这话的主要原因是我对他以后光明幸福生活很是妒忌了。

"哼！就是她出的题！"阿华说着又眨眨眼叹气道，"我找她去解？""什么题？"我说，"那就说出来分享一下吧。"为此阿华在纠结中将岳母的话，加上自己母亲的话——一说了出来。不过，我能明显感觉到在说到母亲时，他眼里闪着泪光。

沉默加思考一会儿，我哈哈一笑道："解铃还须系铃人，就这么点事就把你难成这样？""怎么解？"阿华很烦躁地说，"你是让我去求她说我妈也要办这场婚礼？"

"这有什么不能！"我看透他的心事说，"婚姻就是一场比肩而立的斗争，只有局部平衡才不会有战争。""不行，不行！"阿华接着哭丧道："我……我说不出口！"说完头还一扭怩。

"是不敢说吧？"阿华脸一红，我知道击中了他的要害，便又怂恿道："结婚本来就两家人的事呀。""我妈这么说，你怎么也这样说呀！"于是我说："这恋爱吧就像盖房，房子盖起来还得有家具吧，家具怎么放、怎么搭配大有学问……"

见他傻傻地看着我，接着再讲到结婚是两家人的事，就如一家人其乐融融地在喝着酒，吃着佳肴，突然闯入了一个强盗，还端起酒杯喝酒吃肉，人家怎么会同意……

"什么，我是强盗！"阿华如猴急样，我撺道："好吧，我知道我这个比喻不恰当，但你必须接受这个现实，你是一个入侵者的角色。"阿华一挥手吐出一个"你——"愣在那儿。

"算了，哥们儿我不折磨你了。"我说，"开辟两个战场呀，她家办她的，你家办你的不就得了。""这样能行吗？"阿华的脸上明显释然了，但他并不相信地问："那要是缪局长不同意咋办？"

"放心，"我扑哧一笑说，"她们肯定同意，再说这个问题也简单，你可以不告诉她呀。""这样不是暗度陈仓，真的行吗？"

"准行。"为此，我耐心细致地告诉他这结婚办婚礼，女方家可以办，男方家也可以办，而且这样的先例在中国大地普遍进行。说到这儿阿华还是有些不信，于是我又从女孩流行过阳历生日到阴历再过一次生日……在胡扯加糊弄的不恰当的比方中，终于把他征服了。

"不错呀，不愧为婚姻专家呀，真兄弟！"说到这儿，阿华又有些疑问道：

"那我不是要跟柳青商量统一口径才行？""必须啊，没有杨贵妃，你演什么唐明皇呀。"

"那你说我媳妇会不会同意？"为此我怒其不争地反驳道："你连你媳妇都搞不定还结什么婚呢？"阿华尴尬一笑说："那倒是小菜一碟，咱是谁呀对吧？"见此，我戏谑地唱道："别问你是谁，我会笑着面对……"

二

"医生，医生，我爸疼得不行了，快……"张宁檬对着护士值班室焦急地喊道。晚饭后，张宁檬发现父亲不断痛苦地皱着眉，立即给丈夫左誉立使了一个眼色，连劝带拉地将父亲送到了医院。

她知道，父亲这种病到最后的关头几乎都是被疼痛折磨致死的。为此当她看到父亲眉毛一皱一皱时，知道他坚持着不吭声是为了怕他们担心。

没想到，一进医院的急诊室，癌细胞的攻击令父亲的疼痛再也承受不住了，额头上的汗珠如雨滴汹涌而下，可是父亲依然没有让自己叫出声来。

值班医生看了病历，便把张宁檬和左誉立叫出诊室说："必须住院接受治疗，否则……这样下去病人会坚持不了几天的。"

医生说着还给出治疗对策："前列腺癌的疼痛一般按照WHO的三阶梯止痛方案，如果普通的止痛片疗效不好，应该使用曲马多一类的止痛药治疗，如果仍然不能止痛，可以考虑使用杜冷丁。"

"一切听从您的。"左誉立连忙说道。张宁檬则泪眼婆娑地紧紧握住父亲的手。父亲指甲则已经深深地嵌入她的手心皮层之中并感觉到已经嵌出血来，而她却装作什么也没有发生。

左誉立一一看在眼里，痛苦在心中。他知道所有的父女情深都因唯其真诚，所以感动。他一扭头，试着自己微笑走上前去。结果泪如泉涌，然后相互抹着泪水。

病来如山倒，病去如抽丝。

经过中西医的结合治疗，一周后，张由泰的癌细胞攻击在激烈对抗中暂时败下阵来。漫漫白日里，左誉立想了又想，可就是不明白这癌细胞也是欺软怕硬的主吗？

张由泰又恢复了之前的生活状况，上公园、接送外孙女缩缩。日子过得不惊不澜。不过，张由泰意识到癌症君不可就此轻饶过他，好在他心里十分坦然。觉得这人生老病死是自然规律，每个人都只是时间的问题。

这时候一个叫"保健品"的"东西"悄悄闯入了张由泰的生活。一开始张由泰是不相信的，觉得都是骗钱的鬼把戏。可是在别人的怂恿下，尤其是去听了一次保健品的讲座后，就不由自主地爱上了它。

早上送完外孙女缩缩上学后，哪里有讲座跑哪里，哪里免费发"药"跑哪里；上午赶一场，中午再去赶一场，下午再去参加什么健康"研讨会"。就像他当领导时，忙得团团转。

令张由泰自己都意外的是跟洗了脑似的，突然发现保健品能包治百病。经常听完讲座，回来就带回一堆的保健品。那些保健品都是些市面上从来没有见过的"药品"。

他心想，反正也不要我的钱，说不定还真能收到意想不到的效果呢。这样既节约药费开支，能给外孙女缩缩以后上学择校节余一笔钱来。人家为了让孙子进入一个"好班"，分到一个"好座位"，四处送礼才把事情办成，我这样做不是也挺好的。

想到这里，他开心起来，仿佛身体上的疼痛也一下子好了许多。为此，张由泰在一次听课中，坐在他边上的一位年纪差不多的老人说自从他吃了一种名叫"血红素"胶囊后，身体一下子硬朗了许多，多年不治的前列腺炎也好了，并说这药对其他癌症也有疗效。

张由泰真的动心了，觉得太对症了。他给自己算了一笔账，如果按照那人所言，一月只要吃一盒"血红素"胶囊，只要三百块，那么一年下来也就几千块钱。比他住院一天就要三百多便宜多了。于是他买了两个疗程的量。

也不知道是张由泰的心理作用，还是癌症君那些天在放假睡忘了，在吃

"血红素"胶囊期间，他感到小便不再那么刺痛而且神经的疼痛也减轻了许多。于是在一次听讲座中，他把这一消息告诉了邻座的那位老人并一再感谢他提供的消息。

没想到那老人一听，就又推荐道："你如果吃了山神牌玛卡胶囊，效果会更好……"张由泰为此一下子又买了两个疗程的量，共计花费三千多元。

销售方为了鼓励他战胜病魔，还赠送了些礼品。其中一件是一块具有神奇功能的手表。推销人员告诉张由泰，这是红外线表，能治脑梗、高血压、心血管疾病。

高兴得不得了，张由泰觉得太划算了。于是继续参加各种老年养生保健讲座。各种不知名的"抗癌药"便陆续进入他的家里。直到有一天，张宁檬在收拾他的房间时发现桌上、地上全是各类药，便奇怪地问道："爸，这些药都是什么时候配的呀，这么多吃得过来吗？"

原本一句普通的问话，张由泰以为女儿嫌他买多了，因此有些生气道："这药很便宜的，又花不了几个钱……"张由泰说完还拿出一块手表，当宝贝似的说："你看这些东西都是卖家免费送的……"

张宁檬不再说话，大概知道怎么回事了，就继续收拾房间，令她意外的是，父亲房间角落里类似的赠品还有不少，有鸡蛋，还有"玉器"、牙膏、炊具等生活用品。

"爸，你是不是去听老年健康讲座了？"张由泰一愣道："是呀，参加讲座的老人可多了。"张宁檬忍着气愤告诉父亲，说："卖保健品靠的不是产品疗效，而是靠忽悠。""不对吧，那怎么那么多人参加？"说着很不服气地说，"你看我的病也没有发作了，说明药效很好呀。"

事实胜于雄辩，这下，张宁檬无话可说了。父亲说得也对呀，这一个多月了，父亲的病确实没有再犯过。不过她还是不相信地劝说道："那些开讲座的人全是骗子！"并说她在电视上看到过报道，有的老人被骗了不少钱……

张由泰为此不高兴道："怎么随便好说人家是骗子呢，你看我吃了他们的药不是好好的，既经济又实惠……"总之，父亲一万个不相信人家是骗子。

张宁檬知道，那些卖保健品的其实就是一个大的团伙，每次来销售一种"药物"多则数十人，少则十余人来一起打掩护。他们每天会在街头发放小广告，从来不说是卖保健品的，也不说是什么公司，总是打着国家某老人协会旗号，或者是老龄委下属单位在搞活动，忽悠老人去参加讲座。

她也知道父亲的脾气，他认准的事谁也改变不了，为此一个大胆的想法在她脑海中产生了。

后来有一天，在得知父亲又要参加一个"中国老龄健康产业发展论坛会"的信息后，张宁檬决定扮演成老人亲属跟随老人们进入了所谓的"老人协会讲座"。

一进去，张宁檬就大吃一惊，发现所谓的"协会"其实就是一租用的民房，里面挤满了各年龄段的老人，有的老人甚至手里拿着笔和本子认真地记录"讲师"所讲的内容，四周有不下10名"工作人员"监督，严禁老人或家属用手机等工具进行拍摄。

讲座开始前，这些所谓的"老人协会"先送点小礼物。然后专家出场，随着专家激昂的语气，保健品的价格一降再降，老年人觉得既权威又实惠，开始购买产品。当张宁檬问一老人吃了这么多保健品有没有感觉不适时，老人则信誓旦旦地说："专家说，吃了不舒服的，是产品在发生作用，是在和体内疾病作斗争的反应。"

简直令张宁檬哭笑不得，因此她确定这种健康讲座其实就是骗钱的把戏，决定报警了。直到警察来了以后，把那帮人一一带走调查，张由泰才明白了一切并顿感身体里各个细胞发出了撕心裂肺的疼痛。

再次住进医院，张由泰对他购买来的药品还是坚定不移地认为是好药。可转念一想，又觉得不对，既然是好药为什么自己的病又发作了呢。于是他求助地看着身边的医生问道："医生，你帮我看一下这药是真的还是假的。"

医生接过药盒，瞬时就笑了出来道："假药，老同志不会也是听健康讲座买回来的吧？"他认真地点了一下头。"只要你相信他们了，你就跌入了一个连环的骗局。"

见张由泰苦笑着，医生为此恨恨地说道："这些保健品推销员通过种种的忽悠，送礼品、打感情牌、发现金，这些做法无非是要骗取老年人的信任，让他们以高额的金钱购买这些毫无安全保障的'药品'。"

一席话后，张由泰开始后悔不已，前后加起来他花了五千多元。想到这儿他的眼里盈出泪花。原本想为家里节约一点钱的，没想到让自己白白糟蹋了几千块，想想心里就如针刺。

直到当那医生问张由泰有没有被骗去钱财时，张由泰还支支吾吾说："自己没被骗过，但是有人被骗过。"

可是，张由泰又很不明白为什么在他吃了医生说的那些假药后自己的病为什么没有发作，而且有向好的趋势？"医生，那为什么我吃了他们的药后感觉身体好了些？"

医生顺势不假思索道："首先你这种病是一种慢性病，在你前一次中西医结合治疗中，药物的作用还在持续发挥着，尤其中药的药效较慢较长，自然你就张冠李戴了；其次，人的精神力量很重要，当你被他们忽悠说他们药效非常好的情况下，你的精神控制住你的注意力。"

医生说完，张由泰开始了一脸绝望。张宁檬见此，连忙上前安慰道："爸，没事的，没事的……没事的。"

事已至此，她已经不知道怎么来安慰父亲。毕竟他也是为了节约才被人家忽悠上当的。这时她想起那句常言："天下没有免费的午餐。"

三

"跟我走！"我敲开王媛的门，手一挥说，"go，看房去吧！"王媛有点神经短路，问："什么？不许忽悠我啊，否则你这次死定了。"对此我自信地一笑，头一低，做出顶级太监的模样道："岂敢，岂敢，夫人您小心路滑折了小腰嫩腿。"

立即就把王媛逗笑了并顺势蹿到我的后背上，接着她那热烈的体温和好闻的体香，就传到我的全身。

幸福顿时萦绕满怀。

"高端顶配，城央绝版墅质空间。深研高端家庭生活习性与日常生活所需，极力将人性视野与功能考量纳入户型空间的规划中。60万平方米中央高端居住区、1.3超低容积率、15米面宽的城市宽景洋房……无论哪一项，放眼世界皆前所未有。"

听着售楼小姐高山仰止的介绍，王媛一脸兴奋与惊喜。对此，我好面子地拉住她的手，阻止着她发出乡下人没见过世面的赞叹。她没有不高兴，相反兴奋得有些手舞足蹈。

"作为金地集团最具创新意识的城市宽景洋房，携昔日弥足珍贵的院落生活光耀城之中央，高端低密的洋房院落，成就现代人心之向往的都市桃源。漫步其间，10多万平方米的绿树花草，不知不觉已经将马路的浮华喧嚣一一挡在门外了。"

"嗯，不错！"我失声赞叹。王媛的嘴唇则是嚅动了一下又把话咽了回去。见我非常认可，漂亮的售楼小姐又侃侃而谈："层层退台，自然是最昂贵的奢侈。层层退台的建筑设计，营造出层次分明、亲近自然的多纬度开放空间。每层每户皆拥有无遮无拦的阔尺露台，带来豁然开阔的视野，令人心驰神往。"

"真的不错呀，老公！"王媛甩开我的手，失声赞叹道。售楼小姐似乎并未为她的插话而停止介绍，只是盯了她一眼，把她当成那种吃现成的女人轻轻鄙视了一下，又继续介绍道："底层TOWN独享私家前庭后院，或种养花草，或闲坐养神，或知己言欢，或举棋对弈，或煮茶焚香……"

售楼小姐停顿了一下又说："在高楼、车流、商场、人群越发密集的城市里，一方自家院子如此难得。寻常的生活情境因为清风阳光鸟儿的加盟，趣味自是大不相同。顶层洋房独享私密通透的屋顶花园，一家人厮守高处，以天幕为穹，眼界广阔，心情自然豁然开朗。"

"顶层洋房得多少钱？"我故意打断售楼小姐说，"我可没那么多钱啊。"售楼小姐立即嫣然一笑，说："缪局长介绍来的客人，当然按最优惠的价格啊。"

她的话令我颜面大放异彩，活了二十多年，还没有如此漂亮的小姐跟我这么客气。为此我用眼神在王媛面前很是自豪了一下。那意思说你未来的老公厉害吧。

"观景电梯直达，开启电梯洋房时代。洋房前所未有的观景电梯，细节之处尽显人性关怀与科技智慧，我们已考虑到年事已高的父母，或者几十年后的自己，如何生活得更便捷、安全，你看我们电梯全是免检产品。"

售楼小姐介绍完，我和王媛一连说了几个"不错不错"。于是售楼小姐生怕失责地再问："先生是要宽景洋房还是观景洋房？"王媛不假思索说："我要观景洋房！"接着她看着我说，"清晨我会和你一起坐在顶楼上看日出，傍晚我们一起看日落，然后我会生一群孩子围着我们……"

"你以为你是猪啊。"被我打断了。

以为扫她面子她会生气，结果王媛并不生气，而是继续说道："晚上我会带着我们的孩子数星星，看月亮，一起聊牛郎织女鹊桥相会……""孩子都被你带成早恋了。"我责怪道，"我才不会让你这么干……"

"你是猪！"王媛狠狠地瞪了我一眼说。我知道她觉得我这人情商不高。而她这个人却是那种活在梦中的人，总在时时处处追求一种浪漫，就如《包法利夫人》中的艾玛，而我就如可怜的夏尔。

一想到这儿，我心中就顿时激荡起一股涟漪。我可不希望她成为第二个艾玛，尽管我很喜欢艾玛那种浪漫得不食人间烟火的情调，尽管我也喜欢艾玛的淫荡。

"何先生，您看是不是就按你夫人说的定吧？观景洋房是我们这儿最好的，她真有眼光……"

售楼小姐把王媛顺带夸了一下，她立即如鱼得水，更加来了情绪道："一样一套吧，我都好喜欢。"为此我一愣，用手在她面前做了一个点钞的动作。没想到王媛眼睛轻蔑一挑，轻轻地对我说："本小姐自有打算。"

"一起买两套可以吗？"售楼小姐愣了一下，看着王媛说道："缪局长的客人，肯定没问题。那么咱们就去签协议吧？"

　　我立即陷入忐忑不安中，扯了扯王媛的衣服示意她后退一步我们商量一下，结果王媛又是狠狠地瞪了我一眼，阻止住我的疑惑和对她做出非常人一般的决定的困惑。

　　"好吧，我等着看好戏吧。"我在心里说。然而，当售楼小姐拿出买房合同时，王媛却又变卦了说先买一套。这令售楼小姐很是不解地看着她。她便又呈现出一副漫不经心的样子道："今天带的订金不够，明天再来交另一套的好不好？"

　　"可以的。"售楼小姐说着又淡淡一笑说，"缪局长的客人随时欢迎，都一个折扣好吧。"

　　变幻莫测，我对王媛的举动很不解。而她一直用眼神阻止住我，怕我多嘴，大意是你再啰唆，一会儿回家跟你没完。于是我便怏怏地跟在她身后，那样子就像一个跟班的太监。

　　看着王媛欢天喜地签订着协议，我这时才觉得权力是多么好的一个宝贝。自从我们踏进这家楼盘，售楼小姐都是笑脸相迎，生怕得罪了我们。

　　如此高规格的待遇，知道这是阿华的功劳，否则也享受不到这样的礼遇。对此，我又对阿华将来的生活，对他将来的仕途，开始一一妒忌起来。觉得这人和人比差距实在太大了。

　　就说我跟阿华、左誉立吧，同上一所大学，同吃一锅饭，同一天定级定职，结果人家一下子弯道超车把我们甩到十几条街以外。想到这儿，我不得不仰天长叹了一口气，却看见一只不知名的飞鸟从天空跳跃划过，醍醐灌顶般触发我明白了——婚姻原来是可以改变命运的。

　　面对这一惊奇的发现，我迅速把社会现象联系在一起，然后从内心发出对阿华的赞叹，觉得他就是比我们有脑子，有远见卓识。什么要娶漂亮媳妇、什么相信爱情、什么郎才女貌……这些都不重要了。

　　不过转念又一想，我还是接受不了一个我不喜欢的人与我同枕共眠，否则会做噩梦，会断子绝孙。

　　"搞定！亲爱的，俺们回家。"王媛说完又是一个顺势蹿到我的后背上。

我挣扎着，叫嚷着："你光天化日之下多不成体统……"谁知王媛并不罢休，嘴里嚷着快马加鞭，还挥动着手里的合同招摇着。眼看围观的人越来越多，我假装生气地强行把她拽了下来。

"值得这么疯狂啊？"王媛却来了个意犹未尽地生气，说："我还不愿意这样呢，因为今天我高兴！""你哪儿来的钱要买两套房子？"我接着又说，"这好不容易才借到一套房子的首付……你打算让我抢银行还是去打家劫舍啊？"

看着我生气地数落，王媛也不生气，并像突然得了神经病样仰望着天空，转着圈笑道："说你傻子吧你还自以为聪明，你妈一定给你是母乳喂养的。"

"疯了，简直疯了，赶紧得把你送到第九人民医院。"话音一落，王媛立即瞪着她那双好看的眼睛说："你才疯了，我现在比任何时候都清楚在干什么。"

"那你就说说你聪明的过人之处吧！"王媛则立刻如胸有成竹道："来，过来，我给你好好普及一下理财知识。"

我疑问地看着她。

"不是每个房奴都是有能力让生活不悲哀的。据了解，现如今在诸多房奴中，不管是仅拥有一套房的，还是多套房的炒房者，让房奴生活不悲哀，是有窍门可循的。月供在家庭收入比中可控、以房养贷、利用杠杆投资等等，不一而足。"

"怎么养？"我又迷惑地问。"一位炒房时间达十年之久的人士这样总结其炒房经验：低迷期买小户，高峰期买豪宅，盛世期卖房。借此规律，十年来资产翻番。尽管每月还贷仍以上万计，但你能说他是一个悲哀的房奴吗？无论是自住还是投资，掌握买房时机都是一个快速致富的砝码。"

"可是你的前期垫资呢？"我的眼里充满了不可能甚至是嘲笑、讥讽。

"向银行借钱呀。对于有其他投资产品的购房者来说，哪怕是银行商业贷款，目前贷款利率也很低，这从其他投资品上获得收益并不是难成的事，更何况如果在去年年中以前买房还能拿到 7 折优惠，多么划算。"

"这个东西我不懂！"我说，"随便你吧，咱们家的事以后你做主。""所以我得给你补课呀。你看我们这次订的观景洋房，总价在 150 万元，而溢价可以达到 200 万元。如果我们在首付完成后，以 200 万元挂牌出售，是不是赚了 50 多万元？"

滔滔不绝，如数家珍。我被她的激情俘获，微微赞叹，又摇了摇头。实则是一种由衷的佩服，这种佩服就像一棵树在河面上的倒影，好看极了。

"说你笨吧，你还就不信！"王媛怒其不争地说，"之所以我们这套房可以达到溢价 200 万元，是因为人家看在缪局的面子上打的折扣，简单说我们买的这套房就值 200 万元，如果再加上房价上涨因素，赚 100 万元都有可能，现在应该明白我订两套房的原因了吧。"

"哎哟，你这不就是玩的多年前倒爷的小把戏嘛。"面对我的很不以为然，她又愠怒地责怪道："你……你……真蠢。这叫以房养房，腾鸟换笼好不好。""还不都是一个意思，你这就是典型的跟过去那帮倒爷一样的吗，哪儿的物资便宜炒到哪儿，然后赚取中间差价。"

"好吧，你说的也对，我就一倒爷！"她不无自豪地说，"本来你不提倒爷我倒真想不起来干倒爷了。这下好了，感谢你提醒，明天就回单位辞职，专干倒爷。不，我现在就是倒姐了。"

我又被逗得哈哈大笑道："又不着调了吧，你就倒姐吧，放着好好的工作……""你不懂，现在靠上班能挣几个钱啊。自古以来马无夜草不肥啊，懂吗，懂吗？"

"不懂，你让我越来越看不懂了。"我假装生气道。于是王媛把她准备借用阿华这层关系，一边倒房，一边注册开房产中介的思路抽丝剥茧样一一说了出来。

"好办法，好办法。"我听了立即赞叹道。接着又疑问道："那你一次又一次找的，人家阿华那准岳母会答应吗？"王媛为此诡异一笑道："他有张良计，咱有过桥梯，走着瞧吧。"

于是我有点佩服地假笑了。

"你现在不生我气了吧？"她问，一丝微笑浮现在她的嘴唇上。

"一点儿也不！"我接着难为情地笑着说，"有人帮我发家致富干吗要说不呢？"

"想吃软饭啊？"

"干吗不呢？"

王媛随即恨恨地掐了我一下。不过我忍着没有发出声来。说到底，跟自己爱的玫瑰在一起，什么痛苦的事都不是事，况且这还是一枝会赚钱的玫瑰呢。

第五章　没商量

脉象紊乱，心乱如麻。一枝一叶总关情！

阿华带着一路烦乱的心事地来到太湖边。凝望着浩渺的太湖，傻傻地看着天空中飞翔的鸟儿，还有那缓慢移动的壮观白云，觉得自己要是像那鸟儿就好了，可以自由飞翔，不受任何人的左右，多好。

阿华之所以心中烦闷，源于他迫不及待要过上更好的日子——还有仕途一片芳草的诱惑。因为他的贪念、欲望，就像干柴烈火一样已经燃烧着不可逆转，那原本如白色粗布一样的素心，一经富贵熏染，再也不肯褪色。

美好的未来就像一轮明月，拥抱着他，占据着阿华的心，幸福与烦恼

交织在他的脑海中。一想到将来飞黄腾达，一想到西装革履，手拎着 LV 包从小轿车上走下来，接着员工们点头哈腰地喊他"华×ｘ"时，那叫一个热血沸腾，顿觉得一切的付出又是值得的。

可当他一低头，就想到母亲的再三叮嘱，于是炽烈的心又立即如一盆炭火上浇上一盆水，滋的一声伴着浓烈的烟尘飞舞，呛得他有些窒息。

夜幕已经慢慢降临，他吸着江南湿润的空气，凉风吹着他的思绪翩跹起舞，灿若星辰的美好的未来在他的脑海中像雷电闪现并恍惚得让他晕眩起来，于是他疲惫地闭了一下目，希望能看清未来的模样。

烦闷就像一只默默无闻的蜘蛛，正在他内心各个黑暗的角落里结网。等到阿华重新直起身子的时候，才下意识地看到手机上一条新的信息："今晚有没有安排？"他警觉地环顾四周，确定没人注意他，于是强迫症似的把自己都弄得干巴巴地笑了。

"癫狂柳絮随风舞，轻薄桃花逐水流"。此时此刻，柳青打开窗户，凭窗眺望美丽的夜晚。与其说是在欣赏着夜景，不如说是在展望与阿华的相聚。那种感觉太美好了，他们水乳交融在一起，他们像鱼与水一样不能分离……这一切，实在是太美好了。但她却不知道，鱼那么信任水，可最终水会煮了鱼。

"爱你的人，会给你未来。"这个世界最无力的一个问题是："在你眼中，我算什么？"这个问题，一经问了出来，就证明你在他眼中已经不算什么了！柳青憋住了！

阿华对于柳青来说就是生命中的水。只是阿华这条江河常常令她有些坐立不安，她已经开始减肥，悄悄地去整容、塑身……她颠覆了自己的世界。只为了摆正对方的倒影。总之，她必须成为那个她认为可以匹配的人。

也许因为她心中苦涩的火石不断打出火花吧，随着火花四溅，她的忧愁就如火花样四处飞舞起来。可是，她的理解越不过她的经验，她相信的只是习以为常的事情，所以她推己及人，认为阿华不是趋炎附势的人，她们间除了与众不同的外貌以外，没有什么不同。

"我正准备一会儿过来的。"阿华发完一条信息后，挑了挑眉毛，又在信息上写道："嗯嗯，好的呀。"看着阿华的信息，柳青脸上又一次露出了新娘般幸福的笑颜，随即激情溢满她的全身，她的身体微微颤抖着，就像一位准备好迎接爱情到来的少女，正在单纯地将自己献身于爱人的怀抱，把自己加剧地献给爱情冲击波中。

捕获人心最有效的办法就是永远给他一个期望的美好未来。

阿华对于柳青来说就如天边的月亮，且闪亮得恰到好处。对此，自从有了阿华，她渐渐失去自我并常常在心里美美地感叹：天生的帅哥，既英俊潇洒又热情洋溢，还温存体贴，他还有一颗诗人般的心，又有韩剧中男主角的外表，他仿佛能让无情的琴弦奏出多情的琴音，能向蓝天唱出哀怨动人的歌……谁说好男人不好找，谁说拥有帅哥那么难？

……

最甜蜜的吻留下的是永远得不到的满足。然而，命运常常与人们开个不大不小的玩笑，就如同蠡湖的风，吹着青春的舟，飘摇的——曲折的——淹没了时光的海。

正如最爱你的人总是难免说谎。比如爸妈对你说的：你吃吧，我不饿。恋人对你说的：没关系，我不难过。阿华蹑手蹑脚熟稔地走进柳青的房间，那样子如一项隐秘工程即将开始。

面对他捉摸不定的眼神，面对他飘忽的眼神，柳青莫名警觉地看着他，她不知道即将发生什么。不过他在笑的时候，双眸却是异常迷人。

对峙、沉默，沉默、对峙，反复几遍后，柳青气馁地以一个"大"字呈现在水床上，仿佛像在说我做好一切准备了，你可以鱼翔浅底了。阿华依然不语，反而一脸严肃加仔细地端详着床上的柳青，目光灼灼中，柳青则慢慢闭上了眼睛，阿华于是再也控制不住自己了……

青年男女的事情在忙乱中终于结束了，于是在沉寂中，他们开始相互等待着对方开口。

"婚礼的事……"他在犹豫中，装作幸福地说，"婚礼的事我跟我妈说了。"柳青感觉他牵出这个话题是似乎花了好多脑细胞想了很久并在刹那间才契合的正题。

"那你妈怎么说的呀？"柳青一脸担心地问道。好像生怕那位还未曾谋面的婆婆会反对，不过她的声音那么轻柔。为此阿华故意来了一个长叹气后，嘴动了一下把话头又咽了回去。

"你妈不会不同意我们吧？"见柳青一脸着急的样子，阿华又一次叹气后，转入正题道："我妈说我们家也要办一场婚礼，要让咱们好好风光一下。"

"挺好啊，我们两家一起办，多热闹。"正合他意。"那你明天跟你妈说说。""好的呀，她一定会同意的。"他没想到柳青和他心思契合。而柳青没想到爱郎就是这么点要求还要叹气，心里很是不解。

阿华开心地笑了，他心中的负重总算暂时卸了下来，并觉得如果两家一起办婚礼，既能为父母节约一笔大的开支，还可以让父母好好风光一下。谁说攀登高峰不是为了风光呢？

与其说是爱，不如说是柳青讨他的欢喜。他说什么，她已经开始不争辩；他喜欢什么，她都全盘接受；臣服，已经成为她爱的重要组成部分。

一想到婚姻上那宏大的场面，一想到高朋满座，一想到那天如此多的社会名流前来道贺……觉得实在太有面子了。因此阿华一激动，便搂着她的脖子吻了起来。

爱往往让人失去自己，付出一旦占了上风，爱的天平便开始失去重心。

柳青如过山车般露出嫣然的一笑。她又向他身上靠，用一双乌黑闪亮的眼睛深情地注视着他的双眸，嘴巴微微张开，透露出爱的渴望，他更加用力抱住了她，接着发出一声愉悦的娇喘，阿华随手就将房间的灯关掉。

"你不想好好看我一下吗？"曾经有一次她这么问过，今天又再次重复。阿华有点尴尬，在这样的时刻说出这样的话来，实在是多余了。阿华没吱声而是转身，用力吻着她的脖子算作回应。"别太用力给我留下唇印啊……"

暴风雨之后，他们交织在彼此的怀里，感受着对方不语，阿华的手习惯地在柳青身体上零乱地游走着，她感到浑身就像无数个蚂蚁在爬，于是她在操千曲而后晓声的忸怩中很慌乱地扑向了他……

激情是爱的变奏曲。

当黎明的光渗进窗帘在尚未完全褪去的夜的黑暗的映衬下显出床和衣橱的轮廓时，她把身边的阿华轻轻叫醒。

她吻了他的嘴唇，不是那种仓促的吻，也不是那种充满激情的吻，用她那饱满红润的嘴唇贴在他脸上、嘴唇上，停留了很久，久得让人感到它的形状、热度和柔软。然后她将她的嘴唇收回。接着，阿华悄无声息地开门消失在晨光中。

因为阿华开始回避缪局长了。

二

楼市起疯狂，仿佛一夜之间，售楼处前开始排起长队，就如经常见到超市门前排长队买鸡蛋的老头老太样壮观。嗅觉灵敏的王媛如观千剑而后识器般，感觉机会来了，来得桃花盛开，好雨知时节。

"先生！"王媛走到一位排队买房的男士面前悄悄地问："我手里有一套房要不要，宽景大洋房。"那男人为此一愣，见面前王媛一脸认真，很漂亮，便反问道："是真的吗？我就买这个楼盘的房子。"

对此王媛立刻像与阶级敌人接头一样，快速使给他一个眼色，那人就跟着她来到售楼处的外面，聊起来……

天下熙熙皆为利来。不是因为自己老得太快，而是聪明来得太迟。聪明的王媛总是先我一步，当然这一切都体现在她行事的果断与一以贯之的大胆中。就如她跟我第一次邂逅——果断、干练！

也许是与那人谈得比较成功吧，直到晚上回到单身宿舍楼前，她还笑得如花一样盛艳。尤其一见到我，更是艳艳盛开，含情脉脉并且浑身上下都闪耀着聪明的光辉。

"呵，不请自到啊！"我说着又故意仰望着天空说："一定好事临门，看来今天是个好日子。"王媛并不接话，接着摆出一个世纪俏佳人的姿势来。

于是我张开了双臂并冲锋而去。谁知，她一个躲闪中，命令道："背我进去。"

我像做贼样，灵巧地环顾了一下四周，发现周围并没有人，于无声中立即摆出一个马步，说："走起！"她顺势像鱼儿逆流样爬到我的背上，然后发出母鸡下蛋后的"咯咯"笑声。

"什么事儿这么高兴，捡到钱了？"她狂草地笑了笑，肃然而甜美。

"捡钱有什么意思，"她不屑道，"你就是俗，没有智商的活本小姐坚决不干！"

"智商？"我打趣问，"你的智商高吗？"

"晚上请你吃大餐。"王媛变了口气道，就像一位母亲对儿子说话的口气。

"美味如你？"我说着用手轻轻掐了她的臀部道，"那我就从了吧。"

"你怎么三句话离不开……裙钗。你的思想很脏！"面对她的假假责怪，我玩世不恭道："本色，知道不？"王媛为此从我的后背挣扎下来，一脸严肃道："好吧，我会成全你的。"说着就搂着我的脖子要啵儿。

"疯了，光天化日之下……要是你妈看到怎么办？"

最终，我没有挣扎出她的逆袭。因为她的热情把我心里弄得波涛汹涌。我们匆忙地跑进宿舍，重重地关上门。接着颤抖的嘴唇，失神的眼珠，拥抱的激动，那种无以名之的力量刹那间绽放在我们之间。

这时，我发现她经验丰富得因地制宜从不放弃任何一个眼前的时机。心里又不免寻思，她一定是个风月场上的老手，一定经受过各种痛苦和快乐的考验。想到这儿，过去那让我心醉销魂的欲望荡然无存。

不过，我不得不承认的是，自从有了她，从我的身体到我的思绪总也离不开她，并已经严重影响到我的理想追求，阻止我努力成为一个纯洁的男人。

而我又不能自拔，不得不沉醉在她的世界里。清醒着、蹉跎着、荒芜着、挣扎着。于是我用拷问的眼神看着她，像是在探究她心里的秘密，不过当我看到王媛的焦虑、祈求的眼神时，我又认真地笑了。

"现在可以说了吧，到底今天真的捡到了钱还是捡到了比钱更重要的东西？""真俗！"王媛推开我鄙视道，"是呀，因为贫穷所以不得不俗着一直想钱。这是不得不接受的现实。"

"快点，到吃饭的地方再说，饿死宝宝了。"她整理着散乱的头发说。

"真的捡到金子了？"于是王媛把已经打开的门又重重关上后，把她的杰作说了出来。"你疯了是不是，那可是我们结婚用的啊。""暴躁什么啊！急什么急呀，还不都是为了你，为了我们以后的生活。""你没救了，你妈到时骂死你算了！"

"房子总会有的！"王媛得意地嘿嘿一笑说，"我又买了一套啊！"我一愣，没有明白她的意思，嘴巴张得大大的说不出话来。"说你傻吧你非要自作聪明。"

王媛在我的迷惑中，又透露出她的另一个杰作。

"人家售楼小姐就那么听你的？"我不相信地说，"你以为你是谁呀！"她表现出轻蔑一笑，回答："当然不听我的，但人家得听缪局长的呀。"这时，我终于明白了一切。不过，我的整个身体僵硬得像根木桩杵在那儿。

面对我的不语，我发现她感到恐惧。对此我故意大声斥责道："奸诈！"大概声音过大吧，把她好看的眼睛吓得一张一合。于是我又故意责怪道："你这样一而再，再而三地麻烦人家缪局长，人家会同意吗？"

"所以我比你聪明呀！"她很得意道，"什么叫高瞻远瞩？本来我就这样啊……"把自己狠狠夸奖一番后，才把上次说买两套的事说了出来。

我心里那叫一个佩服！不过，我依然觉得这事她做得有点过分，毕竟人家是看在缪局长的面子上的，而商人们从来不会因为给了好处不要求回报的，尤其在房价突然出现大涨、一房难求的情况下，你还从虎口夺食。

想到这儿，我开始担心起来，担心这事如果让阿华知道一定骂我破坏了规矩，影响他在缪局长面前的形象。而我对兄弟还是情真意切，可以什么都不要，只要兄弟少一些为难。因此生气道："我兄弟知道了非骂我不可。"

"兄弟？兄弟本来就是用来助人为乐的。"我一愣，哑然地掏出一支烟来。

据说爱神丘比特曾经在人间实行了一项崭新的制度，简称"红线计划"，那就是爱上谁，就要从自己的心脏割舍一部分做成红线绑在对方手腕上。当爱与被爱连成一线，便可双宿双栖，白头到老。

可是那条线，在凡间人群中，往往一个不小心中，就会被人从中间掐断。这不，阿华打通他妈电话后，就急不可待地说："妈，告诉你一个好消息……""消息"两字还没说完就被他妈打断道："儿子呀，快说什么好消息，不会你媳妇就有喜了吧。"

阿华也许还太年轻，不懂得老一辈们的话意，便答非所问加曲径通幽，答："是呀是呀，我们都很开心的。"他妈于是一下子沉浸在幸福的笑颜中并一切为了传宗接代地嘱咐道："那要加强营养啊，不然小孩发育不良以后身体不好的……"

直到说到是怀的男孩还是女孩时，阿华才反应过来——他妈想抱孙子了。"哎呀妈！"阿华打断后，责怪道，"都没结婚哪来的孩子……"面对儿子的责怪，他妈也不生气，而是更加兴奋地说："早生儿子早享福，我和你爸就是……"

"好啦，不说这个了。"阿华停顿了一下，又转而喜滋滋地汇报说，"我岳母同意咱们一起举办婚礼了。"他妈在幸福的晕眩中，连忙回应道："这个办法好，我们两大家人可以好好热闹热闹……太有面子了。"

阿华在电话中仿佛看到妈妈皱皱巴巴的脸上一下子露出了阳光灿烂的欢笑，不过那欢笑又一下子翻开阿华记忆的旧历。

雨露带给花草生的快乐，花草带给人们五彩的春天。而母亲温柔的爱，勾勒出他记忆中最美的画面。

当太阳的光芒还未扯开漆黑的天幕时，闹钟的尖鸣声就已把他从被窝中拉了出来。睡眼惺忪地推开房门，一股粥的清香迎面扑来，循着香味寻去，桌上是妈妈精心准备的早餐。

轻轻地呷一口，满口的香，满心的甜。这是他最喜欢的味道，妈妈一直很清楚。嘴角不由得弯出一抹微笑，妈妈平时在厨房忙碌的身影浮现在脑海里。

蓦然回首，母爱的点点滴滴在脑海中放映，回忆着，感悟着，回味着，幸福着。

在电话那一边，曾翠岚在电话中一下子把梦想延伸到憧憬的深海里。电视中经常出现的画面让她羡慕和兴奋，好听的婚礼曲缓缓响起，主持人走上舞台，以特有的童话故事开场请出新郎。"王子"用深情的吻吻醒了沉睡的"公主"……

从画面走向现实。

帅帅的儿子西装革履，带着笑容从容地走过来，全场无声，只有音乐还在忘我地飘荡。

在优美的旋律下新娘挽着父亲的手臂踩在小天使为她撒下的花瓣上款步走向象征幸福的鲜花拱门。当帅气儿子从新娘父亲手中接过新娘时，深深的一个鞠躬代表了千言万语。钟声响起，伴随着婚礼进行曲，王子挽着公主的手，踏着铺满幸福的花瓣走进婚姻的殿堂。

"妈，你在听吗？"阿华把母亲从梦幻中猛然唤醒。"在听，在听，儿子，那得赶紧跟你爸去买几套好衣服了……"

满怀幸福地放下电话，阿华却是那么不解。

放下电话，阿华对着远方长长地叹了一口气。头一甩地向他的单身宿舍走去，样子得意扬扬，就如回顾一个曾经美好的风流之夜。

"妈，跟你商量个事。"柳青在缪局长面前永远都是轻声细语，仿佛每天都在面对自己的上司。缪局长放下手中报纸，抬起头来，看了她一眼，拍拍沙发说："来，坐下说吧。""我的婚礼准备得差不多了吧？""这些事你就不要操心了。"缪局长说着，接着幸福地说："你就准备当你的新娘吧！"

柳青眨巴了一下眼睛看着母亲："谢谢妈妈，让您操心了……""傻孩子，妈就你这么一个女儿，当然要为你操心啊。""谢谢妈妈……能不能……"

柳青还是没有大胆说出来。而在以往，说话之前从不考虑，可现在她突然害怕了，觉得自己的嘴唇在哆嗦，心也在痛苦地抽搐着。

"你今天怎么了？"缪局长质问，"怎么现在就有话不能跟妈妈说了。"

柳青于是借机吞吞吐吐道："阿华妈说来一起参加我们的婚礼，你看怎么样啊？"那表情已然用尽洪荒之力。

"这怎么行啊！"缪局长脱口而道。她喷出的气息让柳青吓得一哆嗦。"为什么不行？""这样的场合他们那些人怎么适合参加？"见柳青表情上很不以为然，缪局长不耐烦道："到时市领导，还有……"语气透露出一种不容分说的专横霸道。

柳青终于明白妈妈的意思了，她嫌弃阿华家人的位卑。觉得他们家人来破坏了她家一直以来有头有脸的形象……总之，两个字——嫌弃。想到这里，她身体不由得打了一个寒战。

门不当户不对，将来她会不会嫌弃？她不想尖厉地做出回应，因而不得不调整一下自己的情绪，但是口气还是有些急促得事已至此道："我已经答应了阿华，再说结婚本来就是两家人的事，到时人家问我公婆怎么没有来，也没法向人家说……呀！"

"那也不行！"缪局长说，"这是我们家的事，轮不到他们家提什么要求。"眼见已经无力挽回，但柳青为此还是努力地恳求道："妈，这样做阿华会不高兴的。"

母亲严肃而又颤抖的语气里，有着从未有过的讥讽和苍凉的味道，柳青几乎不敢与她的眼神对视。

"他有什么不高兴的？结个婚没用他们家一分钱，买房买车……得了便宜还要怎么样？"

"好好当你的新娘吧，这事我来跟阿华说。"口气中夯实得完全没有更改的余地。柳青知道妈妈决定的事从没有人能更改。在她的记忆中，爸爸在家里永远只能说"好的，听你的。"不过当她一想到阿华的期盼，一想到那天她答应过的，心里就苦涩得胃酸。

刹那间，她似乎听到阿华发出的一声声无奈的叹息，便赶紧朝妈妈看了一眼，却还是没有发出声来，觉得自己现在的状态，就是人们所说的——心碎。

三

在这个以成功论英雄的时代，王媛上行下效把急功近利驾驭得如鱼得水。却不知，在弯道上超车，随时都可能遇到危险，但是她成功了。

成功者是不能受到指责的。

那天晚饭中，王媛兴奋地告诉我，那套准备结婚的用房，经她一个转手，就赚了五十多万元。

一听赚了五十多万元，我也不由得叫一个心喜，但表情上装作很不开心。尤其一想到好兄弟阿华，一想到缪局长，我还是不能自制地责怪道："下不为例啊，这不合规矩！"

"多好的赚钱机会啊。"王媛说着并不以为然道："错过就再也找不到了……机会了。"

"行吧，"我说，"反正这一套不能再卖了啊！"王媛来个一撇嘴，将一块牛排塞了过来，接着风淡云清地说："结婚急什么呀，我这不是……想多赚点钱嘛。""那也只是合情并不合法啊！""呵！小样。白给你捡了便宜还卖起乖来了啊。"

在我将她对视的目光拦在半道时，王媛却又说起了她的宏伟规划来——

她说天才就是要有无限的吃苦能力，天才就是要抓住每一个成功的机会，说明天就去注册一家房产中介公司，既做倒手就卖的生意，还要做好出租中介的生意。

也不知道她从哪儿得到的信息，她说一个做房产中介的年轻女孩在五年的时间里，就在魔都买房、买车……

看到她眉飞色舞展望未来的样子，我也见财起意地渐渐被她折服得无力抗争。"那还要不要结婚？""当然结呀！"她说，"不过不是现在，怎么得有房还得有车吧。"面对与之前判若两人的王媛，我开始有点看不清她的真面目了。

看着我一脸懵然的样子，她哧哧地笑了起来。我装作生气不理她。

"好了，亲爱的！"她兴奋地总结陈词道，"咱们的好日子就要来啦，干杯吧！"喝了一杯酒，她又计上心来道："告诉阿华什么时候我们得去拜访一下缪局长。"

我连忙阻止道："这个恐怕不行，你这借人家关系也见不得光。"王媛却是莞尔一笑，全然不顾刚才的责备，反而绑架道："你会帮我的是吧，咱们是一家人是吧？"说完她倒给我斟起酒来。

这时我突然想起一句话来：过去的人总在爱情和面包之间衡量，现在人有了面包，爱情总是丢来丢去。

接到阿华火急火燎的电话后，我以百米冲刺的速度赶了过去。与所有买醉的场面如出一辙，见到阿华时，他面前的桌上已经摆了七八只空啤酒瓶了，大有今晚不醉不归的架势。

"去去去，把左誉立叫来，快打电话。"一见到我，阿华满脸通红加摇头晃脑道。"算了，人家家里还有老小忙呢，怎么了你这是，不就喝酒嘛，兄弟陪你好了。"

知道他一定有什么心事了。不过，自从我们认识这么多年还是第一次见他这个德行，脸上写满了无助和痛苦。"不行，你得叫左誉立来，今天咱们兄弟仨一醉方休。"对此，我又劝道："他在休假陪老丈人看病呢。"

没想到我的话一落音他便怒气道："什么老丈人，还是兄弟最重要，兄弟最重要……""喝醉了吧？别喝了。"我说，"把电话给我，叫柳青接你回去。""不要！"说着他又挥之方遒道："我们分手了，分手了。"元气满满。

"分手了？"我很是纳闷地问，"这是怎么回事啊？"这时，阿华大概酒精已经上头，不再顾及什么面子了，像个孩子受伤样，泪流满面地说起今晚与女友柳青见面后的事。

"她缪局长凭什么不让我的家人来参加婚礼？"我点点头。"我妈养我这么大多不容易啊，好不容易要结婚了，不让他们来参加婚礼，这会让我妈伤心……的，是吧。"

从阿华表达的话语中，我知道他并没有醉，是在装醉发泄。不过他的话倒是提醒了我说："你们婚姻是不对等的，更不用说门当户对了。""扯淡！你什么意思？"那样像要跟我打架了。

对此，我不再说话，倒是想起曾经看过的一部电视剧来。故事大意是一对非常要好的战友，在参加对××国作战中，战友为了救他，在炮弹落在他们身边时，英勇地扑了上去。结果他的生命保住了，而那位战友却牺牲了。

面对牺牲的战友，他发誓一定要照顾好那位战友的老婆和孩子。为此，在他们的儿女渐渐长大后，他自作主张让女儿一定要嫁给战友的儿子。

女儿听到威严父亲的决定后，觉得是应该报恩，应该为此做出一点牺牲。可是面对如亲兄妹相称的男孩，女孩找不到那种爱情的冲动。于是她把自己的想法告诉了父亲。

父亲不是不明事理的人，在沉默好长一段时间的思想斗争后，眼里噙着泪水告诉她，如果不是那位战友的相救，不是战友保护他，她在许多年前就失去父亲，不可能享受因为拥有父亲而带来的学习、工作、生活等幸福。

阖阖之言，女孩被父亲的话打动了，于是委屈地同意嫁给了那个男孩。

兄妹变成夫妻，一切就变成另一个模样。由于男孩没有读多少书加之从小就失去父爱性格比较孤僻。他们结合在一起就如北极与南极无法交会一样。加之女孩在歌舞团工作，经常要在各种角色中不断变换，很快就在相互不适应中吵起架来。

然而，面对父亲的捆绑，女孩只能默默地承受着，只能装作幸福地演戏，生怕世俗人说他们家忘恩负义。但是面对她的忍让，男孩反倒是觉得她心中有鬼，进而把争吵演变成了盯梢跟踪……

跟所有猜忌的结局一样，他将她的生活引入一个极度沮丧、痛苦的噩梦中，在苦苦挣扎几年后，女孩最后还是选择了离婚。

想到这里，我大致得出一个结论——不对等的婚姻不会幸福，尤其在精神追求上不对等时。"分手了也好，你们本来就不是一路人。"其实我是为了安慰他烦乱的心情才故意这样说的，有点寡义多于情。

话刚一出口，没想到的是，阿华就怒不可遏道："不要听你这些，你说的我都知道，但你……"

"你"字后面的话还没有说出来，一扬手将一杯酒倒进嘴里。看得出来，他真心不想分手，估计缪局长的强势又让他退缩，退缩吧，心里却又是那么不甘。

作为兄弟的我又怎能不明白他的心思呢？尽管我对婚姻，对婚姻中两家的博弈还不大了解，但现学现卖我还是会的，因此决定从另外一个角度来探讨农村进城青年的爱情问题。

我提到了"凤凰男"。

"不要给我扯这些有的没的，我又不是'凤凰男'！"他依然很烦躁。我便故意装作轻松地嘿嘿一笑道："那你是草鸡男？"阿华立即瞪着我。不过，他目光中透着愤怒、怨恨和受到伤害，仿佛目前的一切是我带给他的。

面对他紧追狂风起浪心的样子，我又没好气地说："在诸多关于进城的中外农村青年的爱情故事的叙述中，理想的模式，才子配佳人，两情相悦，历经磨难，打破身份隔阂，终成眷属。灰姑娘的故事堪称此类经典。"

"所以呀我们这不是挺般配的！"他说，"时间滚滚向前，才子配佳人永远有无限可能。"

"看来你没醉。"

"我比平时还要清醒一点！"

"看来你做好准备当传说的郭雀儿了？"我不客气地调戏他道。"也许吧，不过我不会成为他那样的人。"他的回答令我非常意外，没想到平时不看书不看报的阿华居然对历史故事了然于胸。

"不错，还有点文化！"

"先不要东拉西扯了！"阿华像没喝酒一样突然抓起我面前的烟，指使道："快帮我解决问题。"

"那你跟我实话实说吧，是不是还想娶那局长的女儿？"他没有一丝犹豫地点点头。

对此，我内心升起一丝得意地欣喜起来。毕竟王媛还给我带着任务在身，如果阿华与柳青真的分了，她的宏图伟业就只能戛然而止。

心里藏鬼。我为自己的自私汗颜起来。

"那你怎么谢我呢？"我故意摇摇头问道。"你小子什么时候成了商人了，眼里所及皆交易。"

面对阿华的责怪，我在心里说：何嘉你怎么现在比商人还丑恶了，居然在兄弟苦不堪言时还在讲条件，实在太卑鄙了。

"跟你开个玩笑，兄弟别当真啊。""快说办法吧。""解铃还须系铃人。""怎么解？"于是我诡异一笑道："去跟缪局长谈判呀。"

没想到阿华噌地一下站了起来道："这就是你的馊主意？""怎么不行？"为此我嬉笑着凑上前对着他的耳朵说……

"不行不行！"阿华强烈反对着并难为情地说，"这个我开不了口。"对此我连忙怂恿地反问："挑你当女婿是不是缪局长做主的？"我本想用"选"，怕他有选美之嫌。"是的。""缪局长是不是很喜欢你？""嗯，应该是的，很喜欢。"阿华很自豪。"缪局长是不是很要面子？"

"这个……好像……是吧。"

"那不就得了。"

见阿华还在犹豫，我便浮夸地一一给他分解道："首先缪局长选择你当她女婿，肯定因为有她喜欢的原因。"

不过我没说出来因为他长得帅，怕他嘚瑟。当然也怕他误会我的意思。

"既然她做主了就不会改变，这是许多当领导自以为是的特性，她如果出尔反尔就等于打自己的耳光，对不对？"以为这下说服了他，谁知阿华并不以为然。"现在的领导出尔反尔的多了去了。""你放心，她在这个问题上不会出尔反尔的。""为什么？""因为……因为我也说不清楚，你就信我一回吧。"

"那第二呢？"他疑问着问。"这就更好解释了呀，因为她喜欢你呀。"

阿华难为情了。为此我接着说道："因为喜欢她就可以包容你很多东西，包括你的缺点，况且你去提这样的要求，而且是第一次提要求，也不算过分的要求，她一定会慎重考虑。"

言之诚诚，阿华这才打消顾虑，在认可中不语了。

"缪局长带你出过好多场子吧？""嗯，是的。"他又有些自豪表情出来。于是我又从心理学上释疑道："通常情况下，锣也敲了鼓也打了，没有取消演戏的这一说法，如果你们真的因为此事分手了，缪局长的面子也没地方搁啊。"

阿华的脸上正式开始露出了喜悦。

"那……那我应该怎么跟她说？"对此我有些怒其不争说："你就不能嘴巴放甜点，就不能学学电视中准女婿们连哄带蒙中让她高兴时答应……"

"贱人就是有招数！"阿华又满意地吁了一口气道，"来吧，喝酒喝酒。"那天，我和阿华聊到很晚。

不过通过这次深聊我对阿华有了进一步了解。原先一直觉得这家伙最老成，很世故，没想到一丁点的问题就让他乱了阵脚，果然旁观者清，当局者迷。就如有时候困难轻薄一个人，就因为你太不自信一样。

第六章　女老板

一

"若时光负我，我亦成就岁月。"

因为没有明天，所以拼命想抓住今天。张由泰受骗生气了好些天后，终于又开始直面生活了。他决定在小区里捡废旧报纸，力争把损失的几千块钱补回来。

说起来容易做起来难，辛辛苦苦工作一辈子，此时放下身子捡废品，先别说邻居们怎么看他，就是女儿女婿那儿他也不好交代呀。他跟自己进行着激烈的斗争。

思来想去，办法总算是有了。

他白天到别的小区去捡，晚上再到自己小区捡。还别说，张由泰的人缘真不错，居民们看到他后，很多人愿意将家中的旧报纸、废品送给他。

第一天下来就收获颇丰，卖了三十多块钱。张由泰郁闷的心情渐渐明朗起来，以至当他接完外孙女缩缩后，还哼起了久违的小曲来。四岁的缩缩好奇地问："哎，外公，死是什么东西呀？"面对外孙女突如其来的问题，张由泰心里一惊，手里推着的自行车在他手一松时晃荡了一下，缩缩由此发出惊慌的一叫。

"死啊，人老了就会死喽！"要怎样跟一个四岁的小孩解释什么叫死呢？他从未想过。家里的大人也从来没在孩子面前提到过死，孩子怎么会问这个呢？

"那是不是死了就要埋起来了，埋在土里？"

"大致是这样子的吧。"张由泰无奈地回答。

"哦，等外公你死了我会在沙滩上挖个坑把你埋起来！"

"还是我家缩缩想得周到！"说这话的时候他的眼泪都涌了出来。是因为哭笑不得。

"缩缩，今天怎么会想到这个问题呢？"张由泰非常好奇。缩缩立即说她幼儿园小朋友家的狗死了，说只活了十二岁！张由泰这才松了一口气，说："哦，十二岁也差不多要死了。"没想到缩缩一听，几乎尖叫道："十二岁就要死了？那我……不也快要死了？"

"狗狗的寿命跟人不一样，对于狗狗来说，十二岁就相当于我们的老爷爷老奶奶了。"

"那我们人呢？能活一百岁吗？"望着她无比单纯的眼神，张由泰黯然地点点头说："对，是一百岁。"说完他接着又否定说："外公可活不到一百岁了。"

"为什么呀？""因为外公生病了，不过，我一定要活到冬至的那一天！"缩缩根本不知道冬至两字的字义，于是懵懂地看着他。而他之所以要说活到冬至这天再死去，是因为曾经与妻子约好这一天一起包饺子，结果在冬至这一天他们分开了。

乐土乐土，爰得他所。

记忆就如狗，总是趴在它喜欢的地方。这是他心中的一个结，曾经多少次想解开谜底，但都没能解开。也许只有带到坟墓去慢慢解了。

"我不要外公死！"绾绾脸上乍然变色，尖叫道，并咧着小嘴巴哭了起来。这下把张由泰难住了，连忙说："好好，外公不死了……"口气却是那种温暖华丽的悲伤。

他记得有人说过这样一句话："每一个冰冻的心灵深处都有一两滴爱，恰好足够你去喂小鸟。"此时他觉得，身边的这只"小鸟"温暖得快要把他给融化了。

绾绾又转瞬就笑了，脸上还带着晶莹的泪珠儿。"外公，死是什么样子的？"面对这一问题，张由泰心里又一惊，他根本无法回答这个简单却又深奥的问题。对于死，他理解为"是异于日出日落，又介于春去秋来"。不过他觉得老天对他实在太不公平了，眼见儿孙绕膝过上幸福生活了，自己却得病了。

生命是何等脆弱，只是很多人没有想过，死亡往往只是一个瞬间的事。"外公老喽、病喽、快要见上帝喽。"他在心里大写意地发出哀伤的感叹。

"外公，我想吃饼。"绾绾指着路边卖油饼摊说道。"哦，那多不卫生，全是回锅油炸出来，吃了会生病的……""不嘛，不嘛，我就要吃！"

摊贩大概听到孩子索要的声音，马上转过身来喊道："又香又脆的葱油饼喽，香得人直流口水……"

见摊贩故意怂恿，张由泰就很不高兴地责怪道："你这做生意的，怎么孩子越吵着你越要叫喊，你这不是害小孩子吗……"摊贩立刻反驳："谁害你小孩了，我做生意关你屁事……"

一声声责怪，一句句不依不饶……一下子把张由泰的怒火点燃，于是他脱口而出："这些东西是垃圾食品对孩子身体有害嘛！"谁知那摊贩一听说他的葱油饼是垃圾食品，更加火冒三丈地反驳道："谁的食品是垃圾食品了，老东西不吃拉倒，你不吃垃圾食品也会死去的……"

戳到痛处，张由泰的血压顿时像围堰样决堤，直往他的各个器官冲锋起来，随即老眼昏花，摇摇晃晃中，就像墙体坍塌一样向地上倒去。不过在倒下的一刹那，人们看到他双手将绾绾揽进怀里。

“外公、外公……”绾绾在懵懂中突然大哭起来。摊贩一看大事不妙，收起摊子就逃之夭夭。嘴里还不忘大骂张由泰没事找事。“什么垃圾食品？我天天在吃垃圾食品也没死啊，你不吃也会死的。要想不吃垃圾食品除非你到太空上去，再说我还是讲良心，这葱油饼的油都是半年换一次很不错了，比起人家几年都不换讲良心多了……”

“爸，你这是怎么了？”突然看到父亲躺在医院的病床上，张宁檬很焦急地问道。这时，张由泰已经苏醒过来。“没什么事了。”于是他深深地叹了叹气，又自己辩解道：“可能是天气变化，血压升高吧。”

其实接到医院的电话后，张宁檬正在下班去给父亲买生日蛋糕的路上。

“妈妈，人家……人家欺负外公啦。”站在病床边玩耍的绾绾突然说道。张宁檬一愣，蹲下身子抚摸绾绾的头问：“你说什么呢绾绾？谁欺负外公了？”绾绾看了外公一眼，张由泰连忙挤了挤眼睛，绾绾却不知所意地笑了笑说：“外公，我还是想吃那饼。”

“不许吵外公！”张宁檬阻止道。绾绾这时又不服气地看着张宁檬说：“妈妈，外公不听话，不给我买饼。”那说话的样子，噘起的小嘴，像是受到外公几多虐待似的。

张由泰脸上皲裂的皱纹似山河破碎，几多悲伤。聪明的张宁檬大概知道父亲为什么突然血压升高了，便看着绾绾责怪道：“就知道是你不乖把外公弄生病了吧，跟妈妈说今天怎么惩罚你吧。”

张宁檬说着就做出要打屁股的样子。

“宁檬干吗！”张由泰阻止着，说道，“不是孩子的事，不怪她，怪我自己。”于是他把今天发生的事情说了出来。张宁檬一听，眼泪汹涌而下。这时绾绾也被妈妈的哭吓得哭了起来。

“不行，我得报警。这些无良的摊贩，素质实在太差了，欺人太甚。”张宁檬说着就掏出手机。张由泰却是连忙阻止道：“算了，算了，人家做点小生意也不容易，犯不着跟他们一般见识啊孩子。"

"那他也不能这样欺侮一个老人啊！"张宁檬争辩道。为此张由泰开始检讨自己。说自己不应该当着那么多人的面说他的葱油饼是垃圾食品，不应该一竿子打了一船人，万一这个摊贩是良心商人不是用的回锅油呢？

总之，张由泰对自己进行了认真检讨反省。正在这时，缩缩却突然冒出了一句："外公，什么是回锅油呀？"张宁檬与张由泰对视了一眼，说："就是反复使用的油啊。"缩缩点点头后，像是觉得又不对，便说幼儿园老师说过"书本呀、作业本呀都可以反复使用，并说这是节约，是环境保护……"

张宁檬被噎得说不出话来。张由泰见此连忙解释道："缩缩，我们吃的油跟书本、作业本不一样的，因为纸张反复使用后没有毒，而我们吃的油在高温下反复使用后会产生许多有害物质。"

缩缩听得似懂非懂。"可是……可是……我的小毛巾反复使用也没有毒呀，是不是妈妈？"张宁檬顿时扑哧笑道："那是因为在你反复使用后妈妈洗过也晒过。"说完她又补充道："洗过了，经过太阳晒过了就没有……"

说到这里连张宁檬也觉得说不清楚了，便气馁道："总之，缩缩，我们吃的油是不能反复使用的。"

"那为什么不放在太阳公公下面晒一晒呀？"

面对孩子的十万个为什么，张宁檬又好气又好笑地阻止道："哎呀，哪有那么多为什么，小孩子长大了以后就知道了。"对此缩缩有些气馁道："真不明白你们大人有那么多麻烦。"

张由泰与张宁檬不约而同笑了起来。

这时张宁檬才意识到：孩子的世界大人不可知，大人的世界孩子更不懂。大人们一边在教育孩子从小要树立公德意识，要遵守公共秩序，一边自己在损人利己，破坏着社会规则。于是当孩子们以规则意识长大后，又无法适应这个社会。当他们试图以规则意识捍卫自己的权利时，却往往遭到打击甚至是人身伤害。

"走吧，外公，我们回家吧。"缩缩吵嚷着。张由泰连忙说："缩缩跟外公想到一起了。好，我们一起回家，外公给你做好吃的葱油饼。"

二

王媛生长在江南水乡，却有着北国苍松的坚强。

随着我们的感情深入发展，发现她每一天都在变化着，这个征兆让我感觉有些不妙。不过，唯一能够留下来的是她的微笑仍旧是纯真的、顽皮的。

更令我意外的是，她的房产中介公司以跑步的速度办了起来。当那天晚上她喜滋滋地命令我叫她王老板时，我都没好气地骂她"想当老板想疯了吧"。她则是莞尔一笑说："我现在就是了呀。"

我有点不相信。于是我做出了一个暗含温柔祝愿、却故意想上前去吻她的动作，她却来了一个忸怩脱逃。

"难道你还真的把房产中介给开起来了？"我惊讶地试探。"听从内心召唤，勇敢追求梦想，将命运掌握在自己手里，是我们这一代青年最鲜明的青春底色，也是活力与创造力的最好证明。"那是一副舍我其谁的气势，以虚妄的现实来到我面前。

"不会吧，不会吧，哪有那么容易？"

为此，她怒其不争地说："哼，就是这么容易，国家一直鼓励大众创业、万众创新，公司注册手续简单了，房地产市场又这么活跃，国家巴不得继续燎原呢。条件很简单——"

……

她说的这一切，就好像信手拈来。我在惊愕加佩服加无语中，还是不相信地问道："你哪有房地产评估师？你的房地产经纪证书呢？……"

"在'互联网+'的时代，你已经远远落伍了，这些东西分分钟都可以搞定。"说完她又不忘轻蔑地扫了我一眼，说："租赁一本房地产经纪人证书，这个可以在网上找到，也就400元/月左右，用于以后房产交易的时候需要。加盟了一家大的中介公司挂它的牌子，这样有品牌号召力，加盟费很便宜，每年只交点管理费……"

又是张口即来，我开始佩服得有点目瞪口呆。

"这老板娘的称号就是为你专门定制的啊！"我在恍惚中打趣道。"切，在国家支持大众创业、万众创新的今天，只要你敢想，只要你敢去做，就有政策支持……"

"怎么这么快？你公司开在哪儿？……""繁华地带的中山路上。一站式服务，免除一年的房租……是不是相当划算……失败了也损失不了什么。"她说话的口气相当熟稔并有些有便宜不占白不占的世俗味道。

"都是你们这些人把国家掏穷的。"

王媛一听，也不知是真生气还是假生气道："谁把国家掏穷的？"说着顿了顿又说："就算我想把国家掏穷，也没那个本事啊！"

说着就撒娇地往我怀里蹭，仿佛非要蹭出个说法来。为此，我故意连连后退道："怎么不是，你看你们这些人一开始就没有打算抱着长期干下去的思想，觉得免一年租金、免一年税金不占白不占是吧？"

说到这儿我突然想起报纸上曾经披露过的新闻，说一些所谓的外资企业、外资公司为了钻国家政策的漏洞，今天在这个地区干一年，明年到那个地区干一年，打一枪换一个地方。于是不用上缴税金，赚的钱全装进自己的腰包……

当我把心里所想说出来后，王媛又一副不屑的神情说："这能怪谁？要怪只能怪那些制定政策的人脑残，谁叫他们留着后门让人走的呀！"她说着又要往我怀里蹭。

听到王媛一副理所当然的样子，突然间，我有点讨厌她起来，就责怪道："你的规则意识呢？法纪意识呢？自律意识呢？"说着我想起那年去 T 国的所见所闻来。

前年夏天，当我们到达 T 国普列岛，已经是夜里 11 点多了。一群人饥肠辘辘，去酒店外的超市购买食品。

等我们站到贴着"可以使用支付宝"的结算台前结账时，问题来了。"为什么不能买啤酒？"我问。服务员立即指了指墙上"晚上 12 点以后禁止卖酒"的牌子，说这是他们国家的法律。我们问前面几个人为什么可以买，服务员指了指墙上的钟表，说现在刚好到 12 点。

头一次在境外遇到"差别待遇"，团友们习惯性地拿出在国内遇到此类不顺境况下的机灵，说："我们坐了几个小时飞机乏力得很，就几瓶啤酒，能不能通融一下？"

"你看，这个地方这么偏僻，夜深人静，连个警察都没有，谁会管呢？怕留时间证据的话，我们不要购物小票可不可以？"对此我附和道："你看刚才买和现在买就差几分钟，有什么不同呢？你们别这么僵化嘛。"可是，人家服务员只是不断地说："对不起，这是我们国家法律规定的。"

从国外旅行回来后，那一幕始终在我脑海中挥之不去，它给我的震撼比任何一处美景美食都要强烈。我好像头一次感受到时间与法律的刚性——那么普通的便利店收银员，竟然会对一条法律条款那么坚决地遵守。

T 国这个国家，确实有很多比我们还落后的地方，但起码它在对这条法律条文的尊重上，令我肃然敬畏。

"我也想遵从规则呀，可问题是很多人不遵从我不是要吃亏了？"王媛跟我辩解道。

"干吗要学人家呢，走自己的路让别人去说吧。"我故意激励道。"天真！"对此王媛列举道："就你说的打一枪换一个地方的公司我并不认为他们有多么堕落。"

"哦，说说看来。"

"首先，他们是合理利用当地政策，如果有错也是制定政策的错误，没有科学决策反而让人们去违法乱纪，他们的错误更大，更具危害性。"

"哎哟，你倒有理来了！"

"当然！"她说，"我给你好好理一理你就明白了。"

为此，王媛从合理避免费用，合理利用地方政策说到企业在这些漏洞中才能获得更大的利益，这样他们大大增强竞争力，而她如果不学他们，她的公司就要比人家多出很多开支。这样她的企业自然无法与别人抗争了。

言之凿凿，充盈着一种成熟、世故和看透世界的睿智。我有点理屈词穷。为了不变成一个大写的 low，我还是不甘心地补了一句："国家的法律法规和道德规范还是要遵守的！"

"别寻不开心啊，少给我来什么以德治国和依法治国！那些东西都不适合我。"王媛说着就来了一个风卷残云的拥抱。

霎时，纷飞的雨巷，又开始流淌着青春的年华。

三

走在小巷里的阿华满腹心事，他在我的怂恿下跃跃欲试，可是心里说行，行动上却一直在说，不行！

缪局长在他面前是威严又不失和蔼的。不过在和蔼中他总觉得有种领导干部为我所用的味道。就如他的领导在下班前喊他留一下说还有材料再润色润色一下的样子差不多。一旦他表现出今天我还要跟女朋友约会，再说那材料也不是他写的干吗要他来擦屁股的神色，哪怕一点点神色时，领导都会用缪局长的眼神看着他。

阿华实在不明白为什么领导们的眼神往往会在同一问题上表现不出差别，而他却恨自己为什么做不到。想到这儿他有些灰心，真想早长大，长成领导们的样子。然后他就可以当家做主，就可以颐指气使。

走在一棵梧桐树下，在灯光下他看到一条蛹在树上被蚂蚁攻击。场面惨烈不堪。不过他很快发出感慨：人，有时就像这眼前的虫子，整日里忙忙碌碌，建造自己成蛹的巢。

营造一个世界，属于自己的王国！人们庆贺着自己的伊甸园，一个极乐的自由空间——这可以是一个茧，也可以是家，一个绝对个性化的空间。蛹虫都要筑一个巢，何况人呢？

茧子多么柔软光滑，舒适安全。可是，终有一天，小小茧壳盛不下它日益丰满的羽翼,更盛不下它不断成长的理想和欲望,于是,那温馨可人的茧壳,似乎成了一个小巧精致的囚笼,将要窒息它升腾的梦。

它不能永远"谦恭"在茧子里,于是,自己咬穿了一个洞,破茧而出,得到了飞翔。

破茧的过程何其艰难、何等痛苦!即便经历了这番磨难,出了茧壳之后,是一只美丽的蝴蝶还是丑陋的蛾子,尚未可知呢……

这是不是一如人生?

敲了准岳母的家门,阿华激动地喊了一声"妈",结果倒弄得缪局长一个愣神,难为情了。对此,阿华的脸一下子羞得通红。

好在缪局长见多识广,在一愣中立即接过话,笑吟吟地说:"嘴巴挺甜,不错,以后就这样叫……妈吧。"

谁知阿华一激动,又喊了一声妈,并说"这给你买的榴梿,不知道你喜欢不喜欢……"缪局长于是假装感动地说:"哎呀,都是一家人还这么客气干吗?"

缪局长心情很好,语气也温柔了不少,完全是丈母娘看女婿的那副模样。不过,当阿华用眼角快速地瞟了一下电视,一种危机感立即袭上心头。她看的电视是《婆婆来了》。

"不怕没想到,就怕想不到。"阿华心想,她这是提早在知识储备啊,难道她是要知己知彼百战不殆吗?他开始矛盾重重地看着她。觉得这个年代,不相干的事情人们做得太多了,本不应该做更多却越做越多。

再次觉得缪局长太可怕,太有超前意识了。

而在这样思绪的空白处,回忆的影子又投射出他和柳青第一晚上的事情来。那是他第一次留宿柳青的闺房。本来就是缪局长主动伸出橄榄枝让他那晚别走了,他也按照她的要求积极地做了。可是他没想到,第二天早上起床后,一见到缪局长她是一个怎样的惊愕。

"你怎么来得这么早?"缪局长说着又装得很吃惊地说,"你不会住在我……我家的……"当她说出"我们家姑娘那是好姑娘啊,你可不能就这样欺侮她……"时，阿华几乎要无地自容，觉得自己就像一个贼，被人审问着。

面对不可思议的缪局长如此挥霍这个高调的批判资格，阿华的脸上只能仓促应对地笑了笑，在憋了好半天说不出话来中，缪局长拎起公文包说"我还有点事啊，你在这好好玩儿"才打破他单纯的僵持。

"翻手为云，覆手为雨。"阿华诧异着用尽了他掌握的社会知识，最后才弄明白她的话意——她这是在欲擒故纵对吧？

"……妈，今天没有应酬啊？"阿华于是又将最好的态度堆到脸上问。"难得休息个星期天，推了好多应酬还是推不完，烦人啦！""是的，您平时那么忙，是得好好休息了。"

为此，缪局长好像会读心术似的说道："阿华呀，还是你懂……妈的。"接着又说："这不，几个好朋友要聚会，不得不去啊。"然后她几乎把一年三百六十天的各种忙全部说了出来。

不过这话阿华听来，她主要说的今天哪位市长找她，明天哪位书记找她，要不就是各种请吃请喝……

顿时他觉得她的心脏、她的胃，都是那么的不容易。

想到这里，阿华差点扑哧一下笑了出来——他想起那个说"领导忙上错床"的段子。好在他一开始就将思绪的野马牢牢控制在理智中，在心里没有发出哄笑声时，立即拽住了缰绳。

阿华于是主动来到缪局长的身边。他的姿态应该是讨好式的那种。阿华记得尼采说过："一条虫子被踩了，它就蜷缩起身子，以减少再次被踩的概率。用于人类，这就是谦恭。"

阿华知道谦恭是为了生存而采取的一种策略。以屈求伸才是目的。

"妈……跟你商量个事。"是那种拦住她的问。

"嗯，说吧。都是一家人了，有什么事说吧。"缪局长又放下包坐了下来。其实在阿华进门的一瞬间她就从他假装没事的脸上看出有事来着，再一联想柳青上次的求情，大致明白他今天的来意了。

"……我妈说他们准备来看一下您。"原本是想说他妈准备来参加婚礼。

在他说"我妈"时他发现缪局长脸上那个突起的部位抖了一下，于是他立即改了口。

"不用了吧，以后都是亲戚了，机会很多啊。是吧，阿华。"说完她抚摸一下自己的秀发后，还不忘拍拍他的后背。口气是商量着的，但概而言之，意思肯定是拒绝的。

阿华觉得自己在她眼里简直成了一只可以随时薅毛的羔羊。

"不是，我妈说她想来参加我跟柳青的婚礼。"他几乎是嗫嚅地说出来。

"不错，真孝顺，你的这个主意不错……"不过，随即缪局长又用讲话稿的语气，起承转合，先表扬后建议，接着开展批评道："阿华呀，这个事吧妈也考虑很久了，结婚嘛本来就是两个人的事，按说我们大人都不应该掺和的，但，你看柳青这孩子又从小娇生惯养……所以呢我也只好帮帮她了。"

年轻的阿华也不知道没有听出她的话意，还是故意没听出她的话意并表决心说："是呀，是呀，要您费心了，我们以后一定好好努力工作，不让您为我们操心……"

"是呀，阿华，只有工作干好了，只有有所作为了，咱们才能在社会上有地位……"听着听着，他激动的心如突然撞击了他的肋骨样，窘迫得不敢发出呻吟来。

缪局长说到最后，又把如何在工作中苦干加巧干，如何运用人脉关系让自己更有作为、有地位等进行了系统的、全面的、深入的阐释。

如果有秘书在此进行记录总结，又是一部现代版的《参谋手册》或《当官秘籍》。阿华佩服得望其项背，直愣愣地点头。尽管他从未见她发过脾气，但他知道她是有脾气的，而且脾气会很大。

见阿华一脸茫然，缪局长又语重心长道："你这么年轻，应该把主要精力放在事业上，不要为了一点小事去纠结……"尤其说到"有妈在，你以后前途光明，一定会超过妈的……"

一番展望未来，阿华已经忘记了来的目的。他在激动中，又仓促地笑了笑说："妈，我知道了。"把身体挺得笔直。

看到阿华毕恭毕敬的样子，缪局长淡淡地说道："柳青还在睡午觉，好像身体不舒服，你去看看她吧。"像得到奖赏样的阿华连忙致谢。就像狗得到一块骨头。

不过在一个转身中阿华错愕地感到，这个热切期待着把自己当成自己的人，已经把自己硬生生地拽回到娶了媳妇忘记妈的境地。于是有了闲汉晒墙根般的惭愧。

"跟我妈谈得怎么样了？"阿华一进入柳青房间她就从床上坐起来问。他摊开手，搔搔头，一脸无奈地摇摇头。

"我妈不同意吗？"阿华便重重坐在床前的沙发上说："她……她说结婚本来是两个人的事，可又不让我们掺和……你说是不是很矛盾？"柳青点了一下头。

"我妈要是知道一定会很生气的，怎么办啊！"见此，柳青把自己挪到沙发上并柔软地趴在他的两腿上。

一瞬间，柳青身体上散发出的香气随即浸入阿华的每一个器官。他不由自主地伸出手抚摸着她的头发，她顺势转过身体来，阿华发现她的乳房雪白而饱满，他的手就自由自在地在她的身体上开始游动起来……

一瞬间，他们就脉象紊乱。柳青则开始主动发挥自己的主观能动性，用她细如绵的手在他身体上游动。不过，他表示的感情是例行的公事，连吻她都很潦草。

柳青有些失望。

阿华则又从起点回到起点。"怎么办啊柳青？"阿华抚摸着她的后背问道，"要不我们一起去跟她说吧。她也太不讲理了……"

面对柳青的轻声附和，他很是感动，于是他决定激励她一下，便仓促地吻了上去……

"你脖子上的东西太硬了，把它解下来吧。"他咂咂嘴，看着丰腴的胸部，顿时令自己已追狂风起浪心了。

世界仿佛静止了，只剩下一对博弈男女的急促呼吸声……

"我再去找我妈说说，局长也不能不讲理啊……"柳青用明显的口气责怪道。"你觉得行吗？""有什么不行？婚姻本来就是双方家庭的事，你看哪家的婚礼只有一家人参加的……"

柳青的话让阿华增强了信心。"好，你先说，我在后面补充。""不用你说，今天一定让她接受我们的条件……"他笑了，心里却是在叹息。

一番梳妆和整理，两个人成双出对地来到缪局长的面前。缪局长没有外出，正靠在沙发上闭目养神。不过她更多的是在听这对青年男女发出的声响。当房间里每一次传出声响时，她都感到女儿已经跟她渐行渐远。

缪局长像做完梦一样睁开了眼睛。不过她是故意的，但装得很像。

"你们要出门呀？"她明知故问道。

惴惴不安地面对，她噘了噘嘴，用嗡嗡的声音咕哝着："……妈，我想请我婆婆一家来参加婚礼。"

直截了当，逼得缪局长欠了欠她那已经非常臃肿的身体，显得很费力地问："这真是你的想法？"柳青点点头。缪局长费力地从沙发站了起来，道："刚才我已经跟阿华说好了嘛，这婚礼就咱们家办嘛！""不是妈……"

见此，阿华一急，说道："妈……我其实也想我爸妈来参加婚礼。"面对逼宫，缪局长不由得握了握拳，说："从情理上这婚礼吧你爸妈都应该来参加……从现实情况来看……不合适……"

柳青的话还未出口，缪局长便阻止道："道理都跟你们讲过了，就不重复了，这事没有商量，其他的事都好说，我还有应酬，走了。"

"不是妈……你怎么不讲理呀！"柳青急得要哭般说道。缪局长一愣，转身质问道："讲理？你居然说你妈不讲理？告诉你柳青，这世界本来就没有理可讲，如果都讲理这世界就和平发展了……"

阿华随着她的声音提高，顿时也有点怒发冲冠了，不过当他的眼睛与缪局长的眼睛对视一刹那，那股怒火就像立即被浇灭了，人跟势都输得精光。

第七章　婆婆来了

"不要动不动就生气，动不动就心生烦恼，这么做实在太蠢了，再过一百年，还不是都死了，那个时候还有什么是要紧的呢？"张由泰宽慰着自己。

但是，一想到卖葱油饼那家伙的咒骂，张由泰又意识到他不能死，只有他不死才能保护他的女儿，可是病魔已经骑在他的脖子上，令他不得不珍惜每一分钟为张宁檬为绾绾多做一些事情。

"不行，我得自食其力，少给她们添麻烦。"

爱的力量又让张由泰更加珍惜余下的时光了。他给自己算了一笔账，如果每天能捡二十多元钱的旧货，一

个月就可以有六百多元的收入，外孙女绾绾的零食钱就够了。那么女儿张宁檬就可以节余这一笔钱。

想到这里，他的信心和干劲更足了。每天一送完绾绾上学，就匆忙推着自行车出门。不过为了多挣一些钱，他在自行车前面挂了一只牌子，上面写着"老有所为，变废为宝，保护环境"十二个红色大字。

还别说，这几个字显得苍劲有力，体现出他颇有几分书法功底的韵味。

不过这牌子他不敢在自己的小区挂，只有走出自己的小区才敢挂在车前。为此，每当他佝偻身体、满头大汗地出现在其他小区时，很多人为之动容，人们便将家里废旧报纸、杂物无偿地送给了他。

然而，面对人们的热心肠，他又开始为难起来了。因为旧货物实在太多，他的自行车后面放不下，加之他的体力有限，况且还是一个重病人，一下子就吃不消了。

喜忧参半，张由泰决定再搏一把，心想如果按照这样的状况下去，一个月说不定能挣个千儿八百，这样他看病的钱就有保障了。

"嗯，咱得买辆三轮车。"

打定了主意，他便开始前往本市最大的旧货市场，希望在那儿碰碰运气，要是能淘到一辆便宜的三轮车就好了。

也许是老天爷都被这位老人的所作所为感动吧，一到旧货市场，一个小伙子就主动凑上来问他要不要三轮车，并说这车还是八成新，还带电动。

运气真好，顿时张由泰高兴坏了。于是在那小伙子的带领下他来到一个小巷子里。小伙子像变魔术一样瞬间从旮旯里推出一辆三轮车并说"这车是他以前给单位买菜用的，现在辞职不干了，所以才便宜半价卖掉"。

车子果然如那小伙所言，张由泰很满意。可是他嫌价钱太高，要五百块。他算了一笔账，这得收半个月的旧货才能回本。就有些动摇起来。那小伙子大概看出他的心思，便怂恿道："老爷子，这车五百绝对是超值，你看这轮上还是新的……"

说到最后他又说："就是你以后不想用了卖旧货也能值二百……对吧。"

　　顺利成交！张由泰满意而归。他兴奋地喘了一口粗气，刚刚还苍白的脸颊瞬间红润起来。

　　在回家途中他还试了一下身手。居然还收了不少旧货，然后又顺势到收旧货的地方一转手，还卖了三十多块钱。张由泰高兴得有点手舞足蹈。于是他深情地对身体上的癌症君说："老伙计啊！你就不能让我再多活几年啊，这收旧货利国利民多好，旧货浪费了多可惜呀，你就不能放我一马啊……"

　　字字句句，百分之百的真情流露。那神态，那真切，仿佛还没来得及年轻，自己却已老了。如果癌症君有知，相信也会再给他一次重生的机会。

　　回到小区，问题又来了，这三轮车没地方放。放在外面吧，搞不好被小偷偷走，放到家里更不能，上不了楼，更别说要是女儿女婿知道他捡垃圾了那会怎样责怪和一个心里不忍。

　　新愁总是伴着生活行。

　　想不出办法，这下可把张由泰急坏了。眼看太阳已经西下时，他决定先接回绾绾再说。"外公，你这车好好玩啊。"绾绾在车上又是蹦又是跳地说道。"嗯，绾绾喜欢不喜欢？""喜欢，走啦，嘀嘀答答……"

　　"绾绾。"

　　"嗯。"

　　"外公跟你商量个事好不好？"

　　"嗯，我和外公是好朋友不用商量。"

　　张由泰一愣笑道："今天回家不许告诉你妈妈说坐车回来的啊。"绾绾立即停止蹦跳，凑到他耳边问："那能告诉爸爸吗？""那也不行，这是我们俩的秘密好不好？"

　　绾绾于是又学着动画片上小和尚一休思考问题的样子答道："那我们要不要拉钩？"张由泰幸福地一笑说："好，拉钩。"就无限幸福在心头。

　　张由泰一边走一边在思考他的车往哪儿搁。最终他想出一个好办法，锁在自己住的楼下小树丛。这是他从路边人们将自行车锁在树上找到的答案。心里一块石头落地了，又一下子高兴得有些不能自已。

"老同志，你这样多危险。"

在一个转角处。一名交警将他拦下来说道。

"没事的，没事的，我很慢的。"

"那也不行，你这三轮车带人是违反交通法的。"交警接着一脸严肃伸出手说，"把你的证件拿出来。""什么证件啊？"

"身份证、行驶证。"张由泰一听，立即就急了："我这接孩子放学带什么身份证啊。""那你的行驶证呢？"张由泰一头雾水反问："什么行驶证？""当然是你这车的行驶证啊。""啊，这车也要行驶证啊？"

为此，民警语重心长道："根据《中华人民共和国道路交通安全法》第十八条规定，依法登记的非机动车，经公安机关交通管理部门登记后，方可上路行驶。"

张由泰畏葸不语地看着警察。

警察又说："三轮电动车、最高车速大于 20km/h，整车质量（重量）大于 40kg 的电动车都还要驾驶证和牌照。"

"警察同志，你没搞错吧？"警察脖子一梗，便理直气壮道："错不了，老同志，你可以上网查查相关法规。"

一番对话后，张由泰自言自语道："那要是没有怎么办？"一脸的紧张。"扣留你的车，明天到交通五大队去处理吧。"张由泰一听，急着用商量的口气道："你看我能不能明天再去处理，你看这孩子还要回家，这天都快要黑了……"

张由泰说着说着近乎急出眼泪来了。那名警察因此有些动容道："那这样吧，老同志，今天你可以把车骑走，但明天得到交通五大队处理，否则下次再拦住你就直接没收你的车辆，还要进行罚款……"

后悔，后悔，不仅仅是后悔。张由泰觉得自己的运气实在太背了。

看着警察开给的单子，心里就像刀割一样疼痛。

"外公，警察叔叔是个坏叔叔。"绾绾很懂事样地讨好道。"绾绾啦，警察叔叔不坏，是外公不懂事。"说出这句话时张由泰已经情不自禁落泪了。觉得自己老了，不能跟上时代而惭愧起来。

"绾绾，今天的事不能跟你爸妈说啊。"张由泰前行中停下抚摸她的小脸道。

"不说不说，这是我们俩的秘密。"张由泰的心情似乎好了一些，可一想到明天要到交通大队去接受处理，就又有些慌乱起来。尤其想到这辆三轮车来历不明时，瞬间就惊出一身冷汗。

"坏了，这车搞不好是小偷偷的。如果是这样……"想着想着，他不寒而栗起来。这时又突然想起前几天从电视上看到一些小偷将人家的电动车偷去后卖给别人，买的人同样要追究法律责任的新闻。

"都怪自己赚钱太心切了。"张由泰用拳头敲打了一下自己的脑袋说。

"外公，你干吗要打自己啊。"绾绾非常好奇地问道。张由泰又停下来叹气道："外公又做错事了，好后悔呀小乖乖。"对此，绾绾又做出一休的沉思状说："妈妈说做错事了改了就是好孩子呀。"

张由泰哑然。不过绾绾提醒了他。对，有错改了就是好……好人。便立即掉转车头。

"警察同志，我想找你谈谈。"值勤的那位警察见到他很是意外道："怎么，找到了驾驶证件了？""不……不是……我……"半天没有说出来。

"明天记住去处理啊，老同志。你这样带孩子多危险，不然出了……""我知道了，知道了……"嘴上说着并不想离开。

看着他不肯离开，警察大概觉察到什么样问："你这车是买的吗？""是的呀，是的呀……不过我没有发票。"立即，警察警觉问道："你这车不会是在路边买的吧？"

一语击碎张由泰的所有困苦。连忙说"是的是的"，并将这辆车的来历说了出来。

"这样啊，那这事情大了，老同志。你这叫收赃知道吗，是违法犯罪行为……"

一听违法，一听是犯法，张由泰顿时急出了眼泪。

看着这位朴实的两鬓斑白老人的样子，那位警察更加为之动容起来。他思索中看了一下四周，又看了一下即将到来的夜幕，温暖地说："这样吧老同志，看在你不是有意违法的态度上，看在你年纪这么大了，看在……决定不处理你了，车扣留下来你回去吧。"

一连串的排比句说完，警察还拿出二十元钱给他打的，并再三叮嘱他以后再也不能做这样的事情了。

温暖的感动，又很自责自己的无知。

"外公，警察叔叔为什么要把我们的车拿走啊？"绾绾有些好奇道。张由泰长长叹了一口气道："它本来就不属于我们。"

"为什么不是我们的呀，外公？"

"因为……"他难为情地说，"因为我贪图小便宜上了坏蛋的当……"

"那让警察去抓坏蛋呀。"

张由泰不知道怎么回答这个对世界还不了解的孩子。心想，那坏蛋差点把你外公害惨了。

郁闷伴着思绪行，可张由泰又无处诉说。他心里抽抽噎噎地觉得这生活、这人生实在有太多的意外，而这样的意外总是在意外时来到面前。说不出口，才是最痛苦的。

于是他的身体也开始松松垮垮地随之晃动，像是随时要从上面掉下来的几颗零件。不过在他即将倾斜的瞬间，他看到绾绾那张单纯的脸，又坚强了起来。"我要为你活着，我的小乖乖！"

二

"妈——你怎么来了？"回到宿舍门口，阿华一个转身发现母亲曾翠岚类似于跟踪的脚步，蹑手蹑脚跟在他身后。

"妈就想来看看你们，这给你带了好吃的腊肉，嘿嘿。"曾翠岚说着还把手上的东西举了举。不过她的话中有两层意思，阿华不知道有没有听懂。

其实，阿华见到母亲其实比见到缪局长还要怕几分。他知道这个妈的厉害，她是村里的妇女主任，在农村来说那也是一级政权的干部，加上她雷厉风行的性格，再加上一副天生的大嗓门配合着，在十里八乡人们都知道她，也惧她三分。

"妈，您喝水。"一进房间，阿华便顺手倒了一杯水口齿伶俐道。那样子介于成年人跟小男生的样子，不过，他眼睛闪动着欣喜的光。儿子在妈面前永远是儿子，他有太多的话想跟她说了，可是又开不了口。

"今天我来呢主要想看一下你找的那位局长的千金，不能让人家挑理说咱们华家不懂得规矩，孩子们都要结婚了我这个婆婆还没有见到媳妇。不像话，对吧？儿子。"

没等阿华回应，她又快人快语说："这老话说得好，婆媳是一对天敌，你妈是那么不讲道理的人吗？相信我搞了多年妇女工作，在别人家婆媳关系是难事，在我这儿就只当天上飘来五个字：那都不是事，是吧？"

"是呀是呀。"阿华讨好地附和道，"咱妈那是妇女工作专家，从来就没有搞不定的人和事。"

他知道他不附和那是万万不行的，妈会生气，妈会说"你这孩子怎么是哑巴呀也吱一声"。为此小时候只要他妈说他像村里哑巴后，只要妈说什么时，他总是回答是呀是呀，因为他觉得当哑巴会引来村里人的笑话，以致后来参加工作后"是呀是呀"成为他的口头禅。

心情无比好，曾翠岚喝了一口水又说道："你妈这二来呢主要是跟你局长岳母商量一下你们举行婚礼的事。"说完她喝了一口水又说："这男女双方结婚吧，就如两个国家正式建交，有很多相互关注的重点、细节需要磋商的。"

说着她看了一下阿华，一脸无比幸福的样子。阿华心想，你还用起"磋商"两个字了，人家说不定都不想见你呢。想到这他心里那个苦啊，只有他自己知道。于是他的脸就憋得通红，觉得自己像个十足的傻瓜。因为那个时候他还没有获得可以自夸的、游刃有余地去对付一切的自信。

阿华看到母亲等待他回答，又机灵地连忙回过神来答："是呀是呀。妈，你说得很对。""你这孩子怎么就会是呀是呀，你就不能提一些建设性的意见让你妈好做决策？"阿华一愣，又苦笑道："妈，我建设不来，还是听您说吧。"

"刚才说到哪儿来？""磋商。""对！磋商！比如请哪些人参加、办多少桌酒席、在什么规格的饭店……谁先讲话这些都需要'磋商'对吧？"

阿华听着听着，真的连死的心都有了。因为就在前天，他还求着缪局长让家人来参加婚礼，结果遭到无情的拒绝了。你现在还操这么多心，显然是不知道村干部依然不是干部。

"你说话呀，"曾翠岚见他不吱声又责怪道，"你这孩子真是！""是呀是呀妈……这事我正准备要给你讲的……来着。"

"儿子，我觉得这家长讲话应该归我们男方，毕竟是我们华家人结婚是吧，儿子？"说着她停顿一下开心道："那讲话稿你得帮你妈写，这样的场合咱们得好好露一手，别让人当局长的说咱们没见到过世面……"

"这……这……"

"这什么这呀，你这孩子，有话就直说嘛，吞吞吐吐的一点儿也不像妈的性格，是不是亲生的啊？"

妈的话立即触到他的笑点，于是阿华难为情地一笑说："我也经常想我到底是不是您亲生的。"曾翠岚一愣，也被儿子逗笑道："臭小子，你一定是你妈亲生的，如假包换！"

阿华笑得想打滚，心想你换得来吗？"妈，咱们去吃饭吧，边吃边聊好吧。"

"对，边吃边聊，这样才能广开言路，把细节做实了让他们没话可说……"阿华无奈地摆摆头，心中又出现了那种甜蜜的痛楚。发现身在农村的妈妈也在改革春风的影响下，从用词到造句，从语气到表情，已经带着明显的城里人的气味和领导干部的气息了。

而他之所以提出与母亲边吃边聊是想让妈妈喝上一杯后，壮胆把跟缪局长的谈话告诉她。他知道他妈一旦逮着机会是不会罢休的。不如就着吃饭让她唠叨吧。

"妈，您点菜。"阿华恭敬地将小饭店的菜单递了过去。"吃饭不是重要的问题，吃饭是联络感情……"她立即后悔道："哎呀，你妈说错了，你又不是外人。"说着她都有些难为情起来。

"妈，你是不是在外吃饭经常说这样的话？""啊？"曾翠岚脸一红，反驳道："谁说的，臭小子！你妈就有那么江湖匪气吗？""是呀是呀。"阿华话一出口就知道错了，便嘿嘿一笑改口道："哪能啊，我妈好歹也是一基层政权……呀。"

面对儿子油腔滑调的回应，曾翠岚幸福地笑了并提高嗓门喊道："服务员——来点菜！"嗓门高过高音喇叭。阿华瞬间皱了一下眉头，不过他又快速恢复原样。

"花生米、红烧肉、冬瓜排骨，再来一条红烧鱼……"

一看点了那么多菜，阿华悄悄提醒道："妈，就咱们俩，点那么多吃不完。""吃吧，儿子。今天咱娘儿俩不醉不归，太高兴了。"说完她又很自豪地补充道："你妈这次来算出差，可以报销的，跟村领导说好了。"

很是意外，阿华便问："这也能算出差啊？"曾翠岚扑哧一笑，责怪道："你妈也算是公家的人吧，对吧？"说完看着阿华有些难为情起来。为此阿华想，这都是在上行下效啊。

她深思一会儿，阿华猜想不出他妈在想什么。也许说中要害，因为他曾在报纸上看到一则报道，说某地一女领导家里买卫生纸都拿到单位报销，当纪委找她谈话时，不仅没意识到违纪，还拍着胸脯，理直气壮地说自己是公家人，当然用的所有东西都要公家报销啦。

一想到纪委，阿华有些紧张起来，便轻轻推了推他妈，提醒道："妈，这样是违反财经纪律的吧？"谁知曾翠岚不以为然地说："没事，村里有钱，反正都是打白条可以变通……"

听得阿华有些目瞪口呆了。

"儿子，你媳妇到底长得什么样啊，有照片吗？"曾翠岚喜滋滋地问道。"有，妈，你给把把关。"阿华连忙从手机里翻了他们的合影递给她看。曾翠岚仔细端详一会儿后，抬起头叹了一口气，明显假话说："不错，不错……

跟你站在一起还挺有夫妻相的，只是……只是还没有你妈年轻时漂亮。"

"是呀是呀，妈我也……我也觉得好难看。"阿华说着更有些气馁地说："我觉得长得不大好看。"

见儿子有些灰心的样子，曾翠岚就连忙又鼓动道："嗯，身材倒很苗条，胸部也很饱满，臀部也很有形，嗯，不错不错，挺好的。"说完她顿了顿，又鼓动道："人家可是局长家的千金，身份不一样的，别人哪有你这福气。"

不过在说到身份时，她还特意加重口气并说你看有些人找的媳妇像明星样，天天你伺候着人家，人家一个不高兴就跟你吵架，出轨，闹离婚……

"妈，您吃菜。""儿子，你先吃。咱家儿子太厉害了，怎么就这么幸运攀上局长家……"曾翠岚兴奋地说着端起一杯啤酒喝了起来。阿华连忙配合地举杯。

子贵母荣。曾翠岚心里乐开花，那叫一个幸福。尤其一想到将来儿子说不定当个处长或局长什么的，就觉得没白生他，觉得身为人母实在太自豪了。

他们在沉默中，各想各的心事，妈妈的沉默让他感到母子俩更亲密了。可是，阿华心里却是五味杂陈，他想象着妈妈在农村所受的辛劳。

"儿子，我来之前都想好了，你办喜酒的那天我要把村里有头有脸的全叫过来，让他们看咱们老华家那是多风光，让他们看看华家的儿子多有福气……"

说完她停顿了一下又说："村里那谁谁娶了个城里的媳妇还摆了十桌宴席，还又是请歌舞团跳舞，又是请唱戏的……真心不错。"

终于，阿华按捺不住，痛苦地脱口而出："她妈不同意你们来参加婚礼。""哐当"一下，像啤酒瓶掉在地上，顿时他们俩你看着我、我看着你僵持住了。

如坐过山车一样，随即曾翠岚从晕眩中清醒过来，很是惊讶中，抹了一下嘴道："这不行，这不符合规则，她破坏了游戏规则，这不行！这不行！"像是自言自语，又像是梦游。

"她真的不同意我们来参加你的婚礼？"曾翠岚又很不服气地质问。阿华无奈地点点头。"那你上次……上次不是说让我们来参加婚礼的？"阿华无奈地舔了舔嘴唇，说那是他的女朋友柳青做的主，结果回家跟她妈说了后，遭到极力反对，然后他又去找缪局长，结果缪局长还是坚决不同意。

不过他是重点突出有选择地说，为的是不能彻底打消母亲喜滋滋的愿景。

"不行啊儿，在这一点上我们绝对不能答应！"说着她又很生气地说："人家古时两国联姻还讲究个周公礼制，一旦联姻就两国和平相处，礼尚往来，她这明显是霸权主义。对！就是霸权主义，绝对不能答应。"

"是呀是呀，妈，我其实也很生气。"阿华看到母亲脸色铁青，便连忙附和道。

心乱如麻，严重损伤了曾翠岚的尊严。心想，咱们华家那在一方土地也是响当当的人家，咱也是一级领导，怎么能这样说不就不呢，怎么着也得跟我们商量一下吧。就那村主任比我的官大一级还要听我的。

"妈，吃菜，这事咱们慢慢来。"曾翠岚为此放下筷子，看着小店的窗外干笑了一下。立即就胸有成竹道："喝酒，儿子。这事你别管了，交给你妈来处理吧。"

"你打算怎么处理？"阿华惊讶中试探道。

他知道他妈的脾气，他知道他妈的厉害，不如她意的事能弄个桌子底朝天。因此，他非常担心她跟缪局长一言不合，吵起来。

曾翠岚又自斟了一杯酒，自言自语道："强权之下无卵子！"阿华连忙纠正说是"覆巢之下安有完卵"。"反正是卵子你妈就不怕，咱从事妇女工作几十年了，还没有遇到这样的硬茬儿。"

听着母亲说了几句不着调儿的话，又看着她那箭在弦上的样子，阿华很有些担心，很害怕起来。

"儿子，这人与人吧，就像水与火，你要是浇一点水吧，它会越烧越大，还爆你一身灰，只有猛烈一浇扑灭它，才可以熄灭它……"曾翠岚说着还做出一副消防队员灭火的样子。

"还是好好商量着办吧，妈……"阿华提醒道。曾翠岚瞥了一眼儿子，厉声说："你妈又不是不讲理的人，你妈是有文化的人，怎么着也是……""是呀是呀，咱妈是干部，有身份的人。"

"这样吧儿子，明天你约个时间，是得跟缪局长好好谈谈了。"说完，她又有些悻悻然道："你妈好久没找人谈话了，今晚回去我得好好准备一下，不能打无准备的仗啊儿子。"

阿华无奈地摇摇头。

三

都说万事开头难，王媛倒像是个例外。这不，今天她的中介公司一开门，就有一美女过来找房子并说觉得她这家门店很有亲和力，应该是信守承诺的优质公司。

为此，王媛好看地一笑，连忙拍胸保证道："美女，算你说对了，请你绝对放心，我们这店就是为了打造百年诚信品牌而来……"

直到说得那位美女深信不疑并向她诉说了租房的郁闷事——

"三年前我和我老公从学校宿舍搬出来租房子住，就和老公商量找家信誉好的中介，觉得真爱我家成立得比较早，规模也可以，是家正规公司，应该比较可靠，后来就通过这家公司租了套房子，没想到，钱一交，噩梦就开始了。"

"怎么了美女？"王媛好奇道，"出什么事了？"

"在我们住了一段时间以后，热水器就不打火了，在签订的合同第十三条维修条款中约定，燃气热水器不打火属于他们承担的维修范围，就打电话给他们，工作人员说，他们找人来修，但是费用得我们出。我对他们讲，这个合同约定了是他们的维修范围，应该是免费的。工作人员却说，合同约定指的就是他们出人维修，但维修费用要我们出，这不就是他说他请客，我要买单啊。"

"这样啊美女，我们店不会这么干，你放心我们要做诚信公司。"

王媛生怕这单生意给弄黄了，立即拍着胸，誓言诚态道。

"后来他们的维修人员来了，看了一眼说这个要300多元，我们觉得太贵了，就让他回去了，决定自己找人修，结果花了50多元，但后来那个热水器用了没3个月就又坏了，然后再给中介打电话，他们还是坚持不给修。"

对此，王媛很豪气地拍拍胸脯道："我们绝对不会这么干，你把心放肚子里好了，我们是诚信公司。"

"我在这个房子住了3年，每年到要续签的时候就会因为中介费的事情扯皮好一阵。今年的时候，真爱我家工作人员对我说，今年房租要涨价了，要续签的话，必须再交中介费，一分钱都不能少，所以就决定搬走了。"

见此，王媛连忙说："这样美女，你就信我一回，在我这儿租房绝对不会出现您上面所说的问题……"

巧合的是，正在她们说话间，我在找寻中走了进去。王媛在一愣中，有点守望相助地，笑脸相迎道："你看这位先生就是我雇主，我们合作多年了都没有您说的问题出现。"

王媛说着，还一边拼命给我使着眼色，而我还在迷瞪中没有反应过来。她一个急中生智，假装从我身边走过掐了一下，我才反应过来——她这是兵来将挡，水来土掩，是让我当托了。

"嗯，这位美女说的是真的，这中介真的不错。"说着我又口不对心地补充道："王总的服务是一流的，从不嫌弃雇主，你看我这样的人她都不嫌弃……"

插科打诨，直说得王媛的脸一阵红一阵白来。好在我和王媛心知肚明配合得很好，没有让那位美女看出一丝破绽。

一对狗男女大概就是这样诞生的。

"对吧美女，我刚才没说错吧，我们店绝对讲诚信的，你看这个一居室挺符合你的，房子虽然小了点，但小夫妻住着温馨呀，是吧？"那美女犹豫了一下说："是不是太小了一点？你看我这……"下意识抚摸了一下腹部，意思是孩子要出生了。

对此，王媛立刻又有了话题，说："美女！房子小好啊，不光一家三口住得温馨，还省电、省物费业是吧……"

在王媛多个"省"字下，那美女开始动心了。不过她还是有些不满意地问："有没有大一点的？""有啊，二居室、三居室全有……就是价钱有点高，不过性价比肯定不如这一居室……"

听着她们的对话，我对王媛口齿伶俐佩服得不行，真是天生干销售的料。跟着她，有肉吃啊！不过她忽悠人的样子，令我不得不打了一个寒战。

"……那我们签合同吧。"美女被她秒杀一样说服。

看着王媛数钱的样子，我甚至怀疑她是从银行点钞员辞职而来的。

"王老板，我什么时候是你的客户了？"我故意一脸深沉地问道。王媛扭头，一看那美女走远了，便嘿嘿一笑道："你不早就是我的客户了呀，也太健忘了吧！"

意象撩人，顿时我坏坏地哈哈大笑道："那王小姐今天再接一次客吧。"瞬间，王媛随手将手里一沓钞票扔飞镖样飞到我的脸上并把我的眼睛戳得睁不开来。

"你疯了！"我揉揉眼睛道。"哼！不疯你就不知道什么叫口无遮拦的代价。""是你让我配合的！"我假装很生气说，"能怪我吗？"

"配合？配合也得看我心情！"说着她又很心疼地捡起钱来数着，说："太不尊重人家老爷爷了不是。"

"又忽悠一单生意？"我抓起她的杯子喝了一口水。"说话小心点啊，什么叫忽悠？这叫心理推销术，懂不懂？"我脖子一梗道："不懂！""不懂好，那我就给普及一下推销常识。"

于是她从心理战讲到饥饿战……然后她又强调道："谁不想买到物美价廉的……东西是吧。"

句句有理，说得我哑口无言，于是我在思索中，终于找到词汇说："你现在可是咱何家的人了，可别坑蒙拐骗败坏了咱家的门风啊。"

她立即瞪了我一眼，恬不知耻加念念有词道："本以为自己有一个翻天覆地的变化，脱胎换骨，变成另一个自己，可是当我站在镜子面前疑惑地细细打量着自己时，依然是昨天见过的那个女人。"

"哼！早就不是你自己了！"

"滚！不好好上班跑来捣乱。"王媛责怪道，能看得出她是假装的。为此我一脸正经地问道："当老板真的就这么容易？"王媛轻蔑地看我一眼说："你以为有多难。"说着她又反悔道："不过也是不容易的，也不心疼一下你媳妇。"

"我没看到辛苦啊？"就递给她一盒金帝巧克力。这是同事发的喜糖。"算你有良心……"甜蜜地责怪一番后就开始跟我诉苦起来——

"美女，你们烦不烦啊！电话老是打个不停，不要打了啊，再打告你骚扰啊。"

怎么办？这个小区的唯一一套租房啊！昨天就有一个客户就要这里的房子。想了一下，她又发了一个信息过去。"美女，不管您的房子租了还是没租，您赶快把您的租房信息撤掉好不好？我保证让你的房子超值。"

没人理。她两手一摊地说。

等了几分钟后，我又一个电话打过去，这次说话语气好很多，嘿嘿！但是结果——人家房子租出去了。

"非要这样求人吗？""你以为呢，我容易吗？"说这话的时候我看到她的眼睛里有些红丝。霎时，我便有些心疼道："早知道这样就不让你辞职了。"

见我一脸的心疼了，王媛又诉苦道："这几天我都没有休息过，将周围三公里内的小区全跑了一遍。记方位、记街区、记门牌号……你以为我容易吗？"

我真心感动加心疼。我开始对她的敬业精神从另一个侧面重新认识起来，原本以为她就一投机商人，就像所有投机商一样，不付出只想最大回报的，没想到她能不顾高温，不嫌麻烦，能够低三下四成就一番事业。

"不容易，不容易，我拿什么慰问你呢？"说着我试图伸出手拥抱一下她。她却一个转身说道："现在不说本小姐是坑蒙拐骗了吧？""嗯，你不是骗子。"

我的眼里湿湿的。

"跟你这么说吧，做生意就得合理推销，既不能太虚，也不要太实诚，否则这生意没法做知道吧。"

"为什么？"我有些不明就里地说。"不会吧？"王媛为此叹了一口气道，"你难道不知现在的人都想少付出多得到吗？"说完她又意欲未尽道："我也想跟客户实话实说，可是一旦在有些事情上实话实说了，只能做不成买卖……你懂吗？"

"我不懂。"表情是很无知的样子。

为此她很来精神地列举了刚才那美女租房的例子。说她也知道那套房子很小很旧，以后有小孩了请个保姆都没地方住，还得重新再租房子，但如果她说她目前就只有这一套房子可以出租，人家就会去找另一家去。这生意不就黄了。

"啊，你没有房源啊？"我说，"你不是加盟了人家连锁店的。"王媛立即白了我一眼道："加盟人家是给你撑门面，人家的房源是不可能让你分享的。"说完她又补充道："这不才开张嘛，房源得慢慢来呀。"

"真不容易，媳妇坚持，我顶你。"我故意轻松说道。"房产中介这行其实很累，这不昨天本来有人来看好了房子的，结果……"她说她聘请的员工一句话没说好，人家就不租了。

"你今天怎么不上班呀？"王媛突然想起来问道。"这不是来慰问一下你，看看你。"我真心讨好道。不过我是说的假话，其实我是上街来买礼品准备去看阿华妈妈的。

"说得跟真的样。"王媛像是看出破绽道。在这么个精明的狐狸精面前，说谎实在不是一件明智的事。对此我只好在挫败中嘿嘿一笑道："既是真的，也不是真的。"接着把阿华妈妈来了得去看看说了出来。

"那我们晚上一起吃个饭吧？""不用了，不用了，阿华说晚上要跟他岳母一家人见面……"

"是来商量结婚的事吧？""你怎么知道？""你真无知，"王媛轻蔑一笑说，"人家结婚这么大的事双方父母总得见面商量一下吧？"她停顿了一下又补充道："不过我的事我做主，不劳你们家人费心了啊！"

"什么意思？"我惊讶道。"没有意思，记着我们得请阿华妈妈吃个饭啊……"我立即猜想出她的用意说："你想……想求阿华再帮你说好话吧。"王媛被我识破的脸一沉，接着奸笑道："还好，你怎么那么聪明！"

"当你不再对钱渴望时，你就会拥有它了。"我说。"切！还不是为了我们以后过上好日子，这有什么呀，合理利用兄弟关系，相互帮助懂不懂……"

"兄弟就是用来拆台的，是吧。"她生无可恋地看了我一眼，难为情地笑了，不过我被王媛一脸为人之妻的眼神融化了，融化得体无完肤。

第八章　谈　判

一

　　成不了心态的主人，必然会沦为情绪的奴隶。人之将去，所有往事如告别的演出一样历历在目。张由泰像所有失眠的人数羊样，一丝不苟，可是依然毫无睡意。于是他想起了早已过世的母亲，想起了家乡的炊烟。

　　母亲是炊烟的制造者。三尺灶台是她的岗位，日复一日，月复一月，年复一年，青丝熏成白发，青春和美丽也随着房屋上空炊烟的飘散而渐行渐远。

　　早晨饭后，母亲下田劳作，烟囱便歇着，寂静地端坐在屋顶直望着青天。等到傍晚，伴随着夜幕降临，村子的上空便徐徐升起缕缕炊烟，乡村的韵味便十足了。

炊烟是母亲的呼唤。小时候，每当放学回家，远远望见家中房子上空升起的炊烟，仿佛就看到母亲忙碌的身影，望着随风而逝的炊烟，那热气腾腾的饭菜就在眼前，每当此时他总会加快回家的步伐。

他在炊烟里慢慢长大，然后走出家门，离开了乡村，离开了炊烟，来到外面闯荡未知的世界。

母爱是一条长长的路，每一次回家或者离家时，母亲都站在门口看着他走近，又依依不舍地看着他离开。那一刻，母亲心里一定是欣喜和不舍相互纠结的。

每次回到家中，他便像孩子一样，没等饭菜做好就三番五次地往厨房里跑，问母亲做什么饭菜，什么时候才能做好，母亲总会从烧好的饭菜里挑出一块来送到他嘴里："小心别烫着了！"

想到这里，一种莫名的情愫冲击着张由泰的灵魂，他突然好像明白了些什么。

"我不能死，我不能死，我的宁檬还需要我，我的绾绾也需要我……"含饴弄孙已经成为他幸福的全部、甜美的舔噬。

多少年过去了，生活在城市，远离了炊烟，但炊烟却一直梦幻般地飘荡在记忆的上空，因为炊烟里有母亲的等待，有家的温馨，现在他即将像母亲一样老去、离去。

一些奇思怪想，划过他脑际。张由泰越想越睡不着。他意识到这是生命即将结束的征兆。记得母亲曾说过，当一个人经常回忆往事的时候，他便在给自己人生陈词总结，是对这个世界的开始告别。

来到顶楼的阳台上，一股秋风划过。周遭便传来落叶的哗哗作响。于是他向着老家的方向怅然起来。

怅然了好一会儿，他突然自言自语道："癌症君你能告诉我，我还能活多久吗？能不能给我一个明确的时日啊，我还有很多事情没有完成，绾绾要人接送，绾绾还需要钱上好的学校……"

他觉得自己的人生，只在时间的罅隙里面说了几句话样匆忙地不给一点机会了。

第二天，张由泰又珍惜时光般重操旧业。不过这次他是想明白了，凡事不能操之过急，欲速则不达。原以为可以利用机会多给家里增加一点收入，没想到来了个赔了夫人又折兵。

想一想这件事多么像年轻时对待妻子一样啊。那时他在地矿队工作，出差、加班是有补助的。正是为了那点可怜的补助，多赚些钱养家，结果忽视妻子的情感需要，导致妻子在与人家舞来舞去中，投入人家怀抱。

他不明白，为什么伤害隔着那么远都能做到，而爱人，却必须在身旁才行呢？于是他提醒自己：不要过分信赖别人，即便是你的影子，也会在黑暗中离开你。

人生如四季般短暂，所谓的得到往往意味就有可能失去很多。很多人却活成不是自己的自己。这是张由泰这次得到教训后又一成果性的总结。看起来幸福的人，心里却有难言的苦。

推着自行车穿梭在大街小巷中，汗水加病痛，常常令他有气无力。不过，令他感到欣慰的是，医生曾经判断他的病坚持不了几个月的，居然癌症君选择了阶段性折磨他。

这时他觉得，岁月就像一个倒行的旅人，踏着泥泞，披着欢喜悲辛，匆忙倒回他从哪儿来又到哪儿去的宿命中。这一天张由泰收获不小，上午卖了一车三十多元，下午又收获不小。

"今天运气真不错，好人真多。"张由泰在心里欣喜道。因为他遇到几个搬新家的，从纸板到塑料制品……让他都来不及收拾。于是他卖掉最后一车后，便准备去接绾绾。

谁知当他走过小区的垃圾桶边上时，发现还有不少旧报纸，便又停止了脚步。"咦，这是什么东西？"张由泰在用铁钩翻动一个旧木盒时，一串金灿灿的东西呈现在他眼前。他急忙用手拿起一看，居然是一条金项链，接着再翻了一下木盒，两枚戒指，还有一只玉镯。他下意识地环顾了一下四周，自言："谁把这么贵重的东西丢掉了呢？"

面对这几件价值不菲的物品，张由泰心里开始作着激烈的思想斗争。"交给物业？还是拿回家？"如此反复了多次以后，在他再一次环顾了一下四周后，做贼般将东西塞进了口袋。

天降大礼，此时的张由泰不知道是喜还是忧，以至来到绾绾的幼儿园时，还懵懵懂懂不知来去。"我这是怎么了？"一连在心里问了三遍。

"外公我好饿啊。"绾绾一见他说道。张由泰回过神来说："今天想吃什么都行。""外公今天好开心呀？"绾绾一脸稚气地说。"因为……因为绾绾太聪明了。"他言不由衷道。

张由泰继续想着自己的心事。"这东西可能值不少钱吧？主人一定非常着急吧？""绾绾，外公问你一个问题。""嗯，好的呀。""要是你捡到贵重东西会怎么办？""交给老师啊。"绾绾不假思考道。张由泰心里因此一梗。"那要是捡到你很喜欢的东西舍不得怎么办？"绾绾犹豫中摇摇头说："我会让外公买好不好？"

童言无忌，他很是自责。

"要是外公没有钱买怎么办？你会不会说外公没用？"绾绾露出一口整齐、雪亮的白牙说："我让爸爸妈妈买呀。"心结无解，张由泰决定好好思考一下再说。

"肯定是物主自己忘记了才丢的，他们一定自己还不知道。"想到这儿他心里似乎坦然了许多。

那天他在菜场买了好多菜，绾绾没有吃过的斑节虾，还有其他连自己都不认识的海产品，等等。这些东西他也没吃过，只听说这些东西很有营养，含钙量高什么的，得给绾绾补补，顺便也犒劳一下自己。

"爸，今天怎么做这么多菜呀？"张宁檬一进家门就看桌上摆放的菜品问。还没等张由泰准备好回答，绾绾便高兴道："妈妈，这虾可好吃啦。"说着又张着小嘴去吃张由泰剥好的虾。

"肯定是绾绾乖，外公奖励你的吧？"张宁檬开心道。这时张由泰开口道：

"听说这虾很营养就买了一点,也不常吃。""来吧,妈妈喂你,让外公多吃点。"张宁檬看着父亲两手油光光的,有些心疼父亲了。

"没事没事,你们上班忙,我反正也是闲人……"看着父亲心疼她们的样子,张宁檬眼里有些酸酸的。于是她随即又想起小时候父亲对她也是这样的。

有一天她感冒发烧了,也不知道父亲从哪儿听说鸡汤可以治感冒。他居然不辞辛劳跑到农村去买回一只老母亲给她煨汤。大概受过苦难懂事早的缘故吧,当她拿起碗里的鸡腿给父亲吃时,父亲坚决不吃并说"你是病人多吃点,鸡腿是大补……"

"爸,你以后别做饭了,等我下班回来做。"张宁檬噙着泪水道。见此,张由泰轻轻叹气道:"爸也没什么能力,给你们做做饭没什么……啊。"

"外公做的饭好吃,不要妈妈做。"绾绾欢悦地插话。"好啊,那外公就一直给你做下去。"随即张由泰说完这句话觉得有点骗自己了。为此脸色一黯,有点儿悻悻然起来。

"嗯,外公真棒,我……我以后长大了也要给外公做好多好多好吃的。"绾绾说着两只小手还比画着。张由泰与张宁檬喜极而泣。张由泰因此偷偷地擦拭了一下眼眶道:"那我们拉钩吧?""嗯,不拉了。"绾绾摇摇头。

"为什么不跟外公拉钩呀?"张宁檬为此好奇地问。绾绾仰起头思考了一下说:"老师今天说肚子里装着太多的秘密会生病的。"张由泰一愣,笑道:"那咱们就不装秘密了好不好?""那外公我们俩的秘密还要不要说出来?"

童言稚语,来得太突然了,为此张由泰在惊慌中,连忙阻止道:"咱们的秘密不能说。"绾绾为此一脸茫然地看着他。张由泰心里有些叫苦不迭来。他觉得大人往往教小孩子说实话,自己却在说着谎话。

二

暗含幸福的展望,却满是束手无策。

　　曾翠岚思来想去，决定亲自去一探"缪营"。当她决定跟阿华说出要与缪局长见面时，阿华却吓得老鼠见到猫样连忙后退，并一连说了好几个："不好吧，不好吧妈？"

　　看到儿子紧张害怕的样子，她便生气道："瞧你那么点出息，你还是不是咱们老华家的儿子啊。"说着并做出一副有力使不上的生气动作。见阿华不语，她又没好气地给阿华鼓气道："这孩子，有你妈给你撑腰，怕什么？"

　　阿华沉思了一下，就弱弱地劝道："毕竟以后两家要成为亲戚的，还是……还是要和平共处为好。""你以为妈只会吵架啊！"曾翠岚提高嗓门道。阿华立即做了一个闭眼的动作，她妈的语言好像如箭飞来。不曾想，这一细小的动作被他妈看到，又是一顿数落，说什么"你就不能大胆点，她又不是老虎，我们家也是大户人家，那也是一级干部人家……对吧"。

　　"那好吧妈，我听你的。"阿华怏怏中鼓起勇气答。他心里很郁闷，没想到结个婚还这么麻烦，早知道……就不结了。

　　看到儿子一脸沮丧的样子，曾翠岚在犹犹豫豫中问道："你跟妈说实话，你跟那柳……柳青那什么没？"阿华好奇怪地反问："什么没什么？""就是跟柳青在一起没啊！""我们经常在一起呀。"答非所问，儿大避母，不过他是没听明白，令她很是着急。

　　曾翠岚因此一急，说："就是……就是……""就是什么呀妈？"

　　为此她急着跺脚说："就是你们睡在一起没有啊！"

　　阿华终于听明白了，他来了一个儿大也不避母并脸一沉看着他妈反问道："你……你问……问这个干吗？"曾翠岚为此很吃力地咽了一口气，然后又恨铁不成钢地说："当然有用啊！"阿华依然萌萌不解。"这叫知己知彼，百战不殆，知道吗儿子。"

　　阿华还是不明就里，于是迷蒙地看着他妈。曾翠岚为此没有好气道："你们到底在一起睡了没有啊！"

　　简洁明了，单刀直入。阿华脸一红用笑比哭还难看的神情终于在吞吞吐吐中做了回答。

"好样的儿子！那咱们今天就胜算大多了。"说完曾翠岚从商人做买卖的角度给他细致地分析了一下胜算的原因。

她的意思说：这女人嫁人吧，就像商家提供先使用后收费的产品，一旦客户试用了，如果客户有些不满意，跟商家提出便宜点，要是商家不愿意，是不是就蚀本了？如果再来点内部损坏，不就要打折出售对不对？……

听到这里，阿华基本明白母亲的话意。意思就是柳青和他睡在一起过，有过那种人们委婉说的两性关系了，就不怕她家人说不嫁。否则他们什么也没有损失，而她们就损失大了……

阿华第一次觉得他妈好坏，是那种损人利己的坏，世俗、肮脏的坏。如果不是他妈，他都不知道要用什么样的语言来指责她。不过他妈的一席话还是给他增强了许多信心，毕竟谈判桌上他们又多了一张王牌，而且是一手同花顺。

他兴奋得喘了一口粗气。

信心来自得失。当阿华和妈妈一行敲开柳青的家门一刹那，立即就把缪局长愣住了。因为他们来这儿之前没有通风报信是怕缪局长死活不见面，这也是阿华妈出的主意，出其不意。不得不佩服她的心理战术过人。

"阿华，你今天怎么来了？"见此，曾翠岚用手把儿推开抢先说道："哎呀亲家，我是阿华的妈妈，本来早就想来拜访您的，这不穷事忙，一直忙工作没空，这不一空下就……就来了。"

缪局长飞快地皱了皱眉头，用"你是谁我认识你吗"那种非常漠然的一笑后，说道："那……进来吧。"表情上却是一百个不愿意。

进门观脸色，曾翠岚也不管她高兴不高兴，进门后一屁股便坐在沙发的正中央。因为她早已做好准备，要从气势上压倒这个缪局长，谁让她瞧不起咱农村干部。阿华则手足无措地杵在她们两个之间，很自然地形成一道天然的"三八线"。

"……妈，这是我妈。"曾翠岚瞪了一眼儿子。缪局长则讪讪一笑道："哦，你妈呀，还挺年轻的嘛。"说着她皱了皱眉头补充道："哎呀，不好意思，阿华，我一会儿还有个会，得走了。"

想躲开，这下把曾翠岚逼急了，于是她连忙说道："亲家别走啊，我今天来是有事情跟你说的。"她本来想用"商量"一词的，看她不待见又见机行事，临时改口了。心想你不仁，我就不义。别把村干部不当干部。

缪局长只好又无奈地坐了下来，说："那我们就长话短说简单点说说吧。"一脸的公事公办。对此，曾翠岚心里很是不快，不过她决定先压住怒气再说。

"常言说，这恋爱吧是两个人的事，结婚吧是两家人的事，今天来就是跟你一起说说孩子们的婚礼怎么办。"说着她又假装道歉道："本来吧这么大的事我应该早来的，可是我们那地方吧事又多，跟你一样工作忙……忙得团团转。"

缪局长一听跟她一样忙，在心里很鄙视地推辞道："小孩子们的事我不大管的，都是他们自己在忙乎着。"

言出必有失，缪局长轻易的一句话就交出了拒绝的权力。曾翠岚一听机会来了，连忙说道："是呀，你工作忙，这事就交给我们来办。"缪局长一惊，问："你怎么来办？"

为此曾翠岚把她所思所想加展望未来的愿望滔滔不绝地说了出来。

缪局长沉默了一分钟，扑哧一笑道："这个真不行，这个还真不行。"

"咋就不行？"

缪局长陷于沉默中，她在快速思考着用什么样合适的语言来让她接受自己的决定，可是思来想去半天也找不到合适的，于是她就直截了当说道："这是我们家办婚宴，别人来不合适。"

话一出口，缪局长又让曾翠岚抓住了漏洞，是一个大大的漏洞，便脸一沉问："我是阿华的妈，是柳……柳青未来的婆婆……不是别人啊老缪。"

"老缪"这两字让缪局长听起来是那么刺耳，几乎是恼怒，于是两人就开始正式暗暗地撕了起来。"那跟我没关系呀。"缪局长说，"这是我家请客，当然希望我所希望的人到场。"

"你……你……你这就不讲理了吧。"曾翠岚彻底撕破了脸，暗战由此变成明战，就像是当年的中日之战。

缪局长听到曾翠岚说不讲理，几乎是暴跳如雷问："我哪儿不讲理了？"接着瞪着曾翠岚又说道："我女儿嫁给你们家没有让你们买房、买车……没花一分钱娶了媳妇，我还不讲理？你让天下人来评评理吧。"

敢在她面前挑理，敢跟她叫板，是大忌。缪局长最讨厌人家说她不讲理，除了女儿之外从来没人敢这样跟她说过，不过她还是压住了往日训斥下属的那种火气。

"这是婚姻自主，再说你也没有让我们买房、买车吧。"曾翠岚口气开始有些服软道。缪局长听了，缓缓地抬起头，露出轻蔑一笑。这种笑对于曾翠岚来说是莫大的侮辱。

为此她也有些生气道："你让别人评评理，哪有孩子结婚不让孩子的父母参加的？又不是二婚，我们可是明媒正娶。"缪局长非常生气了，因为"二婚"两字又大大刺激她了。同时觉得这样扯下去没完没了，便咄咄逼人道："我请的都是领导，没有亲戚朋友。"

令她没想到，这话又说到曾翠岚心坎上，心想，我也是一级政权的领导啊，你也太小瞧人了吧，没有我们基层政权给你们支撑，你的屁股坐得稳啊。于是故作惊讶道："不会吧，你家难道连亲戚也没有？"这话真的比骂人还难听。

缪局长被狠狠地将了一军。心里更加不痛快地说："这个不用你操心吧，我自有安排！"对此曾翠岚决定孤注一掷，就站了起来并轻描淡写道："那好，我的儿子我做主，这婚咱们不结了。"

说着就做出要拉阿华走的样子。

第一回合的较量，曾翠岚胜。阿华见此，急道："妈！你们就不能好好商量一下嘛！"曾翠岚立即来了精气神道："这事不商量了，我儿子又没有损失什么……"后一句话特别加重了语气。

曾翠岚的话敲打得缪局长的脸一阵红一阵白来。

曾翠岚偷偷瞟了她一眼，知道她中她的计了，便又做出要拉阿华走的样子来。这时缪局长急道："可以！就按你说的办！"阿华错误领会了缪局长的意思，就急道："我和柳青结婚又不是跟你们结，你们说的都不算！"这是阿华第一次发怒。

"瞧你那点出息！"曾翠岚责怪道。缪局长听到阿华真心喜欢女儿的话后，心里也开始软了下来，说道："可以……你们可以来参加婚礼，但是这婚礼费用各出一半。"

说完她就急着要往外走，这时柳青下班从外面推开门走了进来。

"妈，你们这是……"缪局长于是转换脸色道："我们在谈你结婚的事。"为此阿华连忙介绍道："这是我妈。"柳青嘴嚅动下，在犹豫中，叫了一声"阿姨好"。曾翠岚连忙见机行事道："都是一家人了要叫妈呀。"柳青脸红中，低下了头。

一山遇到二虎，而且还都是母老虎。缪局长第一次感到她遇到一个难缠的对手。便看着柳青和阿华说："你们外面去玩吧，我们有事要谈。"

阿华与柳青对视了一下，极不情愿地走了出去。不过在出门前阿华用祈求的眼神看了他妈一眼，意思是希望她好好说话。曾翠岚回他以"等着瞧吧"的目光。

"你不开会了吧？"曾翠岚故意没事找事地问。

"不开了，随他们去吧，今天看来不解决这问题不行了。"说完她像急糊涂样问道："我们刚才说哪儿了？"

"各出一半的费用！"曾翠岚明显底气不足道。于是缪局长像早就预算好的一样说："婚礼的费用大概在三十万元左右，一家各出十五万，多出来的我出了算了。"

曾翠岚一听，就失声惊讶道："怎么要那么多？"心想三十万在我们那地方要买一栋楼了，一定是刁难。缪局长为此轻蔑一笑道："这还是少的。"说着她把从租场地再到请司仪，再到请专车，一一罗列了出来。

算着算着，曾翠岚在她强力的支撑中，只能迎着笑脸。顿又觉得她的话有道理了，不像是刁难她。可是一想到钱她真的犯难了，别说十五万，就是五万元她也拿不出来，从儿子出生到读书上大学，她们家近乎是一直负债。

心里顿时叫苦不迭，不过她还是硬撑着。见曾翠岚不语了，缪局长知道她在想什么了，便开始一脸真诚地做起思想工作。"你看你们农村人挣个钱多不容易，辛苦一年到头赚不到几个钱，要是把钱全花在这上面以后养老怎么办？"击中曾翠岚的要害，不过她依然用一种看不透的心思，苦笑着配合着。

缪局长一瞥看出了破绽，接着又进一步劝说道："你看吧，之所以不让你们来参加婚礼，是替你们考虑呢，马上都一家人了，要是你把钱全花光了，他们做小辈心里也过意不去呀……"

字字句句，语气真诚。直到曾翠岚快被缪局长的话彻底打蒙的时候，她突然醒了——这结婚是要收礼的，也是有回报的呀，而且她是局长，人家一定会送大礼包……

对呀，我怎么早没有想到这儿呀。于是她一激动就脱口而出来："有付出就有回报啊！"说完她又怕缪局长不明白，就给她算起账了。"这结婚请客吧，来吃饭也不能空着手吧，要……收份子钱……对吧？"

还没等她说完，缪局长忍无可忍地生气道："现在请客都不收礼，难道你们村干部不知道纪律嘛！"觉得这个农民太会算账了。谁知曾翠岚不以为然道："那都是说说的，我们村主任儿子结婚不是……也收礼了。"

没等曾翠岚说完，她又很不耐烦地打断道："那是你们村的事，我们这儿可不行。"说完就做出请走的动作。曾翠岚为此还是有些不死心说："那我就跟他爸来，村干部就不来了。"缪局长一听，哈哈一笑道："这事不谈了，结婚不结婚由他们俩说了算。"

顿时，曾翠岚被彻底打败了一样，她的嘴角也向下耷拉着，眼神中透露出无比的沮丧。第二回合，缪局长胜。她觉得嫁给凤凰男就等于娶了他全家。

曾翠岚都不知道怎么走出缪局长家门的，她觉得在村里说一不二了一辈子，今天却挫败得体无完肤，那展望的华丽生活像丢失的痛苦岁月，又回到她鼓鼓囊囊的生活中。

在告别这个城市的时分，曾翠岚发现连墙头壁角攀爬出的草都有些许陌生的意味。

三

岁月要走过，才知道它的凌厉。缪局长这时才觉得，这人到了某个年纪不得不承认地心引力的厉害，器官样样俱在，只是都下垂，所谓的"万般皆下垂，唯有血压高"。

在曾翠岚走后，血压升高的缪局长几乎一屁股瘫坐在沙发上动弹不得了。忽然之间，她仿佛看到了火球像气泡一样在天空中爆炸，像压扁了的圆球一样振荡发光，然后转呀，转呀，转到蠡湖湖面，融化在水天一色中。

在有生的时间遇到她，花光了所有力气。

"这女人太厉害了，这女人太厉害了，这门亲事不能要了……"缪局长在心里感叹着，仿佛一下子老了许多。

"柳青，柳青。"缪局长明知道女儿不在，她却依然想喊叫着，大概只有这样她的心里才舒服一些。正在这时，她的丈夫柳亚男，从外面买菜走了进来。

一看缪局长一脸颓废打了败仗的样子，便故意一惊一乍道："哟嗬，缪局长今天怎么像打蔫的瓜秧。"她于是睁开半闭的眼睛，狠狠瞪了丈夫一眼，顺便把身体转了个向——用背对着他。

柳亚男几乎从结婚到现在都一直处于被缪局长压迫的地位。在家里除了买菜做饭有主动权以外，再就是打扫卫生了。因此每当柳亚男在大街上看到男人训斥女人时，他的心里就有一种莫名的快感并在心里大喊"打她打她"！

弱夫身边必有勇妻。他被缪局长压迫得心理畸形。不过，如果有来生他还找缪局长当老婆。因为他不用操心房子、票子。他抽的烟、喝的酒，那令多少人羡慕嫉妒恨。

而缪局长此时正在心里感叹：真是强中自有强中手，一山更比一山高。自己在江湖上打拼了大半辈子，还是第一次遇到曾翠岚这样的女人。她的强悍、机智、狡猾，无一不令她汗颜，也彻底打破了她对农村人那老实本分、不善言辞的印象。

对此，她心里很抓狂地想，将来柳青要是跟她一起生活，这日子怎么过啊？不过随即她又推翻自己的想法，女儿根本就不可能跑到农村去住。想到这她又想到，那曾翠岚不是还要到儿子家来住的。"不行，不行，这门亲事不能要了。"

"柳亚男你给我出来！"缪局长在丈夫这里总是元气满满，而且这一次声调特别高，仿佛要在他这得到补偿一样。柳亚男只好从厨房探出头来，嬉笑着问："局长大人有什么吩咐？"

缪局长的暴躁永远打不过他的淡定，一如既往的口气。"不许笑！"她接着说，"刚才你不在，柳青婆婆"，缪局长又改口说，"阿华他妈来过了。""那她人呢？"柳亚男耸了耸肩，补了一个疑问："不会你把人家赶走了吧？"

缪局长的嘴唇颤抖了一下。"果然我猜对了，你……"柳亚男还没"你"出来就被缪局长一挥手道："这女人气死我了，不赶她出门哪能对得起她……""你这样合适吗？"柳亚男一脸认真地说："咱们这是联姻，不是两国交战。"

"你知道她今天来干吗，都不跟我提前打个招呼就想来参加柳青的婚礼，你说我能不生气吗？"说到这缪局长气得嘴唇再次颤抖了一下，说："她居然还要挟我，简直岂有此理！"厉声的样子就像一只金丝雀吃了她的猫。

"要挟？"柳亚男很不明白，"要挟？怎么要挟你？"他觉得太不可思议了。缪局长的嘴唇恨恨地颤抖了一下说："她……"她说不出口。于是挣扎一番后，说："这门亲家不要了，不要了！"

正在这时，女儿柳青推门而入。见此情景，一种不祥预感随即蹿上她的心间。缪局长自己尴尬一下，说："你回来得正好，正好有事跟你说说。"

"……阿……阿华的妈呢？"柳青十分好奇道。缪局长一个生气转身道："被我赶走了！""赶走？""对，赶走了！""妈……你怎么能这样啊，人家毕竟是客人啊！""哎哟，翅膀硬了是吧，敢说你妈了是吧？"为此，柳青急得在客厅团团转说："你好歹也是有身份的人，怎么能做出这种事来，这以后……我们怎么相处啊！"

"没有什么以后了！"缪局长怒吼后又不解气地说："正准备跟你说这事的，这门亲事不要了，气死我了。"柳青一愣，惊讶道："这是我的事，用不了你做主，明天我就住他那儿去！"

倏地，缪局长像触了电一样从沙发上弹了起来道："你翅膀硬了还真不得了啊，告诉你柳青，这门亲事坚决不能要，你妈就算不是你亲妈也管定了。""不可能，我的事我做主。"柳青说着，已开始流出眼泪。

"哎哟，你还委屈了是吧？"缪局长于是开始翻起旧账来——

"从你出生到长这么大，知道你妈怎么心疼你的？"

"不知道！"

"给你吃的最好的进口奶粉，那时我还不是领导，我可是跟你爸省吃俭用，都舍不得你吃国产奶粉……"

"你自己愿意的！怪谁？"

"你从上幼儿园到读小学、初中到大学，全是最好的学校，全是名校，其他人家孩子能有这样的条件？这可是你妈给你的！"

"那是你的一厢情愿！"

"你……你用的化妆品全是妈出国买的好的知道吗？"

"我没要你买！我自己有工资。"

"你那么好的工作谁给你安排的？"

"是你，但我不喜欢这工作！"

"……你……你这孩子怎么学得不讲理了，难道我白养你这么大，一点养育之恩都没有吗？"说着哭了起来。那样子像受到了莫大的委屈。

"你说得不错！"柳青一抹眼泪道，"我的一切都是你给的，所以一切就都要听你安排吗？"说着她又抹泪道："我是你女儿不错，我享受到你的一切安排不错，可是你什么时候问过我需不需要吗？"

一连串的质问，下药一样给缪局长止住了哭，不过，她脸色开始铁青起来。

对此柳亚男从厨房探出头来附和道："柳青说得对，我支持你，女儿！"缪局长于是一个箭步冲到柳亚男面前，怒吼道："柳亚男，你得了便宜卖乖是吧！"他吓得退缩着，连忙将厨房的门关上说："好好好，我说错了，你有理你有理。"

"怂货！你家里好吃好喝哪来的？还不都是我辛辛苦苦从外……你个没良心的东西……"

说着扯着嗓子哭了起来。

这是柳亚男第一次看到缪局长痛哭，因此他有些不适应地愧疚起来。缪局长说得对，他现在拥有的一切都是她带来的，包括现在的工作，不然他还在金工车间干着抛光打磨的活，哪能像现在这样坐在办公室一杯茶、一包烟、一张报纸看半天。

想到这里他从心底里很感谢缪局长。觉得以后应该对她好一点，人家不是说了：少年夫妻老来伴，中年夫妻怎么办？有人形容食之无味，弃之可惜，彼此的坏习惯改不了，有的夫妻是什么事都可以吵，从来没有妥协过，想想婚前是"有话好好说"，婚后变成"有话不好好讲"。

想到这里，他恻隐之心动了。对此柳亚男又从厨房像长颈鹿吃草样，探出头给女儿柳青使了一个眼色。柳青则用一摆头回应——不可能。于是柳亚男拼命挤眼睛，也不知道多少个回合下来，柳青才从茶几上拿起纸巾递给缪局长。

缪局长于是像小孩子挨打后得到大人的抚摸后，又继续加速哭了起来。不过这次的哭泣是那种类似高山流水觅知音的调调，相比较之前的交响乐要舒缓多了。

"妈，是我错了，别伤心了。"柳青在缪局长的伤悲中深深地接受了一堂还债报恩的课。没想到柳青这么一承认错误，缪局长像失而复得样连忙拉着她的手说："妈就这么你一个女儿，还不是为你好你妈才这样做啊……孩子！"

有时候，孩子漫不经心的一句话，就可以温暖母亲整个心房。

缪局长其实忘记了，难道天下的父母不都是这样在爱他们的孩子、孙子孙女们？即使再穷，家庭再困难，家长们努力、尽力、用心把最好的给孩子们。

为此，缪局长又从柳青吃穿住行……来了个历史性的彻底回顾。

柳青连连点头，以示母恩浩大，未来我必报此恩。缪局长对于女儿的一点回馈，就如此简单的喜悦和满足，仿佛一下子连刚才窸窣的痛苦也可以就此忘却了。

蠡湖岸，秋风妖娆。

"每个来到世间的生命，都像整存零付一样，一点一滴地离去，这人生吧，好像前一会儿才是意气风发的少年，一转眼就变成哀乐中的中年，还有人要讥笑我们老年人说是知识退化、器官老化、思想僵化、等待火化，所以凡事想开一些……"

这是柳亚男跟了缪局长大半辈子说出的最有文化、最有分量也最温暖的一席话。因此缪局长很是感动。于是她类似于破涕一笑责怪道："你个老东西还能说出这么宽人心的话来？"

大概柳亚男第一次得到妻子的充分肯定，便又一激动道："孩子大了由他们去吧，不要干涉太多。再想想许多人没有老的权利，年纪轻轻的就归天了。生活态度也要调整，以前用健康换金钱，现在要用金钱换健康。所谓人生有三历：少年争取的是好学历，中年成功与否看经历，年纪越来越大就要留意自己的病历。"

"我做的这一切还不都是为你女儿好！""放手吧。"柳亚男于是白了一眼，又劝道："这婚姻的事情不能干涉的，搞不好孩子以后要恨你的，得不偿失啊老缪！""反正那曾翠岚不是省油的灯！"柳亚男嘿嘿一笑壮着胆回答："你们俩是针尖对麦芒吧。"

"怎么，我说错了吗？"缪局长立即狠狠瞪了他一眼。他说："你也不替人家想想，人家儿子结婚，不让人家来参加婚礼不符合常理吧？要是你你愿意吗？"

"我是觉得婚礼来宾都是市级领导，都是有头有脸的人，不想让人家笑话我们女儿嫁给一农民的儿子……"

"你这样说就不对啊缪局长！"他说，"我们谁的祖宗不是农民？农民的儿子就低人一等吗……"

为此，缪局长难为情地一笑道："好吧，算你有理！我再也不管了。"

最好的伴侣不是一辈子不吵架，而是吵架了还能一辈子。这次晚饭后的散步让他们夫妻才有点像真正意义上地夫妻了一场。至少缪局长觉得她和柳亚男的关系有了一次突飞猛进的融洽，多年来他们就没有这样好好聊聊天，因此心情转晴。

第九章　谁的婚姻

一

人的欲望就像一剂麻药，总是能短暂地麻痹了自我无能的叹息。这种想法一直萦绕在他的脑际。

张由泰又失眠了，他起床来到卧室的立柜前。从今天下午回到家将那包东西放进柜子后，就开始觉得不放心了，担心小偷会光顾。踌躇中将那包东西从柜子里挪到床底下的鞋子里，可是还是不放心，怕绾绾什么时候"翻箱倒柜"出来，便又从鞋子里挪到柜子里，来来回回就是不放心。

头发白了也改不了瞻前顾后的毛病。

"这玉镯不错，嗯，真不错，温润的光泽；嗯，净度很好，棉絮状花纹好漂亮。"

搞地矿勘探的张由泰对这些东西比较内行。净度是指玉内含之瑕疵，主要有白色及黑色两种，乃其他矿物包含在玉之中造成，相对来说黑色瑕疵比白色碍眼。"好东西呀，等我的绾绾长大了戴。"

想到这里，江南女子玉手纤纤佩玉镯，款款深情的画面，瞬间就出现在他面前。张由泰露出了欣慰的笑脸。为此他又拿出那条金灿灿的项链。"嗯，这个嘛也不错，就是粗了点，我们绾绾戴太笨重了……嗯，可以重新加工成两条，绾绾、宁檬各一条多好。"

欣赏到这儿，张由泰好像身上的疼痛也好了许多。尤其女儿张宁檬一直勤俭持家，几次在女婿说要给她买条项链时，都被她以各种理由拒绝了。

他知道女儿不是不想要一条项链，而是他们这个家庭需要用钱的地方实在太多，家庭经济条件刚刚好了一些时，他就生病了……张由泰为此很是惭愧，恨自己给女儿女婿添了负担。

一番欣赏后，他满意地准备睡觉。然而告别欲望的负担却是线团样缠身。把人家东西占为己有他这一辈子从未干过，张由泰觉得这样做是不是太缺德了一点，有点不配做人了，平时责怪那些不道德人的话，这时有点像打自己的脸样。

可当他一想到绾绾，想到女儿，这辈子都没给她们留下点什么，心里又很惭愧，于是觉得还是不要上交了。

无欲，让攻者胜，让守者安身，战胜自己才是伟大之人。可是又有几个人能战胜自己呢？

欲望与道德是一对天敌，它们反复交织着，又总是反复对抗着。一会儿道德胜，一会儿欲望胜。

"丢东西的人一定很有钱，不然怎么会把如此贵重的东西不放好呢？"张由泰想到这，想到有钱人的挥金如土，就有些愤恨起来，觉得自己这样做没什么。

这时他又想起前几天看报时，一富豪砸车的新闻和一富二代给狗戴手表戴项链的画面。觉得这些富人实在有点不像话，好好的新车出了点故障就砸了，不是太可惜了？给狗戴手表戴项链，分明是在骂人嘛，你这不是在说我们活得连你的狗都不如了？

想到这些，张由泰感喟地长长地叹了一口气，觉得贫富差距实在太大了，一家六口人选择自杀……觉得有些人的行为太张狂了，简直没有一点道德底线。真是朱门酒肉臭，路有冻死骨啊。

"反正他有钱！"张由泰在心里说，"就算给我扶扶贫吧。"不过随即他又推翻了自己有点脏的想法。"那东西要是人家结婚的嫁妆、订婚纪念品呢，会不会心急如焚？"

张由泰一翻身，又推翻自己："能买这么多贵重的首饰一定是有钱人。"张由泰做出最后的决定：将那包东西留下。于是想象着那些东西有一天送给女儿、外甥女时，她们是怎样的一个高兴。

人一贫穷就失去了尊严，包括人格。他曾聆听一位禅师说："世间万物遵循永恒之道，但万物并不是'道'的创造者，'道'本身就是万物。"关于"道"的理解他也说不清楚为什么，但在他看来只暗含着某种意味。不过，渐近的未来才是必须要面对的。

张由泰慢慢进入了梦中，不过那是噩梦。梦中的他不知咋回事，突然被人扑倒在地，接着左心脏被连插三刀。坚强的他没有任何呻吟，而是挣扎着瞪着杀手，瞪了一会儿，杀手居然吓得急步而退，瞬间消失在阴暗的夜色中。

少了一个心脏供血，张由泰渐渐感到有点头晕，呼吸开始困难了，慢慢地不能动弹了，闭上眼睛像要死去。正在这时，却突然从绾绾里屋传出一声"外公我要小便"，把张由泰惊醒了，发现自己一头的汗水。

"我这是怎么了？"

"外公，我刚才做了一个梦。"绾绾又睡眼朦胧地说。

"什么梦呀？"

"梦见外公……外公被坏……坏蛋打了。"绾绾很有些紧张道。

张由泰不由得一惊，心想怎么这么巧合？她也梦到我遇到危险，看来我是要死了。

"梦是反的，你看外公不是好好的。"张由泰自我安慰道。

这时绾绾彻底睁开眼睛说道："外公我想跟你睡，害怕你被坏蛋打死了。"

童言纯真，几多温暖。张由泰很是感动。这时绾绾又说她好饿，想吃东西。为此张由泰在冰箱中翻了半天，只找到一个馒头，然后在微波炉上热了一下递给绾绾。

没想到，绾绾咬了一口就扔到地上。"你这孩子，这么白的馒头你就给扔地上了，太可惜了！"

"不好吃嘛，没味道。"

"唉！外公当年上山下乡的时候，一年都吃不了几回这么白的馒头！"

"那你们吃什么呀？"

"吃搅团呀。"

"什么是搅团呀？"

"就是稠糨糊。"

"好吃吗？"

"不好吃呀。我们吃的搅团，可不是陕西的名小吃搅团，而是用发霉的玉米面熬的。"

"那怎么吃呀？"

"没办法，我们那阵缺大米白面，只有这种叫作返销粮的发霉玉米面。没办法攥窝头，只能熬稠糨子，晾凉了，撒点盐，撒点辣椒面就吃了。"

"那多难吃呀？你们干吗不吃肯德基、麦当劳呀？"

……

时间向来慷慨温柔，擅长把好坏都带走。一番对话，张由泰有些哭笑不得起来，觉得现在的孩子都变了。不过这倒让他想起前些天看的一篇对话来。

"爷爷，您的胳膊都抬不起来了，干吗还要擦玻璃呀？"

"没关系，爷爷干惯了。上山下乡的时候，天天干的活儿可比这累多了。"

"那你们都干什么呀？"

"我们每天要干四大累：挖沟、脱坯、浪地、上房泥。"

"这都是什么乱七八糟的？"

"爷爷给你讲最简单的吧，挖沟，就是冬天的时候，去挖排水沟的淤泥。每天哪，都得挖八方土。"

"那要完不成呢？"

"那就要扣工资了呀！"

"扣多少钱呀？"

"我们一个月挣 20 多块钱，完不成，就从这 20 多块钱里扣。爷爷有一次感冒发烧，好几天没去挖沟，被扣了 13 块钱，连一个月的饭钱都不够！"

"爷爷，没关系，以后没钱我这里有好多压岁钱呢，我给您！"

"好孩子，谢谢！"

"爷爷最怕冬天挖沟。"

"为什么呀？"

"冬天得站在结了冰的河沟里挖沟，很冷很刺骨。"

"你们不会穿雨鞋吗？"

"我们一个月只挣 20 多块钱，哪有富余钱买雨鞋呀！"

"爷爷，以后你告诉我呀！我出钱雇人替你挖啊。我在班里，打扫卫生，给一块钱，就有同学帮我做值日。"

……

"国家是得好好进行光荣传统教育了！"张由泰在心里说着。

睡不着，于是往事便又涌在面前。张由泰记得父亲第一次带他爬上横岭山砍柴。

从村里上山，要走很久的山路，才能到达山顶。那时只要一有空闲，"必修课"就是上山砍柴，山里孩子大都如此。也就是从那时起，他认识了山枣、山楂、山胡椒，认识了野猪、野鸡和野兔。

不过也让他懂得了父辈生活的艰辛。而现在的孩子们，已经都到了五谷不清的地步。想到这儿，他对孩子们的教育担心起来……

想记的记不起来，想忘的却忘不掉。几乎一夜无眠。张由泰从孩子的教育，想到了那包金灿灿的东西，再想到自己这身体会走到哪一天为止。

为儿女活着累！第二天早起，张由泰便把那条粗项链像揣鸡蛋样小心翼翼地揣内衣的口袋中。他记得在走街串巷时，看到过一家加工金银首饰的小店。现在陡然间却是想不起来了。为此他不由自主地拍拍自己的脑门，结果被外孙女绾绾发现了。

她十分好奇地问："外公你干吗打自己呀？"声音甜甜的。

张由泰于是嘿嘿一笑道："外公现在转眼就忘，记不起事来啦。"

"你可以学一休哥哥呀，闭上眼睛想一想就回来了。"说着就做了一个闭眼睛的样子。张由泰因此被逗乐了。

幸福又在刹那间蔓延。

二

没有高攀，就没有伤害。那天晚上，当我和王媛敲开阿华宿舍的门时，曾翠岚正在悄悄地抹着眼泪，一脸伤心难过的样子，令我们非常意外。

大概见到不速之客，她快速得如母亲小时候为我飞针走线般提起衣角一抹眼，便又自然而然地说道："这是……这是……""我的好朋友何嘉跟他的女朋友。"阿华连忙接过话。

"这姑娘真漂亮、真白、真好看……"曾翠岚说着从上到下，量尺寸样打量了一番后，又纳罕赞叹道："城里的姑娘就是好看……好看啊。"

王媛觉得再夸奖下去她也受不了了，便甜糊地插话说："伯母，这香蕉可甜了，你快尝尝。"说话间已经将一根香蕉剥好，递了过去。

没想到的是，大概曾翠岚的心一直挂在儿子的婚姻上吧，吃了一口香蕉又重复道："这姑娘真漂亮、真白、真好看，要是我们阿华有这样的福气多好。"

只贪华丽，不求真实，农村人也变了。

"你们家阿华更有福气，找的局长家的千金多好啊，我们都羡慕呢。"王媛难为情地接过话来。

"别提那局长了，一提她我气不打一处来。"曾翠岚说着更不解气地说："今天去她们家谈参加婚礼的事，那局长居然不同意我们来参加……姑娘你给评评理吧，这当领导的人家也太不像话了是吧。"

见此，阿华连忙阻拦道："哎呀妈，说这些干吗。"结果被她妈像夺宝赛跑样，夺过话说："这有什么呀，你妈今天不怕家丑外扬，今天就让他们给评评理嘛。"

我知道阿华要面子，记得在一起上大学时，要是哪个同学比他多吃了一道好菜，先他买了一部手机，都得连忙赶上去。因此当他妈跟王媛聊天聊到一些家长里短时，他的脸比猪肝还要难看。

面对纷乱的家常气息，我一边用力哑哑嘴提示王媛，一边给王媛使眼色，希望她口有遮拦，适可而止。"嗯嗯，这样做是她们不讲理，太有悖于情理。"王媛妥妥把握着腔调，却不知是添乱。于是乎她们开始像久违的熟人，聊得火热起来。

我怕她们聊下去阿华承受不住，便看着阿华提议道："咱们俩出去走走吧。"谁知阿华很痴愚地不愿意，身体在转，眼睛却放不下他妈。我知道他还是怕他妈把他们老华家的老底全翻出来。

"走吧，让她们去聊吧，都是自家人。"这时，阿华才张皇而很不情愿地跟我走了出来。

"到底怎么回事啊？"我有些迫不及待想知道究竟。

阿华用怀疑的目光看了我一眼，那样子在审视、考验我是不是值得信任，当然也有他小曲好唱口难开的顾忌——主要怕我笑话他。

"说呗！都是自家的兄弟，亮着肚皮谈天说地吧。"我给他鼓劲道。于是阿华叹了口长气，便把今天跟他妈去缪局长家谈话的内容重复了一遍。不过从他说话的口气中，我能感到他进行了删除和补充。男人嘛都好面子，何况他妈打了败仗。

总之，阿华觉得准丈母娘有些不近人情，同时也认为她妈没有好好说话，太把自己当干部了。在我听来，他还是很公平地站在了中间的立场。

"那最后怎么说？"我问，"真不让你们家人来参加婚礼？"阿华难为情地点点头后，又眺望黑夜的远方长长叹了一口气。从他的表情上可以看出，他沮丧他妈就是终其一生，也未必能企及缪局长的半分气势。

他为母亲，也为自己的出身而伤感。这一点我能看出来。

看到好兄弟一脸颓败的样子，我忽然有些同情加窃喜来。虽然一开始我得知他找到一位当局长的岳母多少有些嫉妒，心里有些不平衡，但现在看到他难过时，心里却是一个难过。

不过在难过与窃喜一阵后，我真诚地说："兄弟，解铃还须系铃人，这事还得找柳青来解决。"

面对我的出谋划策，阿华有些不信任道："上次你也是这样说的啊，可是她说了并不管用……"

从他的意思、他的口气、他的眼神中，无一不在责怪我这个狗头军师就是个"二把刀"，实在不怎么样。不过依我对阿华的了解，他有足够多的兴致，毫不谦虚的，却又审慎地扮演着自己的角色。

"那是因为她用力不到位！"我看阿华没有明白，便又提示道："可以学学人家女人嘛，来个一哭二闹三上吊。"立刻，他气得有些目瞪口呆地反问："这就是你的招数？太扯淡了吧，大不了不结婚了。"

于是我又运用婚姻收益的逻辑学给他讲了一故事，想告诉他的意思，当一对男女无论是下嫁或是高攀，那都是异常残酷的，是一种没有硝烟的战争，你必须做好持续战斗的准备。

我列举说，某女孩在国内某知名征婚网发了一则征婚启事，说自己有过人姿色、不俗的谈吐、对生活有较高的品位和追求等一系列有别于其他女孩的特质，想寻找一位年薪200万，年龄不超过35岁的男友，让自己过上有钱有闲、住豪宅、开豪车的生活。

应征者到来了，是一位商科背景出身从事金融资产评估和风控的家伙。男方跟她见面后，像进行资产并购一样，利索地对女孩进行"基本面分析"。

他说："请原谅我的直率，从投资的角度看，跟你结婚不是最优决策。"

兴奋中的女孩顿时很诧异，但男方并没有就此打住，接着说："抛开细枝末节，你选择结婚对象，其实是一场'财貌交易'，你可以提供自以为倾国倾城的外表，我提供能够满足你一切开支的货币支出，也算是童叟无欺的交易公平了。"

女孩点点头。男子喝了口水，继续说："但这里有个非常致命的资产缺陷，在不久的以后，你的容颜会消逝，皮肤会有折皱，而仅就美貌而言，市场上永远不缺高度替代性的类似资产；恰恰相反，我的财富收入和职业前景，按照目前的市场估值，却很可能逐年递增，面对你这样'性质单一而遵循加速贬值路径'的资产来说，最佳的选择不是购入，而是租赁，不是长期持有，而是暂时持仓。"

女孩听懂后，一脸惊愕，她知道自己在瞬间被他无情地秒杀了！

"我们家庭条件是不匹配！"阿华却又理直气壮地说，"但我的条件还是不错吧？你看我这样，不就……"

他的意思我明白。他是说柳青长得不好看，而他很帅。这也是公平交易，干吗要这样为难大家？

打蛇随棍上，吃卵随热剥。于是我说："这不是一个级别的对等，再说在这个人人都自我感觉良好的今天，谁会觉得自己长得丑呢？"我说完，阿华一下子无语了。为此我接着现学现卖给他分析道："与一般金融资本市场当中的非人格化资产不同，在婚姻的社会关系当中，行为主体是具有人格化的'流动资产'，分别称为男性资产和女性资产；其次，由于这两类资产自身禀赋各异，导致了婚姻市场对其估值时的价值节点出现差异，或称资产歧视，对女性资产而言，则聚焦于年龄、外表、色相、出产地等方面，而对男性资产则首要关注其财富净值，其次是外貌。"

阿华继续不语。不过我感觉到他根本就没有听，便权作闲得蛋疼地咕咕道："婚姻契约的缔结，乃是来自这样一个美好预期：婚姻关系的缔结，或称男女资产的并购，会产生协同效应，即可以在资产并购后得到一个很好的资本溢价，以达到 1+1>2 的效果。"

"你接着说。"这令我有些意外，没想到他居然还在听着。

"当然，现实当中的饮食男女们，每个人自以为的名义数值都是满分的……"

夹枪带棒一席话后，他表示很认同地说："算了！算了！我还是不结这婚了。"一脸的妥协，之前的痴缠不见了。

"你这就不对了！"我说，"柳青毕竟还是很爱你的。再说以后……你们可以过上许多人不及的生活。"这下，阿华非常明白我的意思。为此他又对未来充满了希望。我是从他眼睛里偷偷溜出一丝喜悦看出的。

"柳青太软弱，她在她妈面前简直都不怎么敢说话。"阿华有些悻悻然道。为此我也配合着他叹了一口气道："一个在家里被父母裹挟着前进的人，她们的性格早就被父母磨光，就如温水里煮青蛙，小时候觉得爸妈这样无微不至地爱着挺好挺舒服，当她们长大后想挣扎时已经来不及了，你和我不都一样吗？"

"那你说说柳青应该怎么办吧？"阿华求助地看着我问。于是我在自我感觉良好中，说："只要她坚持必须让你父母来参加婚礼才可以举行婚礼，就没人能够阻挡！不信你可以一试。"

面对我的无道而行，阿华却是很不信任地迷蒙地看着我。于是我又补充道："人们不是常说儿想娘，想一场，娘想儿，天天想。孩子都是爸妈的心头肉，最后妥协的一定是家长。"

阿华因此阴云密布的脸上，又开始放出阳光来。

三

龙生龙，凤生凤，蝴蝶的儿子闹花丛。

"高攀的爱情我是不会要的！"我在宿舍里看着王媛张牙舞爪地说着。她一愣，问："今天突然受了什么刺激了？""刺激太大了。"于是我把当初跟阿华的谈话重复了一遍。

"是呀，欲戴其冠，必受其重。"

"哎哟，"我说，"还真没看出来，你倒挺聪明的嘛。"

"所以我准备嫁给你了！"语气里包含几多委屈的意味。

"你……你……"我本想说你这是下嫁啊，但我觉得这样说不是贬低了我自己吗。便机智加无赖地回应："所以我准备非你不娶了！"我得配合她对我的委屈不是？

"敢情我们俩是半斤八两？"王媛说着又动手动脚起来，这一点我真的不喜欢。而且她似乎对我的耳朵情有独钟，从一开始就喜欢上了。

见此，我一个闪身，回道："还是门当户对好！"为此王媛这样说道："不对！我喜欢看到：漂亮的人和帅的人在一起，有趣的人和有情的人在一起，优秀的人和优秀的人在一起。平凡的人与温暖的人牵手，也是一段幸福人生对吧。"

"那我们俩属于哪一种？""当然是帅哥跟美女呀！"王媛说得理直气壮。"我觉得我好丑！"于是王媛莫名不接话地谈起了当下的明星。

"瞎子都能看出来，那谁谁两人根本就不匹配，不是一路人，看上去画风好奇怪啊，完全就不应该结婚好吗？那美女是眼瞎了吗？并不啊！好端端一副明眸善眼的模样。"

她说："她审美与众不同吗？喜欢谁谁那种另类帅？我看并不！那人虽善良可爱，但长相已经接近人类的底线，这也是不争事实吧？我一个熟人的熟人，是那美女的同学，据说她极爱帅哥的哦。"

"人家有才华呀！"我故意一本正经地说，"这叫郎才女貌，懂吗？"

"那人是有演戏的才华，难道本人也有魅力？这种人也能吸引女人。毕竟有一句话怎么说来着，男人最性感的是大脑。你看看人家那谁谁谁，虽然长得有点与世界为敌，可人家雄性魅力也逼人而来，炫目得不要不要的。"

"我看他们还比不上那谁谁谁的！"

王媛瞪了我一眼，继续说："客观地说，那男人应该是个好人，但就是没啥文化，没啥底蕴，靠着一股子拼命三郎的吃苦耐劳的狠劲儿和特殊的外形，再加上一些运气，才逆袭了泥腿子的传说。"

"我也是，是吧？"我打趣。

"据说他在认识那美女之前，都没有谈过恋爱。应该不是他不想谈恋爱，可能是在他红之前，都没有资本出去谈一场恋爱。"

"人家有钱呀，你们女孩现在不就是喜欢有钱的大款啊？"

"那人是有钱，这也是不争的事实，据说其在上海、在美利坚有豪宅几套，豪车多辆，车是消耗品自不必说了，上海的豪宅，可值钱了。这也不是关键因素，关键的是他自己就是个摇钱树，具有持续赚钱的能力才是王道。"

"钱色交易，"我嘿嘿道，"挺好的一对啊。""那谁曾对媒体说，当初追求那美女的男人很多，比他有钱的多得是，可那美女唯独选了他，对他是真爱。如果事情没闹到今天这一步，我想我永远也不会说，哥们你好天真啊。"

"我也是好傻好天真的家伙对吧！"

王媛不理我，继续说："说实在的吧，那美女的长相，也只有和那谁谁在一起才算得上是好看。去北京的三里屯、新光天地逛逛，比她美得不要太多哦！何况身处美女如云的娱乐圈，她这样的长相和气质，只能算是刚到及格线吧。"

"是呀，"我插话道，"论出身，她出身农村，毫无背景。论资历，她的学校、专业，都算一般，也没听说曾经有过啥作品，或者奖项。就是一个平凡得不能再平凡的、有几分姿色的大学女学生。"

王媛翻了一下她好看的媚眼，怒其不争地说："她所谓爱他，是能够找到最大的金主。迅速抓住了他，是能够改变她的命运。有人把那女人比作现代版潘金莲。我想对有些人说，求求你们好不好，不要侮辱人家潘金莲好吗？人家潘金莲那是没办法，是被卖给了武大郎的。而她则是贪图荣华富贵，功名利禄。"

"总结得好深刻呀，你不会也像……"

"没有下嫁，就没有伤害。你有毛线的钱！"为此我使劲地配合着点点头，说："要不你继续？"

"信不信，那潘金莲要是嫁给了宋仲基也绝对不会和经纪人搞到一起去，而是每天励志上进，想着怎么提升自己，以保证始终与男神匹配。"

"真的不要嫁给配不上自己的人，害人又害己，何必呢。"我为此站起来鼓掌道。

"快乐和幸福，那都是一种感觉，而不光是你开什么车，住什么房，买什么包。当你的物质得到满足之后，精神必然有所诉求，那个时候，就是你开始寻找平衡的时刻。"

说到这儿，王媛喝了一口水又说道："我认识一个姐姐，她曾经有很要好的男朋友，但是这男人没什么钱。另外一个有钱人追求她，这人长得很丑。她说她每次和那人拥抱的时候，都会生理性地犯恶心。每当此时，她就开始拼命想这个男人身体以外的东西：他的别墅，他的豪车，他银行的存款，他带她出去的各种派头，他给她买的各种名牌奢侈品。终于，她和这有钱人结婚了。但没过多久，她就接着和前男友滚床单去了，而他的前男友也已经有了家室。最后，东窗事发，祸害了两个家庭，痛苦了四个成人，还连累了两个孩子。"

我色眯眯地回应道："嗯，再怎么样也不要嫁给自己配不上的人。你是好样的，我顶你，王媛！"

"同样的道理，一个女朋友，老公帅出翔了，自己却长得非常一般。结婚以后也是各种辛苦。你那兄弟的女朋友就很丑！""别这么说嘛！"见我没有反对，王媛眼睛一眯又说："她就等着老公出轨吧。"

"我兄弟不会，我也不会！"王媛轻蔑地一瞥道："帅哥靠得住，猪娃也会上树。"接着她又不解气地说："帅哥找丑女人之所以会出轨，因为他也要找平衡。他贪图女方家势与其结合，可内心里的缺失，需要从婚外弥补。"

"深刻，好深刻呀。"我和着声音，拍着巴掌道。"你不知道的深刻还多着呢。"王媛说着便用薄薄嘴唇拱了过来。

微微上扬的嘴角，淡淡甜蜜的神情，这个意味不明的微笑让我惶惑，让我清晰地觉得，我身体的每个细胞开始张牙舞爪。

我相信这仅仅是生理上的响应。

王媛的开朗让我很多时候把她定位在开放上，但我也觉得她这样对于我来说没错，尽管我有时候清楚有时候不清楚为什么喜欢她，可每当我在深海般的被窝中再度确认了她身体散发出肉欲温度的轮廓时，总能听到自己预期的心跳。

这就是欲罢不能？

"是要做砧板上的羔羊还是 butcher meatman？"我色眯眯地说道。"好的呀，这得看你表现。"王媛眼睛迷蒙地回应着。"我一直 well done！"王媛立即做出宣判的表情道："come on。"

立刻，她在我的眼中一切都虚化成模糊的影像。

"别生气了啊！我跟你妈说好了让你公婆和家人来参加你们的婚礼。"柳亚男轻轻推开女儿柳青的房门说。

"爸，是真的吗？"柳青一脸疑问，"是不是真的呀？"她不是不相信父亲的话，而是她长这么大就从来没有听到、看到父亲在她妈面前能够说服过她妈。

柳亚男于是故作了不起地后退一步，说："当然啦，我们今天聊得很投机……"父亲说这些话的样子就像多年来他始终对一位已婚的少妇怀着那种令她感觉绝望后又迎来希望的激情。为此，她有些可怜起父亲来。

"我妈怎么会同意呢？"还是不相信的口气，于是柳亚男告诉她，自己如何用积攒了多年的聪明才智，像外交官与美利坚舌战样，经过多个回合的较量，终于在针锋相对中把她妈给搞定了。

柳亚男在说话中，还配合着各种肢体的语言。柳青因此被逗得扑哧笑起来。"老爸，你真行。"说着就迅速拿起床头柜上的手机给阿华发信息。

"妈，柳青说她妈同意你们参加婚礼了。"阿华轻轻推了推已经入睡的妈妈，激动道。

"不去，"她很淡定地说，"我现在想开了，这门亲事不要也罢，生怕你以后在他们家没地位。"说着她又列举了从古到今高攀下嫁婚姻的悲痛案例来。

这下，把阿华说得云里雾里了，他有些不理解了。觉得他妈变得也太快了吧。因此故意试探道："妈你……你说的是真的吗？那我回信息说不要结婚了。"曾翠岚于是立即翻身起床问："他们怎么说的？"阿华便把手机递给她看。

"不行！"她又怒不可遏地说，"得让那缪局长来亲自请我……"阿华一听，急道："这样不好吧，人家已经同意了你还要怎么样啊！"曾翠岚装作无所谓的样子，推了阿华一下责怪道："你这孩子了，怎么人家给个糖你就吃啊，能不能像你妈样有点出息。"

"那……那……这样僵持下去我们怎么办啊？""什么你们怎么办？"她又说，"反正咱们也没有损失什么，损失是他们家的……"那样子就像自家的猪拱了别人家地里的青苗样，反正损失的也不是我的。

"哎呀妈，你怎么又提那……那事了啊！"阿华几乎急出眼泪了。

于是曾翠岚开始跟他讲世俗大道理，说："这人吧就是服硬不服软，你看那拆迁的吧，遇到凶狠的钉子户，就不敢拆人家的违建；说那城管的吧，见到凶狠的摊主就不敢没收人家的东西……"

从个体说到群体，从国内说到国际。她说："你看那小日本就是不敢与美国鬼子作对，知道为什么就是不敢跟美国鬼子作对吗？就是因为人家丢了一颗原子弹把他炸怕了，你看你这样不就跟咱们……"

"好了妈，算儿子求你了，知道你好面子……"最后一句话是重点，直击曾翠岚的内心世界。事实上，她也只不过是为了争一口气，假装捡回一点面子，没想到儿子居然如此坚持。

"儿子啊，你记住，想过的日子不是别人给的，而是自己挣来的，知道吗？"阿华顿时像被戳破心机样，难为情地说："是呀是呀妈，我一定会做最好的自己。"

也许是一开始心理定位就不平等，无论相识是如何自然平和，曾翠岚清楚她家始终都处于一个仰望者的位置。但是她懂得，借船出海和借鸡下蛋的道理多么受用。对此，她在得意中想，只要我儿子将来发达了，咱就不怕你是什么局长不局长了。

还别说，这一点他们母子倒是有点心灵相通。阿华其实一开始对柳青的长相也是很不满意的，但一想到她的家世，想到自己的前途，加上与柳青接触后，发现柳青还是有许多优点的。

爱和爱过，多了一个字，却隔了一个曾经。得失的天平总是偏向利益最大化的一方。

第十章　月晕而风

一

张由泰话少，话少的人心思重。在踌躇前行的满怀心思中，转过一个巷子角，张由泰却是眼睛一亮。

"师傅，你这可以加工金项链的吧？"张由泰推开金店加工的门就问道。"是呀，真金不怕火炼，来吧。"金银加工师傅打趣道。于是张由泰开始认真打量眼前的这个人。

男子年纪大约三十二三岁，蓄着一头齐刷刷的短发，白衬衫的领口微微敞开，衬衫袖口卷到手臂中间，露出小麦色的皮肤；眼睛深邃有神，注视着手中的金饰作品；鼻梁高挺，嘴唇性感，尤其是搭配在一起之后，很有点记忆中工匠人的特点。

金银加工师傅虽然与张由泰有一

句没一句地答着话，却并不看他。而是把他手中的火焰枪开得如火箭炮一样，所向无敌"呼呼"作响，工作台上的那块金子渐渐由淡红变成一摊金水，像一滴大大的泪珠。

"不都说真金不怕火炼，为什么金子见到了火也会熔化呢？"张由泰明知故问，其实他是在没话找话说。那人还是看也不看他并说："所谓真金不怕火炼，是指金子即使被熔化，也不会改变金子的重量。随便烧，不会减少重量，不能改变其特性。"

师傅说的这些，张由泰比他懂得多得多，心想你说的我都知道。对此，张由泰在犹豫中，装作不懂行地凑到师傅前问："师傅，你看我这条项链是……"

结果心虚得差点在"是真的"没吐出前，急转弯成"是不是可以加工成两条"。这时那师傅才放下手中的火焰枪，接过项链用内行的眼光看了看，说："嗯，加工三条都行，这分量足够了。"

"那这项链的含量……你知道吗？"师傅又脱口说："应该是足金吧。"说着就将他手中项链接过去放到工作台上，随手就将手中的火焰枪对准这条如过度肥胖蚯蚓样的项链。在火焰枪"呼呼"声中，项链瞬间由暗红变成淡紫红来。

"嗯，不错，足金，成色也是好的。"张由泰对足金这一说法当然知道。"那加工费得多少？"师傅瞥了他一眼，接着再用审视的目光看了他一下，问："老先生，这东西是你的吗？"张由泰心脏就如高空下坠样，一下子提到嗓子眼上。好在他反应很快，立即用一脸严肃的表情责怪道："怎么能这样说啊！当然是我的！"

"嘿，每天来我这加工金银首饰的人太多了。"师傅说完冷漠地一笑想继续说什么又没说出来，而是用摆头做了深意的表达。这人不会是公安的便衣吧？话太意味深长了。张由泰有些紧张起来，心好像被吓得顶着肋骨怦怦直响。

不过，见过世事的他很快镇定下来，并很神闲气定地问道："那都是些什么人呀？""有为了省钱来重新翻新的；有的是捡来重新毁容整容的；有偷父母、爷爷奶奶的东西来变现的……什么人都有吧。"师傅随口道。

说完后，他又用审视的目光看着他说："反正这东西不是你的，对吧？"张由泰一听，心里的怒火直蹿，在嘴唇配合心脏颤抖一瞬间，他机灵地答道："对，不是我的，父母留下的老物件，重新翻新给孩子们用。"

张由泰用的是那种驾轻就熟的口气。令那打金师傅听了摇摇头，像是很同情地但明显是不相信地说："做父母的真是不容易呀，千方百计也要满足子女，令人心酸令人感动啊。"

那打金师傅说完，点燃一支烟，重新审视了一番张由泰。这时他基本可以判断这条项链的主人不是张由泰，更不是什么父母留下的老物件。如果他不说是老物件，还就真相信这东西是他的，正是在他说老物件一出口时，暴露了自己，因为这条项链是近年来的产品。

"报警？还是放过他？"师傅在心里作着激励的思想斗争。因为他们这行业是公安机关重点关注对象，一些犯罪分子往往拿着违法得来的东西来这里销赃。他们与公安机关有约定，遇到销赃的，一定要向公安机关报警，否则要追究刑事责任。

想到这儿，他下意识地找了一下手机。张由泰以为他要喝水，顺势就从他背后将他的茶杯恭敬地递给了他。对此，那师傅很感动地说了声谢谢便跟他聊起来。

问了张由泰年龄、以前做什么工作、家里几口人……全是一些细碎的家长里短。而张由泰不知道，师傅看似在和他东拉西扯，其实是在对他进行深入了解。他要用经验判断他是老贼还是大盗。

"肯定不是抢劫犯。"师傅在心里肯定道。"单瞧他这么大的年纪了，还一副病态的样子，他就做不到。那应该是小偷？"师傅随即又否定："也应该不是？看不到贼眉鼠眼的样子啊。"

从事这个行业十几年了，贼一般进门后就会东张西望，急着想尽快达成交易，迅速逃离现场，而眼前的这位老人很淡定，很慈祥。由此判定他不是贼！

对此，师傅又跟他聊起了孩子。像突然找到了一个特别的知音，本来就郁闷的张由泰把自己的心里话，一股脑地都讲出来了。从多年以前捡回了女儿，到女儿长大很孝顺，再到女儿结婚小夫妻和睦，还添了可爱的外孙女……

师傅听了很感动，心想一个可以养育孤儿的人，心灵上一定是高尚的，一定是无私的人，不是一般品质的人可以做到的……师傅决定放弃了报警念头，同时觉得有点冤枉眼前的这位老人了。

对此他便提议道："老同志，你看这样好不好，我用同等分量的两条金货给你换一换行不行？"张由泰不解，疑问地看着他。师傅又详细地说了一下兑换方式并说你这条项链光加工费就要几百元钱，销毁了实在可惜。

"好，师傅，建议不错，就听你的。"师傅接着非常老练地从他的柜子中拿出几条成品项链让张由泰挑选。这下又把张由泰难住了。因为他根本不懂得当下流行的款式。便弱弱地问："一条给我养女的，一条给我外孙女的，你看哪两条合适？"

张由泰说完还咬咬牙关，做出了痛苦的表情。结果被一直保持警觉的师傅发现了，就担心地问："老同志哪儿不舒服？"张由泰为此叹了口气，将自己患癌症已是晚期说了出来，说自己没多少日子活了，这病也治不好，女儿想尽办法给他治，到时候钱也没了，孩子们日子怎么过，等等。

那师傅一听，立即感动得险些掉下了眼泪来。心想一个即将死去的老人还在为满足儿女劳神费心，这是多么一个了不起的人啊。于是师傅默默地给他精心挑选起来。同时他也做了一个决定，不给老人留下后顾之忧。

人心总是能够被善良打动。张由泰带着项链心满意足地走出了金店。想到女儿张宁檬见到这条项链时不知道有多开心。望着张由泰远去的背影，金店师傅打开火焰枪对着刚才张由泰的那条项链就用更加猛烈的火焰喷射起来，那条粗笨的项链不一会儿就变成一摊泥。而那摊泥凸显得如一座小小的坟茔，仿佛誓言将它的秘密和刚才这位老人的秘密一起埋藏。

金子又回归到了自己的本原。俗丽又破旧。

好心，不一定办好事。好心，不一定赢得回报甚至成为另一种回报的惩罚。

"那师傅不是骗我的吧？怎么会要跟我换，不给我重新打新的呢？"张由泰边走边想着。这一想，就觉得越不对劲了，再一联想到当前社会上的种种欺骗的伎俩……他忐忑地从口袋里掏出刚才的两条项链研究起来。

先是用指甲用力掐了一下两条项链，没有一丝痕迹；再用嘴咬，只是出现了一点牙印。随着牙印的出现，张由泰心里顿时咯噔一下问自己："不是说金子……哦不对，真金不怕火炼也留印的……"

"把你手里东西给我！"声音威严而狰狞。张由泰下意识地吓得哆嗦一下，便快速将手里的东西攥紧。这时他发现眼前一个二十多岁的男子，手持尖刀对峙在他的面前。

来者不善，见过风雨的张由泰在惊慌中迅速镇定了一下怒斥道："干吗，想打劫是吧！""少废话，把东西拿过来，否则就要你老命。"

"抢劫啊——抢劫啊——"张由泰不由自主地大喊了出来。粗重深厚的声音立即传遍小巷。那男子一蹿地上前就去掰他的手，张由泰奋力反抗，于是他们鱼死网破地扭打在一起。

"住手！住手！"随着声音洪荒而来，那男子扭头就逃窜而去。

这时张由泰惊魂未定一闭眼再睁开，看到来人是刚才金店的那位师傅。"你没事吧，老同志？"说着就电话报了警。

"怎么会这样？光天化日地抢劫，什么世道啊。"张由泰说着一屁股蹲在地上。"你是不是边走边拿出金项链在看？"张由泰一愣回答："是的，你怎么知道。""唉！都怪我刚才没有提醒你，我们这些金店的周围吧，经常有毛贼盯梢，伺机等待作案。"

"项链没抢到吧？"张由泰摊开手。不过手心里已经全是汗水。师傅于是轻轻松了一口气道："东西在就好，没有伤到你吧？"说话间，警察已经来到他们跟前。

警察简单问了一些情况后，便通知特警队前往支援。

警察室里，张由泰一脸沮丧地与警察们对着话。从抢劫犯长相到他与犯罪分子的搏斗经过，一一事无巨细地询问着，似乎不疏漏过每一个环节。

对此也把张由泰心情都搞坏了。心想，你们不去抓犯罪分子怎么倒是审问我来了。

"你这项链是哪来的？"警察似乎把他当小偷样，又质问道。张由泰因此有些生气道："不是说了吗，是我要把家里旧物件拿来翻新。""怎么证明你的旧物件就是你的？"

张由泰心里一抖："坏了！"不过他有了前面与金店老板的对话铺垫，回答起来比较自然流畅。"我母亲留下的。"警察深思了一会儿说："那咱们去金店看一下你的旧物件吧。"

顿时，张由泰整个人就要崩溃了。好在警察在前面驾驶车辆，他坐在后面，否则他那难堪的表情一定要露馅。不过他依然担心着，这要是警察发现那项链不是他的怎么办？把他当小偷怎么办？关进拘留所怎么办？于是开始万分悔恨不该贪人家的便宜……

以致他后悔得眼睛里有些涩涩的，要是女儿女婿知道我捡了东西不交还被抓进了局子，会怎么看我？绾绾会怎么看？一路后悔一路痛苦着。觉得这一辈子没做错事，结果老了要进坟墓了还被抓，那是多么丢人！

"师傅，把这位老同志的旧物件拿出来看一下。"警察用不容置疑的口气说道。师傅心一惊，却接着心里是又一喜。"幸好我早有准备，不然……要出大事了。"他在心里说。

为此，师傅见怪不怪，呈现出一种森然的笃定，讪讪一笑道："这不正在加工中。"对此，那警察有点不高兴道："不是告诉过你们不要收金饰物品的……收了也不能随便销毁……"

那师傅对此很机灵回答："他本来就是来做翻新不是……又不是收……旧的。"警察哑然了。不过那警察还是警告道："以后要严格落实规章啊。"

一听那警察的口气，师傅就知道没事了，便用一种得意的狡黠的一笑，看着张由泰说："老同志，得好好感谢我啊，今天不是我……救你，你麻烦大喽。"

张由泰连忙接话道："是呀是呀，多亏您的出手相救……吓跑那人……"

说了好多他一辈子都没说过的好话。说话的腔调都变了。

伫立在小巷深处，一阵朔风扬起枯树上的落叶，张由泰宛若今生重新来世一遭，一不小心品味万法归宗、万物守恒般的人生酸楚。

二

陪伴是最长情的告白。

晚饭散步回家后，缪局长仿佛一下子疏通了她苦闷抑郁的心情。于是遥远的回忆和最近发生的事情，感觉到的和想得到的，就如烟消云散了，对这个世界的霸权，统统挥之而去。

可是，一屁股坐到沙发上时，她触景生情起来，像仍不能放过自己，非要去她曾经掉进过的污水沟里去再看一个究竟，于是各种痛苦又接踵而至。

我也不容易！从一名打字员，到现在当上局长，一路上的辛酸就如她当初当打字员时敲出的每一个字、每一个逗点，那都是不能用一个不容易来轻描淡写。

记得刚当打字员去办事处报到时，接待她的是人事科姚科长，姚科长笑眯眯地对她说："过去咱办事处没有打字员，打文件都是请别人帮忙，现在组织上准备让你当打字员，你愿意吗？"

一听要她当打字员，她便非常为难地说："我不会打字呀。""不会打没关系，现在就学呀。"很为难，却又说不出口，知道自己水平，很多字都不认识，更别说办公工具了。由此心里叫苦起来。可是组织决定，她不得不服从。

过了几天后，姚科长又问她："小缪，当打字员考虑得怎么样了啊？"她来了一句答非所问："那小机器挺好玩。"姚科长听后莞尔一笑，说："打字工作要求细心，可不能贪玩。"她之所以这样回答，是因为她考虑再三不能得罪组织，可见她对组织多么敬畏。

正式上班的那天，姚科长带她走进准备好的打字室，给了她一本操作使用说明书，接着提了一些要求，就丢下她不管了。

如何装蜡纸，如何用字锤将字卡住再打到蜡纸上面去，字打错了如何用修正液来修改……这些对她来说一切都是陌生的。她只能边看书边摸索着干起来。

不过，在摸索中她慢慢地发现，常用和备用的字加起来有好几千个，都是像字典一样按部首排放的，分别装在常用字盘和三个备用字盒里，于是她在摸索着咔嚓、咔嚓打起字来。

一天下来，腰酸背痛。心想这是哪个缺德的家伙发明的，搞得这么麻烦。不如将字盘里的字都倒出来，再按照字表将它们一个个地排上去不就行了。

心想到就专心做，她将新字盘里的字"哗啦"一声全都倒进了盆子。刚才还是整整齐齐的一盘字，顿时变成了一个横七竖八的乱字堆。正在这时，姚科长手里拿着一个旧字盘走了进来。

"谁让你将字都倒进脸盆里去？现在看你怎么来收场！"她一愣，低着头，没有搭理她。姚科长因此火气更大了，大声说："喂，你哑巴了？你不吭声，那好，你就自己慢慢去排吧。"

丢下这句话，就气冲冲地走了。

心想，火气这么大干吗。我就不相信对付不了这个小小字盘。不过很快她知道自己错了，两千多个常用的小铅字，要一个一个从盆子里捡起来，先在常用字表上找到它的位置，然后再在空字盘上找到它对应的位置。

她被那些反写的繁体小铅字弄得眼花缭乱加气不打一处来。一个下午很快就过去了，也没能给几个字找到自己的"家"。她开始万分后悔了，悔得眼泪直打转。

事已至此，她也只好横下一条心，开晚饭时跑到食堂去买了几个馒头，再提来一大壶开水，将自己关在打字室里排字。饿了就着凉开水啃几口冷馒头，啃完了馒头接着再排字。

夜里实在太困了，就在桌子边上爬着眯一会儿，醒来后接着摆字。整整一夜又一天，总算将那该死的字盘摆好了。

接下来，她的麻烦接连而至。一天快要下班时，办公室主任突然风风火火闯进来。"小缪，这份文件马上打出来啊。"当她接过文稿一看，密密麻麻的字像蚂蚱样爬满稿纸，很多字在伸胳膊弯腿中她完全看不懂，于是她在猜想着，打着打着就哭了起来……

直到办公室主任来取文件时她才打了三分之一。为此，那位办公室主任大发了一通火。因此她含着泪开始加班。她在心里抱怨那主任不好好写字，干吗不写得跟那小铁块一样，后悔自己不应该答应当什么打字员……

后来，也不知过了多久，也不知道经过多少天的猜想、磨炼，她总算对单位领导们的字熟悉起来。打字的速度也渐渐加快。很有点草木蔓发，春山可望了。可是突然有一天，一个领导闯入她的生活，像踩着时间点样推开她的打字室门，让她帮他打文件。

领导也不走，让她有些紧张起来，更要命的是那位领导还热心地坐到她身边说"我念给你打，这样快"。于是她有些感动，觉得这领导真体谅人，可是她更加紧张得手有些发抖。

分神不能走心。夜深人静，伴着打字机发出的声音，那位领导不知什么时候已经将手放在她的大腿上，以至当她发现有异动时，脸红到脖子根，却无力反抗。

她不是不想反抗，而是年轻的她还不知道怎么反抗。于是领导大胆地将手伸进她的裙子……

他们偷偷摸摸地摸到了一起。虽然最后她没跟那位领导结婚，也明白了领导那不过是欣赏一下风景，但那领导对她还是不错的，荣誉、提干，然后她开始了一路的官场生涯。路，就这样走了出来，有点见不得阳光。

想到这里，缪局长心里涌出一种说不出的辛酸。于是她总结出：对男人而言，"好人"并不是一个理想的词汇。女人的套路往往如此：英雄救美了，但是这位英雄实在不对胃口，得到的回答往往是："您是好人，小女子无以回报，只能下辈子做牛做马侍奉壮士了。"假如很对胃口，则是另一种回答："您是好人，小女子无以回报，只好以身相许了……"

而对于好女人而言，"好女人"却是一个经常受到欺侮的词汇。男人们的套路往往如此：这女人不错，很温柔很善良，其他的都好，但是这位女人实在长得不行，得到的回答往往是："您是好人，我觉得我配不上您，只能下辈子做牛做马来报答你了。"

假如很对胃口，则是另一种回答："您是好人，我这辈子一定要娶你，然后霸王上弓……"

"不想这些了，不想这些了。"缪局长在心里说着，这时女儿柳青像是踩着她的思绪节奏一样，从自己房间走了出来。

"妈，您还没睡呀？"声音糯糯的。缪局长像是不由自主地顺了一下头发道："来吧，咱们母女俩好好聊聊吧。""嗯，嗯。"柳青点点头，永远乖乖女的样子。

"告诉阿华吧，让他的家人来参加你们的婚礼吧。"缪局长像是"赦免"样看着柳青。柳青立即破涕为笑，说："谢谢妈妈，谢谢妈妈。"表情上很是激动喜悦，尽管她已经从父亲那得到过"开恩"的消息。

不过，缪局长随即又一脸严肃地说道："两边都是独生子女，将来生了孩子跟谁姓呢？"柳青一愣，知道又有事了。"这个不是问题吧？"她接着又补充说："姓氏不过是一个符号，没有什么意义的……"说着她又列举一些开国元帅都不用自己的姓氏例子来，生怕她妈又在这个问题上揪住不放，跟她死磕。

然而，害怕什么总是来什么，缪局长对此很不认同道："不对啊傻孩子，你看人家美国总统娶的老婆还要在名字后面加上对方的姓氏，如希拉里·黛安·罗德姆·克林顿。"

柳青被她妈丰富的见识给噎住了。不过聪明的她，为了防止她妈死磕，随即坚定地反驳道："那是人家一向霸道讲究虚伪的公平正义，咱们不学他们走自己的道路好了。"柳青说这些话时自己都不知道怎么出口的。

对此，缪局长又不服输地列举说："前几天新闻上说，陈、李两家人为了争孙子的姓氏闹得不可开交。为避免这个问题伤了两家和气，最终，陈家约上李家人，对孙子跟谁姓的问题展开了谈判。在众多亲友的见证下，两人最终达成一致意见，谁出钱为孩子买套房子，孙子就跟谁姓。"

"哎呀妈，计较这个没有意义啊，咱们又不是美国人。"说完她故意装作很不理解地说："这种事不符合中国国情……""傻了吧孩子，这事可不是小事，如果跟他们华家姓，将来我们柳家这么大的家业谁来继承……谁来继承？"

"谁来继承？"缪局长越说越觉得自己的考虑有道理，便又坚定地说："这事得跟他们家好好谈谈。"柳青顿时一脸无奈。她知道她这个妈不达目的，是不会罢休的。就如天下大多数父母一样："我骂你是因为我爱你，你听懂没有，不要还嘴。"

见到女儿不语，缪局长又说："这事你还真得好好想一想，如果你的母亲一辈子都活在哀伤、痛苦当中，你敢幸福快乐吗？"于是柳青哀求道："妈，这事就不要纠缠了好不好？"

"不！这事得慎重考虑！"说完她自我退却道："不过不急，不急，可以从长计议！"柳青顿时心死灯灭。心想，这人来世一遭，就是你有再多钱，再多财产，最终你也带不走，最后都变成灰消失在这个世界上，干吗为那点所谓的家产烦恼呢？

柳青回到自己的房间静静地思考着，那样子很有点"美人卷珠帘，深坐蹙蛾眉。但见泪痕湿，不知心恨谁"。

她觉得自己要是生在一个普通家庭多好，就不会有什么门当户对，就不会生出这么多烦恼。只是她忘记了古人的那句话：穷人有穷人的痛苦，富人有富人的烦恼。人们总是要的东西太多，真正用的其实很少。

三

"兄弟仨好久没在一起聚过了，来，咱们走一个。"左誉立用的是那种关系好得发腻的表情提议道。阿华今天的心情似乎大好，也很开心地附和道：

"是呀是呀，前几天烦死兄弟我了，结婚好麻烦啊，什么鸟事啊。"

"啊？你都要结婚了？"左誉立不相信地又说，"你这速度也太快了一点吧？"我于是有点幸灾乐祸地道："谁说不是关于鸟的事呢，人家急着成为局长家的乘龙快婿，一刻也不能耽误。"

"别成心找不开心啊？"阿华一脸愤懑的样子。左誉立马上跟我使了一个眼色。我讪讪一笑，自斟自饮起来。

沉默尴尬的气息，就像肉眼可见的波纹，它们一层层地蔓延、侵蚀、荡涤……

"最近工作忙不忙？"左誉立转移话题看着阿华问。我们仨人相处始终有个死结，彼此在聊到尴尬的话题时，就会转向聊工作，好像工作就能让我们变得冷静客观，不影响心情。

可是就是因为话题尴尬才是我们需要一直破解的问题，却又不能不说。于是我们各自小心翼翼，才会在每句话后揣测对方的怒气，丈量出日渐拉长的安全距离。

"其实也没什么，也没什么。说说也无妨。"阿华的意思是都成人了不就是那点事嘛。为此，我和左誉立装作没听懂地看着他，等待他的自圆其说。于是阿华表情上像是装作自虐地说："这女婿有点不好当！"说完随即又掩盖内心隐痛说："原本想借缪局长的光成就一番事业……结果缪局长……"

左誉立因为那段时间回家照顾老岳父，不知道他的内情，便十分好奇地问："再怎么难，她家姑娘都跟你睡一个床上了，还有什么比这个难的？"

我扑哧地笑了，笑得有点讥笑的味道。"你小子就不能同情一下兄弟嘛！"为此我连忙用近乎投降的手势道："兄弟绝对不是这个意思，你别介意啊！"

其实，我是被左誉立的经典之语逗乐了，并不是笑话他什么。说完我又喝了一口酒，连忙补充道："你想想，一对陌生男女，原本就像两个世界的人，从不认识到认识；从不喜欢再到喜欢，然后甜蜜地睡到一张床上，这是多么难啊。"

阿华于是难为情地笑了。

　　谁知，左誉立又不以为然道："是呀，我认为没有错啊。你看如今生活多姿，爱似乎早就不重要了。爱的形式也多样化，人们可以光约炮不谈爱，也可以光谈爱不打炮，有些人一拖三、一拖五，很少人当和尚或尼姑，更少人选择一对一，结婚生子。也许，在这个年代，丘比特爱神这根红线还真拉不拢多少情侣在一起，毕竟一个人只能给一条线，这简直就是奇迹，好像现在的人不会真正爱上一个人，更不会只爱一个人。"

　　为此，我连连称赞并看着阿华道："是呀，你要成为一个负责的人，想要成为一个能保护女人的人，想要成为一个她能够依靠的人，得积攒多少高尚情操才有这样的觉悟啊。"

　　"去你们的，我也不是那么一个纯粹的人，我也没那么高尚，开涮兄弟不待你们这样的……"

　　"我们懂你！"左誉立又和我一起含沙射影地嘲讽道。于是阿华说："我是一个无所谓的人，但是看到美好纯净的东西掉下来也还是想捡起来的。"左誉立因此接上话："这人吧，不是什么时候都能活得光明正大、能挺胸抬头地前进，不知何时就会沾一身泥巴，不过即使那样也能坚持走下去的话，总有一天，泥巴会干燥掉落的。"

　　"好深刻啊左誉立，怎么觉得你这次回来后就像变成另一个人似的，听了你说的话都不像人话，弄得我怎么就听不懂呢？"我调笑道。

　　他也不生气，并缓缓地深受触动地说："这次老岳父给我上了一堂深刻的人为什么活着的人生观课。""什么课？"我跟阿华不约而同地问。他说："正是因为贫穷，才令老岳父舍不得住院做手术。如果他自己家庭条件好就不会是这个样子。"

　　"是呀，贫穷让很多人失去了尊严。"我没想到左誉立的岳父病情这么严重，一下子从他的感慨扯出我的痛楚，不由得想起了我的父亲。

　　这也是第一次跟他俩说起我的父亲。父亲这辈子我认为是这个世界上最悲惨的人，由于他是家里的长子，十二三岁的他还没成人便挑起一大家人的负担。上山砍柴、下地干农活、走街串巷做小生意几乎一刻也不停止。有一年大雪纷飞，十多岁的他到几百里外的武汉进货，为了节省几毛钱，挑着采购的重担，生生地困顿在冰冷的雪地里。

夜风、大雪、不知名的动物吠叫加迷失了方向，他几乎把眼睛哭肿，等到他苦苦硬挣着回到家时，脚肿得连鞋子都脱不下来。他在类似的奔波中，落下半身不遂的病根。

"怎么不去治？"阿华插话道。"没有钱啊！"左誉立白了他一眼说。

我说："那时的我才十岁，根本没有力量把父亲送到医院去治疗，于是父亲在家里硬生生地疼痛而去。""你不是有兄弟姐妹的？"阿华又说道。"他们有的成家后拖家带口，有的贫穷得只有贫穷。而妹妹比我更小，还需要父亲来养活啊！"

我擦拭了一下眼泪，又深受其害地说到了敬孝和尽心上来。

"现在农村死个人死不起不说，还真把活人折腾个死。""对，你的话我深有体会，全是'敬孝'惹的祸。"左誉立说完阿华又好奇起来。"'敬孝'怎么会惹祸？"我这样回答阿华："'敬孝'惹祸，猛一听好像有些莫名其妙，其实这种'敬孝'全是典型的面子工程，劳伤自己，欺骗先辈。"

这时，左誉立在"同苦"中撞出理解的火花，附和道："谁说不是呀，我一个朋友老家在鄂西北某地区，那里的殡葬习惯在改革开放中与时俱进，新奇加烦琐。他父亲去世后，按照当地的风俗习惯，必须得把逝者放在家里停放三天后才能出殡。在这三天的时间里，家里得通知各路亲朋好友，有多少就要通知多少。之后得请殡葬服务公司一班人马，有大房子的得在房子里面进行，没大房子得搭大棚。少则十几桌，多则二十几桌不等。那场面叫一个壮观。"

"有这么严重吗？"

"你以为呢？"我说，"你小子有点不食人间烟火。"

因为无能为力，所以顺其自然。那天，我们仨兄弟像是来了一场回顾乡愁，很有点有负先辈的忏悔和救赎。觉得我们这些所谓的"凤凰男"的背后，全是用汗水和泪水滋养我们长大而来，以至我们兄弟抱头痛哭时，令围观者有些莫名其妙，脸上的表情是：这几个家伙神经了。

"怎么眼睛红红的呀？"一回到宿舍，王媛十分好奇地问道。"飞了一只虫子，眼睛里。"直到这时，我才从悲伤中苏醒过来。

"不会吧，让我瞧瞧。"王媛说着就母爱蔓延地上前要给我看眼睛。她这一举动又击中我的泪点，于是泪水逆流成河。

王媛被我莫名地吓住了，连忙说："今天这是怎么了，快来让妈妈看看。"这次我没有骂她"你说这话不怕折寿？"相反我还真的孩子样扑进她的怀里痛哭起来，仿佛受到莫大的委屈。

记得小时候有一次，我的眼睛里真的飞进一只不知名的虫子。在我一再的揉中，眼睛肿得睁不开了，于是急得哭声雷动。妈妈因此急坏了，于是她放下手中的农活，硬是肩扛搂抱把我送二十多里外的医院。

汗水湿透她的衣襟，母亲都没有放下我让我走一走。即使这样，长大了的我却忘记了母爱，忘记了乌鸦反哺，羔羊跪乳，我却在她最需要的时候远走他乡。

惭愧就像一张网，束缚得我喘不过气来。"好了，我好了，谢谢……"过了一会儿，我抽抽噎噎地躺在王媛怀里说。

大概因为触景生情吧，王媛于是自言自语道："人生都是为辜负和失败而准备的。"

那一夜我们感叹人生短暂，却不知人生再短也可以好好活着。

第十一章　天平失衡

"什么事情这么急把我叫回来呀？"左誉立一见到妻子张宁檬就问道。不过，口气中明显带有责怪的意思，因为岳父生病期间他已经请了好几次假了，单位领导已经找他谈过一次话了。

领导那意思是说"我知道家事连着国事，但国事肯定大于家事，你这样三番五次请假已经严重影响到工作的开展，这每个人就像一颗螺丝钉，都是定岗定编发挥着各自的作用……"

正如日常所见的领导们一样，领导一开口就絮絮叨叨半个时辰，直说得左誉立耳朵有些发鸣，最终在几次用眼睛表达不耐烦中，他才打住。为此左誉立很是郁闷，心想：我真有你

说得那么重要吗？前不久你明明说过中国唯一不缺的就是人，说现在哪个单位都是人才济济，在中国离了谁都能玩得转……为什么我请了几天假，怎么就离不开我呢？

因为在此之前，左誉立找领导谈心想更进步一下，这也是完全遵照领导们的指示：让想干事的人干成事，让有作为的人有地位。怎么到了关键时候就不让成事了呢？

见此，张宁檬着急道："现在房价飞涨嘛，我看中一套学区的房子，绡绡上学很近，我们接送也方便……"

接着妻子从上名校的好处，到不能输在起跑线上，再说到升学率有多高，再描绘到绡绡以后肯定能够上一所名牌大学……将来找个好工作。

妻子的话，左誉立被深深感动，深感为人之妻的不容易。因此本来想责怪她岳父还在生病中，说他老人家省吃俭用，本来就因为没有钱他才没有动手术的。

可一看到妻子那忧家、忧孩子和忧未来的焦虑痛苦的样子，他的心立即又像被打劫了一样，于是在犹豫不决中弱弱地说道："这样不好吧，绡绡外公生病都没怎么住院，别人知道了会说我们太不孝顺了吧。"

"这个没事，我来跟爸说，是他不要住院的呀。再说毕竟绡绡上一所好学校才是最大的事。"左誉立的表情上立即生出一个大大的惊讶。惊讶的不是因为她这么胸有成竹，而是因为她的变化也太快了点，让他没有跟上节奏。

记得在岳父刚检查出病来时，她伤悲得死去活来，并态度坚定一定要岳父接受手术治疗……否则就要怎么样怎么样。这时他才突然意识到，妻子的性格就像一片土地，初次相识时觉得挺广阔，不过很快你会感觉站在这被大风侵袭的褐土地上，却足够令你回味。

对此左誉立苦涩地一笑，带着些许责怪地道："你这变得也太快了吧，你爸都不管了只管孩子？"

张宁檬因此回敬了一个难为情，说："你都不知道，我的同事那谁谁谁，为了让孩子上一所好的小学，跟亲戚、朋友、同学众筹也要买学区房。""啊？"

左誉立有些吃惊道。她便接着又说："这小学非常关键，只要上了这样的好学校后，孩子的基础打得扎实，以后直升初中、高中就不用操心了。"

"嗯，是这个理。"随即，左誉立又不无忧愁地两手一摊，否定说："不过我们现在也没有钱啊。"张宁檬于是拨开云雾说："钱的问题我大致算了一下，除去现在旧房的折价，再加上我们俩以前存的那些，然后再跟同学借一部分，置换那套学区房的钱就差不多了。"

她的话让左誉立心里有底了，觉得计划很周密。妻子说的那所学校的确不错，位置在市中心，交通方便，在当地很有名气，也为清华、北大输送过不少优秀学生。

"那套房子你实地看了吗？"他知道现在很多房产中介有点像骗子，骗一单是一单。一套房子卖几次，什么阴阳合同等，令你不得不小心谨慎。

"当然看了呀，就在今天中午吃饭后，我从公司偷偷溜出去看的，然后就给你打的电话呀。"

左誉立听了，放下心来，他对妻子做事一直很放心。不过他转念又一想，这要是把家里的积蓄全花光了，万一岳父病重了怎么办？

不能等到要用钱时没钱四处借吧？再说现在跟人借钱就是不想成为朋友、亲戚了。为此，他对着卧室的天花板长长叹了一口气后，无人守望相助地说道："宁檬啊，你这主意挺好，可是人是英雄钱是胆啊，咱们不行啊。"说完两手一摊。

"这个……这个……"难言之隐开不了口。"相信置换房子爸能理解，他手里应该多少还有些存款，如果真的到了万一的地步，他会主动拿出来的。"

"不会吧？爸还会有存款！""多少总有一点吧，这个你就别管了，即便真的没有，到时候我负责找人借好不好？"左誉立摇头否定又肯定说："那好吧，就听你的，老婆。"说完他觉得又不妥，就问："这事得跟爸商量一下吧？""是呀，是要听听他的意见的。"

张宁檬说着看了一下时间。"算了，明天再说吧。"左誉立话还没落音，就从客厅里传来张由泰的咳嗽声。"爸，怎么起来了？"张宁檬意外中又看着丈夫说："也不知道今天怎么回事，爸回家一直闷闷不乐，时不时皱皱眉头，一副心事重重的样子。"

"我哪儿知道？"

事实上，今天从被抢劫再到派出所，张由泰的心情一步步地变坏，而且坏透了。总觉得自己无论在做什么，都有一个无形的网在罩着他，只要他稍一动弹，就感到那张网的存在，因此有点不敢轻举妄动了。

"难道是鬼魂附体了？"张由泰虽然是个无神论者，但这一次一次的不顺当，让他不得不重新思考以前母亲说过的话。她说这人死之前吧，总能看到身边的异象，比如鸡、鸭、鹅、狗呀，莫名地叫，莫名地烦躁，等等。

而死人在埋葬以后，过几天还要回来看一下家里的人和他生前用过的东西还在不在。记得那时，母亲说这话的时候他才十多岁，记忆深刻，相信这世界是有鬼魂的。

想到这里，张由泰心里又觉得好笑起来。"这世界有什么鬼魂呢，人死了不就是一股青烟缭缭化成灰。"

"誉立回来了是吧？出来陪我说说话吧。"张由泰故意咳嗽两声后说道。夫妻俩正在考虑要不要出去跟他汇报买房的事。"是的爸，今天回来得比较晚，所以就没进您房间打搅您……""坐吧，我们聊聊天。"

"爸，您今天身体哪儿不舒服？""这身体吗不就这样了，反正也不能起死回生，就随它去吧。"说完张由泰又说："今天浑身感到不舒服，像是死亡之前的征兆了。"

仓皇之间，左誉立为此连忙安慰道："爸，您没事的，可能天气不好引起的。"张由泰听到他的真心安慰，突然想起那两条项链，那只玉镯来。而一想到这些东西，仿佛一下子精神就有动力了，心里有种说不出的兴奋。

张由泰脸上露出一种不为人察觉的笑，不过还是被左誉立抓住了瞬间。张宁檬也不失时机抓住机会说："爸，我正想跟你商量个事。""嗯，说吧。""咱把你这套房子卖了，然后加一些钱给绾绾在学区置换一套学区房……好吧？"

左誉立细心观察到，在妻子说话的时候，岳父的脸时而阴沉时而喜悦，以至让他摸不清楚他的态度，因此暂时不敢附和妻子。见父亲没有吭声，张宁檬连忙解释说："爸，最近同事们都在头疼学区房，我想缩缩以后上学还是得有个学区房才行，是吧。"

张由泰似乎分心走神没听她说什么。张宁檬赶紧转移话题，从买房子转移到"一定会想办法帮他治病，要他不担心"等等，对此，张由泰开口了。

"别说这么多，这个我知道了！"张宁檬不再敢出声，空气立即凝固起来。左誉立以为岳父生气了，有些紧张起来。这房子毕竟是他的，是他倾其一生的财产，怎么能说卖就卖呢，也不提前打个招呼。

正在担心之中，张由泰松了一口气，从沙发上站起来问："这是你们俩谁想出的主意啊？""爸……爸，我，是我。"张宁檬马上抢答，揽责任。"真的是你一个人的主意？"她不敢接话，张由泰面无表情又问："你怎么会想到的？"

张宁檬疑惑加谨慎地看着父亲，弱弱地说："我就……随便想到的。"

几秒钟后，张由泰有点颤颤巍巍地从沙发上站了起来。

"好呀，你这孩子还挺聪明的，我怎么就没想到呢！"他说，"之前吧老想着出赞助让缩缩上一所好学校，那样的话钱不是白白给学校了，现在你这主意多好，既让孩子上了一所好学校，还能让资产保值，你看现在钱贬值多厉害，咱们两边沾光，不错不错。"

说着"不错"，张由泰就径直往自己房间走。他们夫妻俩开始喜出望外。"爸，你就睡觉吗？"张宁檬有些意犹未尽问。"不想做一件事，总能找到借口；想做一件事，总能找到方法。你们等等，我有点事。"张由泰嘴里念叨着，头也不回地自言自语着。

"不需要老伴，也不需要存款，那还打算要什么呢？"这是张由泰经常思考的问题。不过思考到最后他发现只想给女儿、缩缩多一些物质上的帮助。可是，他又无能为力。

夫妻俩有些莫名，不知道这老头要干什么。正在他们还没有猜测出一二的时候，张由泰带着踉跄的步履，又从自己房间走了出来，并说："有钱出钱，有力出力，咱家的绲绲上一所好学校，我也得做贡献啊！"

说着就把手里的红色小布包打开。

左誉立看到，那布包类似小时候爷爷装旱烟枪的袋子。张由泰解开袋子的绳子，就从里掏出一张存折和类似银圆的东西说："给，这是你爸最后的一点积蓄了，只有这个能力。"说着他又有些惭愧地补充道："不多，就两万块，之前准备在绲绲择校时用，现在好了，一步到位，你们凑凑……吧。"

张宁檬激动地叫了一声"爸"，就扑进父亲的怀中流下眼泪。觉得自己太对不起父亲了，养育了她不说还教育了她，还为她的孩子义无反顾地付出。尤其想起前不久跟丈夫的那番对话，她觉得自己太自私了。

"多好的一件事啊，你哭什么啊，这孩子！"张由泰责怪着拿起桌上的一块银圆说："这东西我也不知道值多少钱，还是绲绲外祖母留下的，本来是要作为念想的，我也要走了，就不留了，你们拿银行去兑换掉吧。"

左誉立双眼湿润并漾起了纯粹而沁凉的光。

再次感到岳父实在太伟大了，跟普天下的父母一样，总是不遗余力地付出，总是在负债中付出，不过他们又是悲哀的，就如那三年级的孩子讽刺妈妈的话一样："自己嫌累不想飞，就让自己的孩子拼命飞。"但令人可笑又令人遗憾的是，现实很残酷：代际传递很有示范意义，"小鸟"们看到"老鸟"不飞他们也不飞了。

爱，就如一把双刃剑。

二

人一顺当，百事顺。这不，今天一开工，王媛就完成了一单生意。虽然是租房的生意，也有 2000 多元装进了腰包。对此王媛心情大好还哼起了"我在这里等待，我在这里收获"。

这时正值秋冬时节，像是配合着王媛的心情，天空高远，舒云流淌，空中不时有群鸟倏然飞过，扑棱着翅膀，像一面面飞扬的黑色旗帜，旗帜下穿着黑色制服，戴着银色眼镜看着她，显得清俊而挺拔。

"美女你好呀。"一声男中音闯入她的耳朵，随即那人杵在她的面前。来人年纪约三十五六岁了，鬓角的头发略微秃进去一些，眉毛浓黑而整齐，一双眼睛闪闪有神。

他在看人时，十分专注；微笑时，露出一口整齐还算微白的牙齿；手指粗大，胳膊有点加长版，穿一身休闲服，虽然不是全新的，但从衣服 Logo 上看，明显是奢侈品牌。

"您好！"她笑脸相迎，"您是租房还是买房？"

男士没有说话，而是先递上一张名片。名片上的人叫笑长春。王媛随即笑了，笑得灿烂地脱口道："先生的姓很特别。"笑长春像早有准备地一笑，回道："我这姓怎么取名都是吉祥三宝对吧。"

"是的，有点娱乐至死的味道。"她说得很轻。

"有没有新的二手房啊？"王媛一愣，用专业术语纠正他的话道："新的就不可能是二手的，应该是二手的新房子。"笑长春于是诡异一笑道："反正都是个二不是？"

王媛被他幽默得有些好感起来。于是她精练地移动鼠标，开始给他找房。笑长春则用俯瞰的眼神看着她，目不转睛，像是在欣赏一幅世界名画。

"这套不错，洋房，宽大、通透……主人急着用钱才拿出来出售的……"王媛用生意人娴熟而又时刻不忘留客的语气道。笑长春便凑上前来，探头潦草地看了一眼就说："嗯，挺好。我相信你的眼光。"说完看着王媛不转视线，想要找出什么问题来。

王媛发现他的举动后，如触电样，迅速避开他的眼睛。因为他的目光很容易瓦解人的欲望，会让人不由得产生一种"只要这样就很好的"或"不怎么样的"错觉。

为了不松懈一直紧绷在脑子上的生意之弦，王媛加重了语气补一句："笑先生，买房可是大事情啊，你可要好好看一看啊，别到时候买了后悔呀。"声音如银铃般。笑长春又是淡淡一笑说："那我们去实地看一下房子怎么样？"

说着就要往外走。笑长春的爽快让她吃惊。对此，王媛连忙说："好，这个肯定要看，毕竟是几百万的大件对吧。"

"钱不是问题！"笑长春又说，"只要房子好就 OK 了。"那表情跟所有有钱没钱的男人一样，嘴硬得顺溜。

还真别说，自从王媛的房产中介开张以来。她见识了不少过去没有见到过的星星人类。有哭穷的，有真穷的，还有假装穷的，尤其是男人们，总是以一副不差钱的成功人士的气场走进来。一旦给他们推荐好房源、高价房时，不是嫌弃大了就是嫌弃地段不好，最后横挑竖选的依然是最廉价的。

"不要面子会死吗？"每当此时她就会在心里这样咒骂。

"美女哪儿的人呀？"笑长春很有把握地说，"肯定不是本地人吧？""就是本地人啊，怎么了？"王媛回答完又说自己是郊县的。

"哦，我以为你是外地人，这么漂亮。"王媛不以为然说："不会吧，本地人比我漂亮的多得去了。"

笑长春笑而不答。他现在光看她的背影就能猜到现在她的表情——一定是咬牙切齿地说"你就瞎扯吧"。王媛其实只有喜悦的表情，觉得今天运气真好，又遇上一没脑子的土豪了。

不过这没关系，他只关注重点。

笑长春故意保持了一下距离，他在欣赏中发现王媛的臀部在牛仔裤包裹下，像半圆的月牙，恰到好处地与她的曲线相得益彰。于是他又退了一步，接着又上前一步，反复欣赏着。笑长春于是认为牛仔裤配 T 恤对于美女们来说那是最佳的服装了。

意料之中总是以意料之外而结束。

"房子是不错，就是采光有点差，还有点不通透呀。"笑长春在房子中转了一圈后，故意有些气馁地说。其实他根本不懂得一套好房子的奥秘所在，纯粹是没话找话。

"光线挺好的呀！"王媛奇怪地问，"房子坐北朝南还要怎么通透？"这时笑长春说："怎么就不信呢，你打开窗户感觉下，保证没有一点通风的感觉。"

王媛因此没好气地劝道:"现在人家有钱人都买那种恒温恒湿……一年四季房间窗户都不开的房子,再说空气永远是流动的,难道还要北风呼呼从家里穿堂过呀。"

对此,笑长春脸一红,说:"你不懂,买那种房子的人是怕得了抑郁症,一不小心跳楼……"他说着还配合着手势。于是把王媛逗得上气不接下气,问:"你的意思那些买房的人是为了与死作抗争准备的?"

说完,她睁着大大的眼睛看着他,他则痴迷地回敬着她。她则害羞地转过头。

"又遇到一好色的。"她在心里说。不过,为了这单生意她只好委屈地出卖色相,便又没话找话道:"笑先生真幽默哈。"笑长春却来了一个深情感叹:"世界这么大,人生那么点长,干吗要跟自己过意不去呢,是吧?"那回答就像她是个盲人,他却说起了眼睛。

"笑先生想得很开嘛!"于是笑长春接着调侃道:"日子很长,时间很短。人生0岁出场,10岁快乐成长,20岁为情彷徨,30岁基本定向,40岁拼命打闯,50岁回头望望,60岁告老还乡,70岁搓搓麻将,80岁晒晒太阳,90岁躺在床上,100岁挂在墙上。"

加长版的扑哧一笑中,王媛故意玩笑道:"笑先生你肯定经常到人生的终点去接受光荣传统教育了,不然怎么会有这么深的体会呀。"

笑长春便又卖弄起来:"这人的一生,是生不带来死不带去的一生。我们在亲人的欢笑声中诞生,又在亲人的悲伤中离去。而这一切我们都不知道,我们无法控制自己的生与死,但我们应庆幸自己拥有了这一生。"

王媛预感到遇到一个闲扯的人了,为此她转移话题说:"还有一套房子也不错,要不要到我公司给你看一下图纸?"她决定做最后的试探。

"图纸?怎么会是图纸啊。"于是王媛说,"这套房是期房,是准备给自己结婚用的,看你笑先生是有身份的人、高品质生活的人,我就助人为乐,割肉转让了。"

笑长春猎艳的心里咯噔一下，惊讶道："美女这么漂亮，这么早就准备结婚了？"那表情里明显带着可惜了的味道。

"漂亮的女孩就不能早结婚了？"

"这么早结婚多没意思。"笑长春说着又一脸认真说："你看我三十多了还没着急……结婚多没意思，生孩子、做饭……过不了几年你就成……"

他的话，让王媛觉得有点咸吃萝卜淡操心。也不知道应该怎么回答他，便来了一个一脸严肃的转身。

她不了解笑长春，而笑长春知道自己，他还没有玩够。他要的生活是这样的：早上，是马龙山北麓的日铸茶，用制松萝茶的方法炒焙，烹茶时放入茉莉，茶色青碧，香如兰，清如雪，清润雅致；中午在夏威夷水浴；下午去东非大裂谷逛一圈；晚上那肯定没啥好玩的，就回到欧洲吃晚饭，然后泡吧。

在这样的生活状态下，他这个富二代把家里老爸老妈奋斗了大半辈子做生意赚的那些钱，花得差不多了。几个女友都是因为他的好吃懒做而跟他提出了分手。今天之所以来看房，是他妈下了最后的通牒——赶紧结婚，否则就"断供"。

当他今天照旧开着豪车打算去享受一日三餐时，无意中看到骑着电动车的王媛从他眼前路过，于是眼睛一亮，尾随了上来。

王媛顺手从办公桌里拿出图纸，有点就此了结地往他眼前一摊说："这房子绝对物有所值，是好不容易通过关系才买到的……"这次她说得潦草，绝无用心良苦。

"我也看不懂，美女你就给我好好说说吧。"笑长春说着就坐到她的身边。他开始真心喜欢王媛了，依然不改公子哥的戏路。不过他觉着这种喜欢跟前几个女友大不一样。

烟味、口臭令王媛有些皱眉，但为了这笔生意她决定先忍耐一下下。于是先从户型介绍起，然后到小区布局，容积高、绿化好、物业服务质量一流而结束。

王媛介绍完，笑长春像是梦醒地问："这没实物你跟我说得有点像画饼……画饼充饥一样啊。"

崩溃！王媛真的有点崩溃！"那你要怎么样啊！"她开始生气起来了。笑长春有点难为情，嘴唇在一张一合中，又吞吞吐吐道："就像……就像……"他说不出口就像王媛的长相一样，一目了然。但王媛知道他的意思。

她知道自己给他留下深刻的印象，她知道自己的优势所在，至于别的，她就不得而知。倘若他对她说的不是胡话，他那双满含诚实的眼睛也会出卖他。笑长春似乎兴奋过了头，而自己却还没有意识到王媛很讨厌他了。

笑长春说着还比画着。王媛因此摇摇头道："你不会是来跟我免费聊天的吧？"她本想说你是来搅局的，想说你要是想免费聊天不如上网，不如去陌陌，上面全是无聊的人，聊得好还可去开钟点房。

事实上，对于买房子这件事，笑长春也的确没有什么像样的知识储备。尤其当他对这个卖房子的女人感兴趣之后，他这个花花公子出现前所未有的胆怯了，这让他自己都感到非常非常意外。

"哪儿能啊，真的来买房子的。"笑长春在王媛的责怪中终于找到一句话来。王媛为此耸耸肩，做一个无所谓的表情说："要不让你女朋友一起来看看吧？"他立即答："嘿嘿，女朋友的还没有，让家里的老爷子来做主吧。"王媛一听，失望地笑了笑，说："笑先生真孝顺。"

漂亮的脸蛋，大眼睛下面生着泪痣，鼻子圆圆的，鼻头有点微微上翘。笑长春再次偷偷看了王媛一眼，心里甜蜜甜蜜的。他打定了主意，晚上一举两得。一来让父母看房子，二来让父母帮他把把关，能不能娶回家当媳妇先走着瞧。

"那就这样吧？"王媛有些气馁。不想跟他烦了！"那我们就晚上见。"她看到笑长春说这话时的语气是漫不经心的，而他的眼睛里的东西又使这句话有了弦外之音。这时她才发现他手上一枚婚戒闪闪发亮，像一枚有备而来的句号。

废了半天的口舌，结局已经嵌在句号的末端。

三

走在回家的路上，张由泰跟绡绡一起欢乐地吃着玉米棒，一边给绡绡介绍路过的景点典故，一边听绡绡稚语着幼儿园的趣事，听到开心处，两人一起大笑，他则趁机吹嘘几句"想当年，你外公年轻的时候……"

路上的行人熙攘匆忙，张由泰下意识地去牵绡绡的手，却抓了个空，一个紧张，发现绡绡把手背在身后，骄傲地说："外公我已经长大了！"

"是吗？绡绡已长大了？"在他毫无防备之间，她已挣脱了他牵肠挂肚的手，开始走向自己的世界，张由泰一直渴望她快快长大，却又一直希望她永远这样天真陪伴。

可为什么记忆中满是她襁褓的影子？他一时无法适应，却又不得不学着适应，于是失望中讪讪地缩回手，问绡绡："你长大了，外公也慢慢老了，如果有一天，外公不在了，还会想起我这个老头吗？"

绡绡却是天真地问："外公，你老了去哪儿呀？"张由泰一愣道："当然去见马克思！"说完他自己都觉得好笑，心想这小孩子哪知道马克思是谁呢。果然绡绡又问道："马克思是我外婆吗？"

一语击中张由泰的心绪，便一下像痴呆发作样愣在那里。不过他随即醒悟地回答："绡绡真聪明，我发现你一啃玉米棒，特别像那聪明的一休。"

"我不要像一休那样，他头上没头发。"说着还拉了拉自己的小辫子。样子俏皮可爱。

他一边啃着玉米棒，一边又代入地慢慢把远逝的记忆找了回来！记得那次生病住院的时候，除了医生，便是跟那位美丽的护士说的话最多。她穿着白大褂，皮肤白皙，语气温和，跟刚盛开的金银花一样，艳丽而沉静，令张由泰十分喜欢。

那时他二十多岁，工作不久，她正好与他同龄，因此特别有话题聊到一起。

终于，张由泰有一次鼓起勇气说："你真像金银花。"她嫣然一笑，很好奇道："为什么像金银花呀？"于是张由泰用他所有的知识，对金银花进行了赞美。说金银花这种花，有很强的生命力，无论环境怎样艰难，都能很好生长……既好看又很纯洁，还是一种药材，能治病救人……

那时的人们，表达爱也只能这样，这是他认为能做到的最好表达方式。渐渐地他们真正进入了恋爱的角色。然后又像他们那代人一样的模式，在躲躲闪闪中约会，直到结婚。

在张由泰的心中，她的确像金银花一样漂亮、纯洁。她一投足、一举手，浓浓魅力点燃激情。她长发柔顺如瀑，在风中如杨柳依依，尤其是那双眼睛如水般清澈动人；她的嘴巴不是很好看，但红艳艳的，配合在五官上似乎恰到好处。

在慢慢回忆中，张由泰如穿透日月，穿透一页页闪光的诗章。也许每个人心底都有那么一个人，已不是恋人，也成不了朋友。时间过去，无关乎喜不喜欢，总会很习惯地想起，然后希望她一切都好。

以为早已遗忘的人，却总在寂静时刻浮现。

一些细细碎碎的记忆，莫名地撑起一片灰色的天空，在想象与妄想的空隙中，不断地播散着回忆的毒，带着满眸的悲声慢慢地蜕出了壳，在心房的颤抖中游离，缓慢地漂浮出视线，像是生长在血管里的荆棘的种子，突然生根发芽刺破皮肤，撕心裂肺地痛。而这所有的所有，都像是记忆里一道道永恒而不舍的华丽风景，风云变幻，几经轮回，又成血海骷髅。几许想，妄想，最后又兜转回曾经的过往。

他记得她曾说："假若命运终将分离，我会化作一场雨，从你的脸际滑落。这样就可以抚慰你的真心。"

他们的爱像风走了八千里不知归期。张由泰觉得山盟海誓都让上帝笑话了。有时候想，如果没有曾经的一见倾心，也许也就没了那么多苍凉的感慨；如果没有了卑微的仰望的过去，也就没有那么多的苦涩情怀；如果不把一个人的回忆深藏心间，也许就没有了那么多乏味的颜色飘散着、游离着、缠绵着。

夕阳把他们的身影拉得很长。

张由泰现在只希望能陪着她们一直这样静静地走下去。

人说父爱如山，却怎能抛开他对她们的爱？他不想成为那座沉默的山，觉得太沉重。他宁愿做一个老顽童，做绾绾的朋友，陪她一起成长，用她的眼光看世界，以她的思维诠释人生，理解她，呵护她，再经历一次不一样的青春。

超过预产期 10 天，女儿又在产房抗争了 5 个小时，绾绾才来到这个世间。她的出生宣示出他快乐时光的到来。看到女儿望向绾绾的柔和目光，他知道虽然以后日子还会更艰难，但她却给了他们一家生活的全部要义。

绾绾在慢慢长大中令他欢喜，一双大眼睛喜欢静静地看着窗外的世界。于是，他每天的必修课就是晚饭后抱着她去散步，那微凉的晚风、深邃的星空和远处高楼闪烁的霓虹总让他感到惬意快乐，每次总要走好长一段路，让她舒服地靠在肩头进入梦乡。

"哎呀！"张由泰在疼痛中发出声来。

"孩子呢，孩子呢？"张由泰顿时急得团团转起来。"绾绾——"他撕心裂肺。眼泪也急了出来。

"外公，我在这儿！"

一声轻呼把他从地狱又瞬间带到天堂。

绾绾静静地站在不远处的街口，他踉跄地冲过去一把搂住绾绾，竟有种劫后余生的惊恐，不忍心责怪她，而是抓紧绾绾的手。

那一刻只想永恒，再也不要分开。

疼痛在不断加剧。于是张由泰从口袋中摸出几片杜冷丁塞进嘴里面。

"外公，你吃的是什么好东西呀？"张由泰装作没事样说："癌症君欺侮外公了，我要找人打他了。""不许欺侮我外公，我要打死你……"绾绾举着小手在半空中。

一刹那间，张由泰很是感动地说："被外公打跑了。"说完他耸耸肩。于是一股刺骨之痛又一次袭来。张由泰一咬牙关，额头上的汗珠滚落下来。

他知道自己已经走到人生的边缘了，越来越意识到自己的日子不多了。这几天他吃了中药又吃西药不见疼痛减轻，加大了杜冷丁剂量也不见效果。

"来吧，癌症君，我的事全办完了，全办完了。"张由泰觉得他在这个世界上没有什么遗憾了，绾绾的学区房也差不多办好了，这是他最不放心的一件事，女儿、女婿很恩爱很幸福……这些已经足够。

想到这里，他心中有了打算。

路过双虹桥，他看到河水十分平静，却仍能察觉到它在流动，远远望去，让人不由得心生忧郁，觉得万事万物都只是暂时存在的。一切都将逝去了，留下的又是什么？他觉得整个人类就像这河中的一滴水，一直向前流动，彼此间挨得那么近，却又是那么远。

他们是没有名字的，汇聚成一条河，一直流向大海。既然一切是那么短暂，那么一切都不再那么重要，命如草芥的人类却让彼此间变得那么不愉快，这不是太可悲了吗？

他和妻子曾经多次在这里散步，听着水波潺潺地流过。他拉着她的手，温柔亲切地拥抱，还有仰望天空，畅想幸福的未来。约好冬至那天一起包饺子……此时此刻，觉得人生所有幸福的意义就此注脚。

还没来得及幸福，她却已经背叛。如今，水波依旧潺潺，却是几多悲凉。

第十二章　无心花开

一

正当王媛关门打烊时，三个不速之客闯了进来。

王媛一愣，不可置信地问："买房？""嗯，买房。"笑长春殷勤地跟王媛介绍道："我爸妈说来看一下房子。"

原本一脸木然的王媛连忙说："欢迎，欢迎！"说着王媛就把她的那套水岸雅居的房型彩色图纸递给笑长春的母亲。她知道像买房、买车这种大事一般都是女人做主。可是，当女主人接过图纸后并没有打算看的意思，而是盯着王媛打量起来，好像房子长在她的身上。

"怎么，我们认识吗？"她在心里嘀咕着又把自己看了看。对此笑长

春连忙挤过去说："妈，这房子不错，你看……"他妈却是鄙视了一眼，意思是你懂？然后又把眼睛的余光集中到王媛身上。不过这时她是用眼睛的余光偷偷地看。

"这套房子从房型到采光都不错……你看这么晚了我们就长话短说好吧……"王媛有些不耐烦地介绍道。于是，笑长春的父亲一把抓过她手中的图形责怪道："我来看，就你们麻烦事多……买房就好好买房。"

令王媛意外的是，笑长春的妈却是一把又把图纸夺了过去并责怪说："我不多事，你好多事情办得成啊。"男人脸一红，两手摊开，有些难为情起来。"又遇到一妻管严了，现在男人都吃转基因了吗？"王媛在心里好笑起来。

王媛斜视了笑长春一眼，她突然觉得自己被他的眼睛吸引住了。他眼中流露着她从未见过的柔情，还有里面带着某种恳求，就像一条被抽打的狗眼中流露出的可怜，这令她有些讨厌有些怜悯起他来。

大概感到王媛有些不耐烦了，女主人这时才开始认真看起图纸了。对此，王媛便借机打量起眼前这个女人来。因为开中介，她最近学了一种功夫——精于看穿人的心思，而且进步明显。毕竟每天她都在运用所有的敏感和嗅觉，从人们很随便的一句话中或一个不经意的动作中，推测他们想干什么。这也是生意之道。女主人大概快六十来岁的样子，身材中等，浑身都是圆圆的，肥得能滴出油来，十个手指头也都是肉鼓鼓的，只有每节周围才凹进去好像箍着一个圈圈，颇像是几串短粗的香肠。

大概是胖的原因，她的肉皮绷得紧紧的发着光，极丰满的胸隔着衣服向前高耸着；虽然看起来保养很好，但眼角依然有不服气的鱼尾印迹。不过，她那浓密油亮的短发，仍是那么乌黑，眼睛虽是单眼皮，但明亮，显示着些零星的活力。

"富得流油，一定生活不愁。"王媛在心里说。

想到这儿她在心里又偷偷乐了起来。觉得她爸说的话很有道理："你得到多少就会失去多少。"就如这眼前的夫妻，从衣服穿着和金银首饰的佩戴……无一不在显现着他们富裕有钱，可是女人很丑，男人却很潇洒。

王媛有些可怜他了，一棵好树长在牛粪上。

"嗯，这房子是不错！"肯定中，她又有些遗憾地说："要是再大点就好了，我们家……的别墅就是有点潮，其他都好。"王媛有点莫名。心想，你炫耀的东西跟我有什么关系，真是不是一家人不进一家门啊！

女人大概看出王媛脸上呈现出的不高兴，便又反转地，认可地说道："这房子我们想要了，要不我们去前面的酒吧谈谈吧？"为此，王媛有点莫名其妙了。便很有些疑惑地说："那地方怎么谈这事啊？"

笑长春的妈便淡淡地一笑说："那地方环境好，我们可以连喝酒带聊天，还可以看劲歌热舞。"笑长春连忙阻止道："妈！去那地方谈什么呀，吵死了！"

"你不是很喜欢那地方的？"她说，"你妈也是过来人，没事。"王媛几乎被他们弄得想哭。那样子，她很喜欢那地方。心想，就你这样的人去那地方，不怕人家报警啊。但，为了多赚点钱，她打算奉陪到底。

"好的呀。"王媛露出了她好看的虎牙说。

大奔带着他们飞速前行，王媛心里五味杂陈加忐忑不安。她不知道他们要干什么，觉着这有钱人就是跟正常人不一样，总是不按常理出牌。而笑长春的妈觉得只有那地方才能考验女人的好坏，她要检测一下她是不是经常光顾这种地方。她不希望儿子找一个经常泡吧的女人。

"美女，你这房子是期房对吧？""嗯，是的。"她连忙又把上午跟笑长春的话认真重复了一遍。"那你这房子卖了，结婚怎么办呀？"王媛立即答："我还没有考虑好要不要结婚呀。"

为此，笑长春的妈就开始刨根问底起来……

"你们到底是买房子还是？"王媛开始有些烦躁起来。觉得这家人怎么一个鼻孔出气。"我跟你很熟吗？"她在心里说。"当然买房子啊，不然我们来干吗。"她反而有些责怪起来。

"这房子真的不错的。"王媛只好又委曲求全道。于是那女人却突然脱口道："嗯，你……小姑娘，人也不错……挺好的。"

大概觉得过于直白了吧，她又补充道："这房子吧，我是买给儿子结婚用的，住一起不好，你们年轻人不喜欢跟我们老人住一起，是吧？"口气是在征求王媛的意见。

"老人和子女住一起过日子，可以享受儿孙绕膝其乐融融的幸福啊。"笑长春连忙不以为然地说："不是吧。"王媛于是又拨乱反正说："但是，同在一个屋檐下，同在一个锅里耍勺子，难免会出现磕磕碰碰。天长日久，日积月累，有些小的分歧，就可能产生矛盾。矛盾深了，便难以调和。"

"对对对，说得不错！"女主人说，"聪明的老人，只要条件允许，是不会主动要求和子女住一起的。每代人有每代人的生活习惯，每个习惯都是长时间的累积而成，要想改掉很困难。"

王媛立即答："是，比如饮食方面，青菜你想煮着吃，年轻人却喜欢炒着吃；起居方面，你睡得早起得早，而年轻人睡得晚起得晚……这样一来，双方都不自在。"

"小姑娘说得不错，如果分开住的话，自己爱怎么吃就怎么吃。老人生活比较节俭，认为在家吃饭更健康实惠，但年轻人则不在乎价钱，讲究口味和方便。这样，为了在家吃还是去下馆子吃都能有分歧。"说完她又补充道："我们家去饭店没问题。"

王媛有点讨厌起来，觉得这人生怕别人不知道她有钱似的，于是她敷衍地说："老人有老人的生活，年轻人有年轻人的生活。老人和年轻人分开住，自由。婆媳关系是家家最难念的一本经，很多婆媳刚开始关系还是不错的，但相处久了，看到对方的缺点更多了，就开始有微词了。"

"是呀，如果老人和子女分开住，这样婆婆和儿媳见面的次数不多，产生矛盾的机会也就自然减少，即便见面时有什么意见，分开一段时间各自冷静就会好多了。"她说完又像问话道："你也不喜欢和公婆住一起呀，长得这么漂亮……"

意思是长得好就可以跟公婆住一起。王媛觉得这人真不会聊天。

"距离产生美。老人和子女还是需要保持一点距离的，适当的距离可以使人保持一种新鲜感。最好一碗汤的距离。"王媛自己都不知道怎么会说出这么鸡汤的话来。

"反正我还是想我和儿子住一起。"女主人又突然冒出这样一句来。笑长春于是抵抗道："说白了你就是不愿意放手管理呗。"为此他妈看了一眼王媛，说："小没良心的东西，你从小吃最好的，穿最好的，玩……"

直说得笑长春连声说："妈，我求你了……"才止住。

这时，笑长春的爸终于发话了。"放手吧，你管得越多越受累……"于是列举了他身边不知道是何人的各种案例。王媛为此不甘心地转移话题道："笑先生，你看我这套推荐的房子怎么样啊？"

笑先生和小笑先生因此不约而同地说道："不错不错，相信你的眼光。"说完老笑先生又转身看着老婆说："就定下这套吧。"明显是商量的口气。"你们俩决定了还让我来干吗！"口气狰狞。

王媛觉得这女人难缠了，一会儿说就要这房子了，一会儿又商量起来。人家都说做房产中介的人狡猾，觉得实是太错误了，她跟她比简直就不是一个量级的。

心里有点后悔上了他们的车。为此她很不礼貌地看着女人问："你们家谁做主呀？""大事我做主！"女主人说完又不客气道："小事他们俩做主。"老笑先生和小笑先生齐心协力摇摇头表达了态度。不过他们在摇头中各自看了一眼王媛。

正在这时，王媛的电话响起。一看是我的电话，她连忙用耳机接通电话。接着电话中就如遇到救星样，拖拉着长长的音，叫道："何先生是你呀，怎么这么晚打电话来了。"

"说什么呢？"我莫名责怪道。接着便担心起来。她不会是被人绑架了吧，从电视中我看到过这样的新闻。越想就越担心，便又问道："你在哪儿呀，是不是被绑架了！"

"嗯，好的，那套房子我还留着，你要抓紧啊，不然……我真的要卖了。"

"买房子的啊？"女主人在边上小声问。王媛点点头，示意她小声点。为此我更担心道："你不会真是被绑架了吧？"说着，我的心一下子提到嗓子眼上。

"何先生呀，你就是有眼光，那套房子可是我准备结婚用的，现在临时要用钱所以我才拿出卖的。"

不像绑架呀，否则她会有所暗示呀，从电视中我看到过那些聪明的被绑架人就是用暗示对话的呀。我因此急吼道："你干吗呢，疯疯癫癫的。"

这下女主人急了，连忙拉拉王媛的胳膊，着急地说："就说卖了卖了……"王媛故意装作不理她，继续跟我说道："何先生啊，你晚上好好考虑一下啊，少了200万我不卖的。"这时我大概判断出她在做生意，忽悠客户。于是责怪道："你想钱想疯了吧！"

面对我的责怪，王媛又如隔山打虎地说："哎哟，何先生，这房子多好……一点也不贵，那我们就这么定下来了啊。"说到这儿，王媛便突然放下电话。

对此，那女人便不开心道："我们都在谈了你怎么就卖了呢。"王媛冷冷地答："在没有谈好之前我当然可以跟任何一个客户谈啊！"女主人为此用近乎生气的口气说："我们加价，卖给我们吧！"笑长春立即附和道："对！我们加价。""加多少？"王媛灵机一动，看着身边的女人问。"这个你说。"女主人动了动她沉重的身体没有立即回答。

一车人开始沉默不语，不过王媛心里窃喜着，几乎可以肯定上钩了，欲擒故纵即将成功。她心里乐开了花。果然，在沉默片刻后，女主人开口道："我加五万元。"说着她又改口道，"不吉利。"笑长春因此插话道："那就加六万元吧。""好，就六万元。"

"那好的，看在你们诚心上，就……就卖给你们了。"口气里很不情愿的样子。王媛说完就叫老笑先生停了车，一指路边上的茶馆，说："就去那儿签合同吧。"

二

白天变短了，傍晚柔和的光令人觉得舒服，又有点让人伤感。他那张悲天悯人的脸显得憔悴苍白，那双眼睛也失去了光泽，长久的深思有点挣脱不出来。

张由泰全身的每个关节都如母亲那只锥子锥一样疼痛。

锥子这样东西在他的记忆中非常深刻，小时候母亲在纳鞋底时因为鞋底坚硬，针线穿行艰难时，母亲便会随手拿起锥子来疏通。于是他就问母亲："妈妈，你干吗要那东西先捅一下呀？"

妈妈总是淡淡一笑，回答："因为它不听话，不让妈妈扎线，所以得捅它。""那要是我不听话呢？"妈妈一愣说："傻孩子，妈妈永远不会用它来对你。"于是，从那时候起，锥子这东西就成为记忆中的一部分。没想到锥子以另一种方式在他的身体上体现。

杜冷丁好像彻底失去效用，他知道接下来，只能忍受这种剧烈疼痛的折磨了。张由泰咬紧牙关没有让呻吟发出声来。觉着叫喊也解决不了问题，反而会让孩子们心里难受。

为此，每当疼痛难忍时，他便咬紧牙关来与死神抗争。

疼痛中，张由泰于是走到立柜前，他小心翼翼地从柜子里拿出项链、玉镯。觉得是时候该将这些东西交给她们了。多少次他心里冲动，想亲眼看一看她们的喜悦，现在看来等不到这一天了，更何况孩子们问这些东西的来历时，他又无法回答。

一辈子恪守遵纪守法的准则，没想到到了耄耋老人时，居然变成一个被人唾弃的人，一个让自己都看不起的人。想到这里他心里有种说不出的苦涩。

自己一直在教育女儿、教育缙缙要做一个善良、正直的人，结果……自己却打了自己狠狠一耳光……因为爱得深，所以陷得深。

"不想了，不想了。"张由泰自言自语中，拿起那些东西，一样样拎起来对着灯光爱恋地看着，抚摸着。

项链闪闪发光，玉镯晶莹剔透。

金子仿佛在对他说："我戴在什么人的身上都不会失去本色，而你已经不是现在你，你是一个卑劣者。"

"那你在火炼中不也是改变了呀？"张由泰回答。

金子仿佛又说："你说的不错呀，我是会变，但我是变得美好，而你是变得自私。"

张由泰于是很不服气地答："你那美国人的普世价值！而穷人的普世价值很简单，就是不想再当穷人，哪怕是牺牲个性、人格，也不想当穷人。"

金子仿佛又说："改变贫穷的唯一途径就是自食其力啊！"

张由泰猛地咳嗽了一声，痛苦得说不出话来。不过他倒是觉得无论是物还是人，他们总是在改变着自己，只是有人变好，有人变坏。

"嗯，真的不错。"嘴里说着便在脑子闪现出女儿戴着项链的喜悦场景。"老爸多想跟你们在一起，看着你们我不吃不喝，也很快乐……啊。"

接着他又拿起那只玉镯欣赏地自言："真是个好物件，缩缩还太小，不然戴在腕上可好看了，再给她买一件旗袍……怕是要赛过江南美女啊。可惜我看不到了，看不到了。"

在月华如水的夜里，那只玉镯在黑暗深处绽放，泛满艳光，露珠一般，莲花一般，咒语一般。

眼泪又一次顺势而下……他为自己的爱所感动，流泪比流血更疼。他知道这是迷离的感动，像一剂麻药，短暂地麻痹了自己。

"这样摆怎么样？"张由泰自问道。"不行，她们不会明白其中的意思。"于是他又自言道："两个心中间加一个圆连接怎么样？嗯，有创意，孩子们应该明白我的用意了。"此情此景，令自己都感动得不行，那是一种挣脱了所有灵魂上牵绊自由的快感。

用心良苦后，张由泰幸福地笑了并长长松了一口气，像是完成一项伟大的工程，然后踱着细碎的步子，走了出去。

习惯是一件可怕的事情，让人戒不掉，忘不掉。

半夜时分，乌鸦叫了两声，其意味无从得知。

而张宁檬仿佛很有意味地配合乌鸦的叫声着翻了一个身，然后又很快进入梦乡。

"爸，你在干吗？"张宁檬迷蒙中看到父亲背着行李。父亲不语，只是非常留恋地看了她一眼，然后环顾了一下家里的四周。眼神是那么依依不舍。他太留恋这个世界和他的孩子们了。

"爸，你干吗去？"他还是不语，只是顺手抱起绾绾，亲了亲，接着两行泪水滚落而出。于是张宁檬大声道："爸——！"便从梦中醒来。

"怎么会做这样的梦？"随即张宁檬又安慰自己："爸说过，梦是反的，是吧。"

睡意全无，于是悄悄起床来到父亲房间门口，侧耳听了一下，里面很安静。

她于是非常惶恐地来到家里的阳台上。

深秋的月儿皎洁而明亮，它像一个调皮捣蛋的孩子，一会儿藏起来，一会儿又隐隐约约的样子。于是，张宁檬回想起父亲给她讲过的嫦娥奔月的故事。

回忆充满甜蜜而酸楚。

"明天得带爸去医院！"张宁檬在心里说。因为在晚饭时她看到父亲额头上豆大的汗珠，问他时他居然说吃饭热的，加之当时绾绾在捣乱，不知怎么就把这事错了过去。

"还是山里空气好啊。"张由泰站在惠山之巅说。在死寂的夜晚，张由泰发出的声音显得神圣而恐怖。这是他多年以后的第二次上这座山，如今依稀辨认出小路的路径，他知道眼前无论怎么走，也走不出另一种人生。

这座山是他们这个城市的最高峰，站在山巅可以俯瞰整个城市的全貌。尤其在清风明月的夜晚，城市道路两旁不灭的灯光就如两条艳丽的彩带，很令人向往远方的远方。

张由泰缓慢地转动着身体，不错过一点细节样回味着。遥远的记忆在时间的河流中散发出美丽、忧伤的光，所有那些逝去的事物，无论悲或喜，都随着年龄的增长变得越来越惹人怀念。

因为睡不着，张宁檬便早早地来到早市买一家人的早点。以至当 120 急救车从张宁檬身边疾驰而过时，她不自主地打了一个寒战。接着，是一股莫名的恐惧再次席卷而来，心想一大早的谁……

她加快步伐往回走，并很是疑问着父亲今天早上怎么没起床呢。因为平时父亲都会像许多老年人一样，喜欢早起。

"爸！"她喊了一声，就推开了父亲的房门。结果空无一人，她便好奇地走了进去，立即发现书桌上摆着两个心形的图案。上前仔细一看接着她声嘶力竭——"爸，你去哪儿了啊……"

歇斯底里地惊叫，她浑身直抖，泪水开始顺着她的脸颊淌下来，悲伤中，冥冥中一个不好预感来到。于是转身，就顺着刚才 120 前进的方向跑去。

一条白绫度生死。

张宁檬在绝望中接到了公安人员电话。她的整个身体在颤抖，她虚弱极了。然后什么也不知道了。

一切就像当时她看到父亲房间场景时所预感。父亲用一条白绫在树丛中结束了自己的生命。残忍得她无法面对、无法接受这样一个事实。

生得伟大，死得凄凉。

张宁檬无法接受父亲以这种方式来跟她告别。这种一条白绫度生死的做法，深深伤害了她，刺痛了她，她在声嘶力竭中昏厥过去。

晨风以寒冷徜徉着吹拂过来，吹干她身上的汗，却怎么也吹不干她的眼泪。

绾绾虽然还小，但当她知道再也见不到天天相伴的外公时，稚幼的嗓音也是那么哀断衷肠……

最悲伤的悲伤总是因为爱。

几天后，张宁檬在左誉立的搀扶下才从医院回到家中。这时左誉立按照当地的风俗，处理好岳父的后事。在此期间张宁檬几乎是从死亡线上被医生拉了回来。因此她连见父亲的最后一面也没见到。

注视着父亲那张慈祥的遗像，张宁檬又一次伤心得昏厥过去。然后又送到医院。如此反复了三次。

　　左誉立知道妻子对岳父的深深感情，知道她是那么不舍得父亲的离开，知道她绵长的忏悔如线团一样——因为没有尽到挽救他的责任，还有报答他的养育之恩。

　　"誉立，你说我是不是罪孽深重？"

　　"快别这么说，爸是不想给我们添麻烦才……才那样的。"左誉立说着眼泪流了出来。于是他们俩抱头痛哭起来，连缩缩也哭着喊起要外公。

　　"誉立，你说我爸为什么会选择那种方式……"

　　时光荏苒。一个月后，张宁檬还是耿耿于怀，觉得父亲这样做让她感到罪孽深重。"也许爸觉得这样更简单一些吧。"左誉立也说不清楚岳父为什么采取那么极端的措施。"那他怎么也不给我们留下一句话呢？"

　　左誉立在斟酌中选择措辞说："爸已经将他最真最真的爱用行动来表达了啊。"张宁檬却用一种疑惑的眼神看着他。"你看，爸在的时候，省吃俭用、不愿意住院……还捡旧货……"

　　当左誉立说出岳父捡旧货时，张宁檬万分惊讶道："我爸捡旧货？"左誉立点点头。"我怎么不知道？你怎么知道的？"左誉立说有一天突然回家看到的。"那你为什么不告诉我，怎么不阻止他！"左誉立说："爸这个人你又不是不知道，一辈子要强，要是说出来他不是……"

　　张宁檬再次泪如泉涌。

　　她觉得父亲的举动太不可思议了，为了节省家里的开支居然捡起旧货，太意外了、太难为父亲了。她知道父亲是个要面子的人，不是因为家里贫穷他不可能做这样的事情。

　　"缩缩，你知道外公捡旧货吗？"缩缩于是泪水满眼中，犹豫了一下说："外公的车车还被警察叔叔拿走了，警察叔叔好坏。"

　　张宁檬一惊，问："什么车？"缩缩便将那天的场景用孩童的思维描述了一遍。

　　左誉立和张宁檬大致知道了当时的情形，肯定是父亲违章带人，警察将他的三轮车给没收了。

"那你怎么回家不告诉妈妈呀？"

"外公说这是我们俩的秘密。"张宁檬因此开始责怪自己，觉着自己失职，太对不起父亲了。

伤心欲绝地责怪自己一番后，张宁檬突然就想起那两条项链来。"爸那两条项链和玉镯是哪儿来的？"左誉立说我哪知道。"难道是以前祖传下来的？""肯定不是！"他说着指着那两条项链说："你看那项链像新买的一样。"

"对，肯定是爸买的。"说到这张宁檬又反问自己："他没有钱了啊？"左誉立也不置可否地摇摇头。

"那他摆的图形是什么意思？"

左誉不假思索说："这还不简单，两颗心形表示他将他的心分给你跟绾绾。""那……玉镯放中间是不是他牵着我和绾绾的手？""应该是吧。"

张宁檬加剧了泪如泉涌。觉得父亲倾其一生在爱着她们，这是多么伟大的爱。想到这里她又是忏悔不已。

父爱如山重于山。于是父亲爱护她们一家人的点点滴滴就如过电影一样在她脑子里闪现。她擦着泪向父亲的墓地走去。

"爸，女儿好想您，您在那边过得还好吗？那边冷吗？女儿好想见见你，好想躲进你温暖的怀抱里，可是这些都只是梦想了，你已经离而我去，永远不再回来了。

"爸，您曾经说过你会一直陪着我的，可是您没有实现你的诺言，爸，我真的好想您。

"爸，在您走后的这每个日日夜夜里，我都在梦里与您相见，您那慈祥的笑容，永远定格在我们的心中！

"敬爱的爸爸，羊有跪乳之恩，鸦有反哺之情，放心吧，您的女儿将永远不会忘记您的养育之恩。所有欠下您的就让我们下辈子再来报答您吧。"

怀念、遗憾、启程、出发，道不完的无限眷恋，却是回首亦是思念。

在秋色静美的时间，浩荡离愁的季节，猝不及防的离别，吟鞭东指即天涯……

三

　　"今天又黑了人家一笔吧。"一见到王媛，我便没好气地说道。王媛也不生气，而是眉飞色舞，加风情万种，说道："这叫生意！"说着做出一副母鸡抱小鸡的样子。

　　"生意？"我故意脸一沉，责怪道，"不如叫忽悠吧。"

　　"生意之'意'是由立、日和心三个字组成，广义上讲，就是以获取利润为目的的商业活动。""那你也不能把我当成你广义上的道具吧。""嘿嘿，是你自己迎上来的，我只是顺了个便而已。"王媛说着开始凑上来要亲我。

　　"stop，不要！"我挣脱道。"想要真真正正地做生意，情商智商都是必需的，而且还需要胆商，机智灵活。"我白了她一眼，反驳道："谬论！小心哪天把你自己给机灵出去。"

　　王媛为此一个瞪眼，学着四川话道："个无名龟儿子，你盼我跟你分开吗？"说着回敬地将手包扔了过来，结果我一闪身，打到墙上又不甘地弹了回去。

　　"哪能啊！"我说，"正盼着你早点发财跟你大福大贵呢。"

　　"这个可以有！"随即她又否定说："那是不可能的！不过我倒是很满意自己肩膀上扭动的小脑袋。"

　　"苟富贵，勿相忘。难道忘记老师怎么教你的吗？"王媛脖子一梗说："让老师的话见鬼去吧，你看那华大的老师都被骗子骗得还让全中国人讨伐。"说完她又接着说："你看学校老师都教了我们什么，完全与社会脱节，完全就是老师们在想当然中自娱自乐。"

　　我说："是呀，早在20年前就有人鄙视以考大学为核心的应试教育，认为文化教育才是最重要的。认为让孩子处处按规定动作行为不是根本。而过分的礼貌则无助于养成独立的人格，唯宽容、自由、平等，这才是最重要的。"

　　王媛又说："在某些人眼中的完美的人，是安分守己的，是严格遵守法规的人。一个中产阶级人士跑到乡下去玩，他希望看到的可能是那种乐呵呵地赶着牛羊去田野的穷人孩子。在最理想的情况下，这个孩子最好还要对他的跑车表示一下鄙视，那样的话他会触动地把这个经历写在博客上。反过来，如果一个穷人孩子对他说，我要不惜一切代价考上你上的那个大学，将来也买一辆这样的跑车，那就一点诗情画意都没有了。"

"好吧。"我说，"无法辩驳，你说得太有理了。"

"老师一直向学生灌输的是：第一，你是集体的一员，不能损害集体的形象。可最终走上社会后完全不是这么回事；第二，你要友善，仓廪实而知礼节，衣食足而知荣辱，可……你懂的；第三，知识可以改变命运，谈钱是可耻的。可是，他们忘记了改变命运是什么。"

"是努力拼搏？"我回答。

"错，"她又问，"好日子因何而来？""我说大概是金钱啊！""这不就对了，我拼命赚钱没有错吧？"

"钱不是万能的，"我无力地说，"好吧，我们不讨论这么高深的问题，说说你今天赚钱的体会，对我也许更有益处！"

"这就对了嘛，不要天天沉迷在你那梦想、奋斗终生的誓言中，不切实际呀同志。"王媛嘿嘿一笑说完，她又不解气道："你就不能学学你的老师，人家都赚几千万了。"

"学不来！誓言还是要有的，毕竟人还是要有精神嘛。"立即，王媛狠狠瞪了我一眼后，便把她急中生智的交易说了出来。

"真有你的，我也是一个佩服得了得。"对此王媛又说："你不知道现在一些人有多难伺候，想买大房子吧又舍不得钱，舍不得钱你明说也行，他会挑剔你的房子不通风、不采光……话题多着呢。"

咂咂嘴后，我开始有些心疼她道："嗯，当老板不容易，不容易啊。""是吧，我不容易吧，那你给老佛我敲敲背，揉揉腿。"说着就把她修长的腿伸了过来。

"这样不好吧？"我说，"我会把持不住……"王媛配合地用迷离的眼神看着我，那样子如贵妃醉酒。"受不了了，受不了了，你还是跟我说说今天赚了多少吧，我对这个国产货比较崇拜。"

王媛立即伸出手指头。"五千？"我问。

她轻蔑地摇摇头。

"五万？"

她又轻蔑加得意地摇摇头后并呵斥道："大胆点嘛，不会死的！"

为此我几乎惊叫道："啊不会吧，你不会是卖金屋了？"

"不是，我卖的我们的那一套。"并说那套房子一下子赚了五十多万元。我心里一惊中，想发怒，不过却是又笑了。

大概我从没赚到那么多钱吧，心里有些汹涌的窃喜，但为了表示我视金钱如粪土，不是爱财之人，便装作有些生气道："你疯了吧，还要不要结婚了，那可是我们结婚用的……"

"百无一用是爱情！"她又教训地说，"你这人怎么目光这么短浅，现在机会多好，市场多好，不赚钱你脑残啊……"我真的有点生气了，主是因为两个字——"脑残"。

"那也不能拿自己的婚房去做交易啊，那可是好不容易通过缪局长买的。"王媛于是又有些恨铁不成钢说道："你不知道旧的不去新的不来啊，卖了我们还可以找缪局长再买呀。"

"你以为缪局长是你妈啊！"

"不是！是我妈我也不用这么操心了。"

说完她又说："你看到人家柳青一出生就含着金汤勺，不用为房子发愁，不用为找工作发愁……"对此我不以为然地回道："反正她一样会为其他事愁！"

王媛大概明白我的意思，附和着有点落井下石地说："是呀，老天爷不可能把最好的全给她，还事事如她意。"说完她又用商量的口气说："改天我们去拜访一下缪局长吧？"

"不可能！"

"入戏是责任，不入戏就难以完成肩负的使命；出戏也是责任，不出戏就难以跳出得到的魔咒。有人说，许多人只是站错了舞台，才使短暂却珍贵的一生耗费在一个看不到出路的角色上。其实，人生舞台没有对与错，重要的是恰如其分地演绎好自己的角色。该入戏时入戏，该超脱时超脱，每个生命都会迎来自己的辉煌时刻。"

面对王媛这段无厘头之语，我肯定地答："不去，你就是说得跟花样我也不去。"我知道她又开始打人家的主意了。王媛于是瞪了我一眼后，拿出母仪天下、唯我独尊的气势说："到底去不去？必须去！"

我一看她给我来女霸王硬上弓了，便心里很不是滋味地反抗道："打死也不去！我没你脸皮……厚。"

王媛上前就狠狠地掐了我一下，我则装作不痛地瞪了她一眼。见我死猪不怕开水烫的样子，她祭出另一招来。用狐媚一笑，发嗲道："亲爱的，你看我的腿上怎么出现了好多红点点，是不是得什么怪病了。"

说着就把裙子撩了起来。

我知道这是在调戏我，为此我假装心疼加伪娘道："来吧，快让我看看。宝宝，你这条腿可不能病，可值老鼻子钱了。"王媛于是假戏真演，像真哭样说："你看你看，在这里在这里。"接着就露出粉红的底裤。

随手就轻掐了她一下，她则来了个立刻演员演戏，揉着眼睛假装哭了起来。不过，真的流出眼泪，这让我有些莫名了。

"别装了，我愿意献身了。"说着就风卷残云地把她摁倒在床上。王媛却来了一个像蛇样转身，脸一变道："stop, halt, cease, pause。"我有些气馁道："要谈交易是吧？"她嗔怪道："干吗不可以呢？"

我仰起头，思考了一下说："成交！"说着就又要行动。

"就这么容易？"王媛嫌弃道。

"你以为还要闹出哪样？"

"出息！"说着她又一挥手说："我现在改变主意了。"

她坐在床边，双手掩面，我便低头俯视着她，发现她眼里闪着自鸣得意的不可能。"不带这样吧？"我有些心急如焚地说。王媛为此从床上坐起来说："本姑娘又不是……那什么人，你要做交易还是到那种可以交易的酒吧里去。"

"那不符合我的身份！"

"身份？"

随即，她变脸术样"哈哈哈"，并说那地方去的比你有身份的人多得去了……然后给我列举了很多现实版的若干知名人物。

面对她如此丰富的阅历，我对她再次有些悚然害怕起来。

"酒吧真有那种皮肉交易的人吗？"她也不顾忌我的感受，像经验丰富地说："你只要运气好，就一定能遇到喜欢你的那一号人，那里 free 的，不是经常有些 rock show 之类的吗？是很迷人也令你迷恋的夜叉。"

"你经常去吧？"她耸肩，表示无可奉告。

对此我装作俏皮地引诱说："人一旦到了那种环境就好像乘着那节奏，变得开放和骄傲，顾虑很少，很容易成事，是吧？"

"成事？"她明知故问，"成什么事？"我们俩便心领神会地露出成人的笑容。

她比我想象中的要媚得多，也一下子呈现出很新鲜的状态。

"你不容易成事吗？"她开始有点无耻了。而我有点嫌弃又有点喜欢。真是臭味相投，一对狗男女！

"准备好了吗？"我故意挑逗道。王媛于是不解风情样，又旧事重提道："如果按目前这样下去，我们很快就会有车有房，成为这个城市里的主人。嗯，不对，是这个城市里最光鲜的人。"

我知道这个想法一直在她心头萦绕，就像竖琴奏出柔和的旋律，余音绕梁。于是我用激将的口气，说道："看来今天不达成交易某人是不会善罢甘休的。好吧，我就把自己不当一次人，成全你吧！"

"真的！那我们明天去拜访缪局长好不好？"

说真的，对于王媛这个要求其实我也是动心的，如此快的赚钱方式令我这个工薪族望尘莫及，很想借王媛的顺风车，成为光鲜的一族。但是一想到阿华是我的好兄弟，不想给他这个准女婿为难，便又于心不忍起来。

　　不过我还是答应道："好，我们可以成交了。"欲火焚烧，我不想再和她浪费时间。谁知王媛惊喜地说："这就对了嘛……"然后给我算起账来。

　　她说她的中介公司如果只租房、卖二手房其实赚不了多少钱。比如租一套房子，除去员工工资加水电费、垃圾费等几乎没几个钱。而如果找到缪局长打个招呼从一级市场先把房子便宜买下，然后再一倒手，就不止万儿八千了。

　　"那也不能一直麻烦人家吧？""一句话的事呀！"她轻松说道。"那要是人家不愿意呢？"王媛白了我一眼，很有经验地说："所以要去拜访啊！"

　　"算了，我还是睡觉了。"

　　"别呀，带上我啊！"说着，就像蛇一样缠绕起来。

　　爱就是那么的微妙，当它来临时不容拒绝；当它要离去时，用尽心计。

第十三章　约　了

一

"人是一种奇怪的生物，你知道吗？"笑长春看着王媛说。

"大概是吧。"

"人又是一个最不诚信的生物。"

"不会吧，只能说是有些人吧。"

"你有过这样的感觉么？小时候，总渴望长大，去外面的世界遨游；长大后，又开始怀念小时候；上学的时候一直渴望毕业，过自己的生活，早睡早起，白天努力上班，下班后准备晚餐，看看书，睡觉，迎接第二天的阳光。步入社会，却发现事实没有想象的那么简单，各种压力扑面而来，于是开始怀念拥有大把时间的自由时光、怀念青春期的懵懂和悸动。"

"是的呀，小时候，以为世界很小，

只有眼前能见到的那么大，长大后才发现，世界很大很大，来到大城市后，却想要去更大的城市。走遍中国后，又想走向世界。可一旦走遍世界，大概就想要摆脱地心引力，遨游外太空哈哈。"

"人的欲望总是无穷尽的，并且不断在变化。当流落街头的时候，一张床就会让自己觉得满足；当拥有一张床之后，又开始渴望一个房间；当拥有一个房间之后，又想要一套房子；有了一套房子，还会想要更多更多……"

能说出这样的一番话来，王媛开始对笑长春有了新的认识，觉得不是一饭桶。而她今天之所以能够跟笑长春坐在这间咖啡厅里谈人生，谈理想，得感谢我那天晚上无意间的配合，促成了她那笔大生意。这单买卖看似我们赚了，其实正在预示着我的悲伤已经在路上。

不过，这都是我无力改变的，我更是如此的无辜。

那天，当他们办完房产过户手续后，面对笑长春的提议，她不太好拒绝，毕竟几十万元很轻松就搞到手。收下昂贵的礼物，放下拒绝的权力。

喝了咖啡，再要求一起吃饭，这大概是男人惯用的伎俩，而且屡试不爽。更何况笑长春这个情场练达之人呢。

在笑长春的过往中，他总是惆怅地目送一个又一个曾经爱他的女孩，也是从来很有把握能让这些女孩们过得衣食无忧，相信她们会不离不弃。结果，他总是用消费的方式把那些女孩们给消费了。他喜欢这种踩踏道德伦理边缘的刺激感，对此，从见到王媛的那一刻起，他决定迷途知返。

这几天，笑长春总是在失眠中，忧愁中围绕王媛的音容笑貌打转着。

"不行，这次我不能再错过了。"他在心里发誓说。然而急火攻心无良药，越想得到她就越找不到方法，也就越睡不着觉。而这种痛苦从来都不像暗恋的代价那么美好。

她的手很暖和，她笑的时候嘴唇和眼睛都在笑，她的笑容里暗含着某种东西，那个时候他才知道了这是一种非常讨人喜欢的东西。总之，王媛带给他的全是星光灿烂。

做人真正经呢，自己最累。做人假正经呢，身边人最累。动了凡心，就不可能那么轻描淡写。

应该说笑长春也曾人之初，性本善，也曾非常单纯地暗恋过。不过那是他在大学的时候。

都说上大学就是给上完初中、高中的孩子们放一个长长的大假。其实这话还是深有几分道理的。

大三的时候，笑长春整天无所事事，每天除了该上的课上一上之外，其余大部分时间都在宿舍里打着游戏，还有就是尝试着怎么追心中的女孩。但同学们并没见过他与校花李思诺约会，李思诺也没有主动找过他。

当然，李思诺也没刻意去见笑长春，尽管她不讨厌有钱人，也特别想坐上他的跑车兜兜风。可是她知道，凡事都需要天时、地利、人和。

比如有一次在图书馆，笑长春远远地看见了李思诺，他没有迎面而对，而是像躲猫猫样，迅速躲在书架后面，装作盯着书架上的书，眼睛透过书与书的缝隙打量着李思诺。

"喂，找什么书呢？"

"啊，随便看看。"

"你怎么也在这儿呀？"笑长春开心得不得了。

"正好，老师不是让每个人开发个程序吗，有一些问题弄不明白，所以来查查资料。"她斜睨了他一眼，忽然粲然一笑。

"哦，你真认真。"

"你不是学计算机的嘛，要不你给我讲一讲吧！"李思诺转眼又用恳求语。刹那间，笑长春心里顿时无法形容的高兴，不过只止于心里。

"在这里讲也没什么用呀，那需要在电脑上演示，不然不直观，你难掌握。"笑长春引领道。

李思诺会心地笑了笑。"那就去我宿舍吧！"她说，"我有电脑！"

他们就像烈火遇到干柴，开始了喜剧故事的渐渐推进。

面对她主动的邀约，笑长春反而又有些犹豫起来，心想：你为什么不去找光良呢？你们不是在谈恋爱吗？她到底把我当什么人，备胎吗？还是放在角落里的蜡烛，只有停电的时候才想到要拿出来？

　　想到这里，笑长春很直白地问："你的电脑是什么牌子呀，不知道能否满足我的要求！"

　　话意有点意味深长，不过他的表情是，无心插柳。

　　事实上笑长春真的不太懂得开发程序，每次上课都是为了完成考试。

　　"我的牌子也不错啦！"回答得相当对眼。见他不语，李思诺嗔责地激将道："是不是不想帮忙呀！"忸怩中，他压制住迫不及待说："好吧，恭敬不如从命。"心里其实比喝了蜜还甜。

　　"走吧，去我宿舍吧。不过，就是麻烦点儿，需要登记。"

　　"你为什么不找光良呀！他也是学计算机的。"笑长春终于忍不住说了出来。

　　"怎么？美女请你到女生宿舍都不乐意呀！我可是从来没有邀请哪个男生到宿舍，你知道我可是个保守的女孩。"李思诺的话意明显超出一个学生的成熟度。

　　你还害羞？笑长春心想，说不定都早跟光良睡了，还害羞？套路，真是天生的演员料。

　　"走吧，走吧！"李思诺边走边说，"给你个机会参观下女生宿舍。"笑长春脸微微一红，心想还不快点，啰唆啥。

　　进女生宿舍也真是一件麻烦的事，除了登记之外还要把身份证押在宿管阿姨那里。这里就体现出了男女之间的那么不平等。女生进男生宿舍从来不问这问那，所以即便是女生留宿在男生宿舍里也无人过问。

　　带着莫大的好奇，带着探究女生世界的秘密，走进了女生宿舍。

　　没想到，李思诺的宿舍收拾得很整洁，有点遗憾没有他想见到的东西，床铺上挂着好多收容袋放置各种杂物，几乎每个人的桌面上都摆放着一堆化妆品。再就是鞋子很多，使得宿舍变得狭小了许多。

　　看到笑长春和李思诺有说有笑地走了进来，寝室里的一个女生迅速拉了拉窗帘，将阳台上挂着的女生贴身衣物挡在窗帘后面。有个女生为此还带着嗔怨道："思诺，带男生过来也不提前打声招呼啊。"

"对不起，对不起。第一次带男生进来，没有想到这些。"李思诺道歉着。不过，她心里却在责怪说你们半夜带进男生来怎么不跟我打个招呼呢。

其实那个女生穿戴整齐，在视觉上笑长春并没有占到什么便宜，经她这么一说，反倒让笑长春有一种小小的期待。不过，随即又有了一丝丝的遗憾。

在解决李思诺遇到的问题的时候，李思诺就坐在笑长春的身边，两个人靠得那么近，但却又像保持着一定距离。他能够感觉到她青春的气息，闻到她头发上洗发水的味道，为此他分心走神，一一用心地品尝着。

这种吸引，这样的味道，让笑长春开始痛恨光良，也悔恨自己干吗不早追她。对于李思诺的每一个问题，他都仔细讲解。在李思诺的频频点头中，他找回一些自信。

操作演示中，她看着他不说话，但她那饱满的红唇不时化为了一个天真的、调皮的笑。

有一个问题，笑长春演示了好几遍都没问题，可是李思诺操作几步都出现错误。笑长春有些着急了，立刻去抓鼠标，恰恰把李思诺的手压在鼠标上面，笑长春拖着李思诺的手，就如两只交配的青蛙，慢慢移动起来。

"教 PPT 就教 PPT 呗，看把两个人亲密得，搞得真的跟小情侣似的。"女生的话里明显带着酸溜溜的味道。他们俩的脸立即变得通红。女生又退了出去。

不过，那天笑长春还是得到了极好的回报。教完 PPT 后，李思诺站起来转过身就来了一个大胆的吻。那是一种蜻蜓点水的吻，不过，双方都能感觉那是渴望的力度。

正在这时，好像窗外人影子晃动了一下。他迅速放开她的手后，像侦察员样走到窗边，又打开百叶窗朝外面看了看，结果连个鬼影子都没有，可之前的一切，已是覆水难收。

她崇拜他，其实也不是，准确说，应该是崇拜他的财富。

不过这段喜欢与被喜欢的感情最终成了笑长春的回忆，而且是现在看来有点痛苦的回忆。是他的一脚踩上两条船，把爱情的小船踩翻了。所以回忆起来比较苦。

二

酒一喝，发现我们仨并没有疏远。

"何嘉，你好好准备一下啊。"在我还为他话意好奇时，阿华又说："准备当我的伴郎啊！"这是阿华婚礼举行前的一次兄弟聚会。也是在左誉立处理完家务事后。

"当伴郎有什么好处？"我带着奸笑发问。

"好处当然是花姑娘的有。你可以借此机会跟伴娘们来个眉来眼去，说不定无心插柳，还能成就一桩美姻。"左誉立欣喜地接过话题。

正当我喜滋滋地想说这正符合我意，是我这辈子最喜欢干的事时，阿华来了个扑哧一笑并看着我，用戏弄的口气说："你们家王媛就是伴娘之一！"

我一愣，问："这事我怎么不知道呀？"

"这个你就不用知道了。"

对此，左誉立立即看着阿华责怪道："兄弟，你不能把好事全让他一家人占尽了吧，也给兄弟分一杯羹吧。"说完他还故意看了看自己。那是一种谁比我帅的自信。

"你能做什么？"阿华用非常疑问的表情回答了他。

"你这兄弟吧就是偏心了吧，对何嘉太好了，又是帮他'小家流水人家'，又是让他俩到台上风光无限，虽然我长得没他帅吧，但气质绝对比他好，你看我是不是也可以当伴郎。"

我鸡贼似的耸耸肩，屌丝气息浓郁，并激动地笑得几乎眼泪都流了出来。

"神经病了是吧！"左誉立有些不高兴了。以为我笑他丑，其实他很温柔。为此我立即止住笑，一脸假正经地说："人家这是初婚，不是二婚，你这种已婚之人是不可以当伴郎的……"

阿华于是连忙附和道："是呀，如果你没有结婚，你们俩当我伴郎多好，兄弟仁都可以在台上露一露。"他说得情真意切，似乎能够站上婚礼的舞台就像明星走红毯样风光。

谁知，左誉立眉毛一皱，很是不服气道："谁说结婚的人就不能当伴郎了？"说完用眼神审问着我和阿华。"你们查查度娘，问问谷歌，有没有结婚的人不能当伴郎的。"

左誉立的话还真把我们给问住了。如果不是他的提醒，我估计要在毁三观的成长之路上实现自我摧残了。

"这个……这个都是约定俗成的东西吧。"阿华说着就又带着有心无力地又说，"你不能怪兄弟不够意思吧？"

"扯犊子吧！这种约定俗成的东西完全是自欺欺人、掩耳盗铃的欺骗。"说到这里左誉立看着我，是那种公安抓住酒驾后，驾驶者百般狡辩，公安人员押着去抽血的眼神。

"关我什么事？"说完我又有些莫名地发问："干吗用这样的眼神看着？"于是左誉立在犹犹豫豫中，嘴唇动了动又止住，接着却是如洪水找到缺口，汹涌而来："何嘉，凭什么你能当伴郎？你和我有什么区别？不就是长得比我好看一点嘛。"

他故意没用"帅"字，我知道他无时不嫉妒我。"关我什么事？"然后我得意地看着他想把他再激一下。阿华见此，马上劝说道："不是说了嘛，他不是没有结婚嘛，不是因为你长得……那什么……"

"你别插嘴！我还没有说完。"说到这他又审视了我一番后说："何嘉那不是天天跟王媛睡在一起，天天喊老公老婆的，这和结婚有什么区别，而我不就是比他多了一张结婚证明嘛！"

"错呀，我善良、单纯，每次外出回来的时候我的贞操跟出门时一样完好无损。妒忌，妒忌，完全是失去理智的妒忌。"我在嘿嘿大笑中调侃道。

见他不语了我又说："左誉立，搞了半天就因为这个你耿耿于怀呀！你这是在与全世界同居的男女为敌嘛！"

于是阿华也用奸笑的样子看着左誉立，接着半真半假道："左兄弟，你的话吧只能说的是事实，法律都没有限制男女恋爱期间不能在一起睡觉对吧，法无禁忌即可为。"阿华在说"睡觉"两字时特意看了我一眼。

"你没先睡觉对吧？"我嘿嘿一笑做回应。左誉立于是像找到机会样说："都是你们这些狗男女破坏了纯洁的爱情，破坏了上下五千年的伦理道德……"

他似乎越说越来劲，我一看那情形不打压他一下不行了，便来了个一箭穿心道："别那么装高尚了，你那之前的女友王兰是谁帮你摆平的呀？"

岁月如刀，此间年少，打到蛇的七寸上。左誉立突然一愣说："那我们也没有做什么。"底气明显不足。为此我又发恨地补充道："别好了伤疤忘了痛，反正你没机会了！""谁说的？是吧？阿华。"阿华嘿嘿道："这个常理还是要遵守的，乱不得。"

说完他连忙转移话题道："先吃菜喝酒，边吃边讨论。什么情啊爱的，都比不上跟兄弟喝酒过瘾开胃。"

这是我们兄弟仨很长时间以来的一次喝酒。因为左誉立经常要回家，因为阿华要筹备婚事还要与准岳母博弈，当然还有我与王媛的难舍难分。

总之，男人有了女人，尤其是有了家以后就跟女孩变成女人一样，时间不够用了，外出不方便了，然后说着我们都有贼心，却就是没贼胆了，反正，事多。

"阿华，王媛真的同意当伴娘了？"我虽然能够判断王媛是那天晚上我们一起去缪局长家跟柳青认识的，但还是不大相信两个陌生女人的关系如此神速地成了"闺蜜"。人家那不是说好的"闺蜜"的定义是从小一起长大的嘛？

"这个还要问我？"阿华呛声，"这个得问你自己呀。"

阿华把我呛得有点懵，便来了个满脸的问号问："怪我？"我指指自己说。

"是呀，你这桥梁当得好啊！哎，我都快不认识你们这对狗男女了。"看到阿华有些愤愤然。我十分好奇道："怎么了兄弟，你不妨把话再说得明白一点。"

"是呀，是呀，都是自家兄弟有什么不能简单点呢。"左誉立郁闷地喝了一口酒说。阿华犹豫了一下说："自从上次你跟王媛到……王媛就跟柳青打得火热起来，她们在一起逛街、喝茶……可亲切了。"

扑哧一笑后，我装作很不以为然地说："你不会因为这个吃醋了吧，再说好兄弟的女人们最后也能成为亲姐妹，多美好呀。""好个球，将来你们等着吃苦头吧。"左誉立突然冒了这么一句来。

"吃什么苦头？"阿华很担心的样子问。左誉立便扭扭脖子，未卜先知地说："好朋友的女人之间关系好也罢，好朋友的男人之间的关系好也罢，都是虚情假意的，不能像我们兄弟这么死心塌地保护着对方。她们更不可能为你分担风险，而且随时会打脸。"

"怎么听起来有点绕！"我装作莫名说，"我咋就没听明白呢？"对此，左誉立淡漠了我一眼说："她们走在一起往往是为了某种目的，当然也有纯粹是应付场面的。不过总体来说，当你的另一半与朋友的另一半成为所谓的好朋友时，你就得小心啦。"

"你什么意思啊，左誉立。好像我们家王媛是个坏人似的！"我真的有点生气了。左誉立却脸色不变道："这跟坏没有半点关系，我是为你们好知道吗……知道吗？"

最后，在琢磨中，懵懵又欣喜地明白了他的意思。他是怕我将来哪一天跟阿华干了什么见不得人的事，当阿华帮我隐瞒时，一不小心穿帮了。

想明白了，我开始高兴起来，错怪了左誉立，以为他在说王媛是在利用柳青。虽然事实上王媛肯定是在利用柳青，但我还是不想把王媛想得那么世故，更不希望他来点破，然后提醒阿华阻止柳青与王媛交往，那么王媛赚钱的头等大事就没法办了。我还等着过人上人的日子呢。

"我们不干坏事是吧，阿华？"阿华嘿嘿一笑，不置可否地说："左兄你想多了，太远的事不去想吧，还是来办完眼前的事吧。"于是仨兄弟开始真正意义上的喝酒。

"这家伙也太厉害了吧。"我在想，王媛是不是聪明得让我不能掌控了。

想着想着，就倒吸了一口凉气，身子浑然软了半截。不是说好女人的名字叫弱者？

记得那天，她提议要去拜访缪局长后的第二天晚上我们就去了缪局长的家。不巧的是缪局长那天并不在家，于是我和阿华加她们俩女人就一起东拉西扯起来。

柳青见到王媛，倒是像见到知音样，很客气；王媛则非常友好地回应。一开始我认为王媛是出于天生的见面熟，没想到她们俩越聊越投缘，并说你们男人聊，我们女人聊，便走进柳青的房间。

"应该是前天她们就说好了王媛当伴娘。"我在心里估摸着。不过我觉得王媛有点利用人家柳青了。这缪局长不在家，正好成就了王媛。我为王媛的机灵而折服。觉得她就像一只狡猾的狐狸，见到机会就会偷到主人家的蛋。

想到这儿，心里开始隐隐地不快乐了。于是我歉疚地与阿华碰了一下酒杯，自顾自地喝了下去。阿华于是端起杯回应着问："你们什么时候结婚啊，这就差你了啊。"

满腹的心事中，我糊弄地一笑说："快了，快了，就……""就等房子"没敢说出来。谁知阿华跟左誉立同时说："你房子不是买好的，还要等什么？"我连忙说房子是搞好了，可是离结婚还是有一段距离的。我们还没见家长啊。

"不会吧，不会吧？"他们俩像是突然发现非洲大陆般惊讶起来。

"这有什么，等水到渠成了自然就见了不是。"说到这儿，我自己帮着自己说，"你看好多搞对象的，还没感情发展就见了父母，最后男女对不上眼，一下子就散了，还弄得双方父母不开心多没意思。"

"你们家王媛真可以，没见父母就……"阿华省略的意思我明白。为此我在嘿嘿一笑后，说："还是那清朝时一女人说得好，我穿衣见父，脱衣见夫，这故事你们不懂？"

"有点意思，有点意思，又一让父母失望的人。"左誉立在自言自语中，又说："这女人吧，一旦爱上男人都会奋不顾身，哪还管得了什么父母。"

"伟大的爱懂得不？"我说，"这样的好女人现在太难找了，你们这辈子只能羡慕啦。"

三

夜深了，王媛却深知自己为什么睡不着。因为今天跟笑长春在打高尔夫中把心搞乱了。都怪我又在无意中成就笑长春对王媛的围猎。

"这富二代其实还是挺好玩的、挺实在的、挺……挺令她不讨厌的。"就比如下午打高尔夫球时，王媛完全一点儿不会，于是笑长春不离不弃就像对待当年的李思诺一样，手把手地教，而且更加卖力。

他说："打高尔夫只要左手把杆子从食指靠掌的第一指节斜着横贯上紧紧地靠着掌缘下端的厚肉垫，大拇指跟食指的 V 形纹要指着右眼。然后……左手的大拇指正好平稳地被藏在右掌拇指下的窝里，就成了。"

烦琐、烧脑，她乐此不疲。

王媛今天之所以能够跟我讲笑长春从办正事最后发展到喝咖啡再到吃午饭再到去打高尔夫，以为是人家热心好客，却不知你赚了人家的钱当人家说要好好感谢你"帮忙买了一套好房子"时，以她的智商，应该知道那是假话！而且还是骗人的假话。难道人家真的傻到把钱不当钱？

她更不知道的是，通常男人喜欢一个女人尤其是他非常想跟她喜欢的女人在一起时，你就是让他下跪，让他骗他妈，往死里骗都行。毕竟有那句"穿衣见父，脱衣见夫"不是？

人其实是一种很贱很贱的生物。当你的对方一直在付出时，你却忘记了她（他），你觉得是理所当然的；当你得到别人的一点儿好处时，却连忙地说谢谢。

现在一些人之所以愿意养狗，其实在乎的是它的忠诚和不离不弃。前不久在网上流传了一张小狗等待主人照片，居然感动了很多人。而人们之所以感动，是因为小狗忠诚。无论贫穷或富有，它对主人都一样。

人其实有时候不如狗。因为人太容易见异思迁，太不容易满足现状。就如王媛，在通过缪局长买到一套便宜房子后，还要二套三套。原本说有了房子就可以结婚的，结果她觉得能赚更多的钱，买更好的房子，于是被欲望裹挟前进。

打高尔夫对于王媛来说是个新鲜的并对她有吸引力的活动。在上大学时，她就很羡慕同班的颖珊，那时也流行老板带美女大学生去打高尔夫。美女大学生们也很愿意，可就是没有机会。

对此，每当颖珊回到宿舍喜滋滋地说今天又跟老板男友去打高尔夫多么好玩时，都心里妒忌得不行。那时不是因为没有人请她去打高尔夫，而是觉得跟全是老人、脸上有皱纹的老头们，怕人家把她当成小三，坏了她冰清玉洁的名声。

可是今天不一样啊，人家笑长春虽然人长得没有宋仲基那么俊秀，像个男子汉，但人家也还不错啊，那黑亮垂直的头发，斜飞的英挺剑眉，细长而蕴藏着锐利的黑眸，削薄轻抿的唇，棱角分明的轮廓……也不失一枚帅哥了。

人都在围观中学着改变自己，人又在稀缺中寻找各种满足欲望的平台。

她对他的追求生出几分同情来，就像一位竖琴手满含深情地将手慢慢划过琴弦，却不知万一弹不出协奏曲来怎么办是好？

那晚，我们仨喝得烂醉，被秋风一吹，吐得稀里哗啦、死去活来不知所然。

待回到宿舍时，王媛已经安然入睡了。不过我虽然不大清醒，从技术层面上讲不会犯大错，估计从辨识度上容易说错话，所以决定当晚放过对她的质问。

可是正当我轻轻地不想打扰她时，她突然转身问道："今晚吃饭怎么不带我？"我一愣，本来就有些不高兴地反问道："干吗吃饭就非得带着你呢？"

她一生气，把背对着我说："你不关心自家的媳妇，等有一天隔壁老王开始关心了你就别怪我了。"立即，我的大脑就清醒了一半，便更加来气道："素炒里吃出肉丝的味道，没有老王还有老宋是吧？"

她不理我，我却更加生气了。于是责怪她接触人家柳青跟人家谈感情是不是为了让她妈帮买便宜房子是吧。

"是呀,你不要以江湖眼光看待我素白无瑕的世界。"口气纯洁得直言不讳!为此,我阴冷地生气道:"这样不好吧,我兄弟都知道你图谋不轨了。"

王媛倏地从床上坐了起来,质问道:"何嘉,你到底胳膊往哪儿拐?"我一愣,纠正她说:"这要看什么时候!"王媛于是又把她这样做是为了我们以后过上好日子由深到浅,再由浅到深重复了一遍。

"那也不能害人家呀,是吧?"王媛一听说她害人家就生气道:"你以为你是谁呀,人家局长会为你这个小喽啰去冒险违法犯罪呀,人家一定是觉得可以才打招呼的,否则为你我犯罪,人家脑子发霉了啊……"

争吵的结果,我以失败而告终。我总是这样,恨自己不争气。

不过每次都是这样一个模式。我不知道是我水平不够还是太愿意妥协。

战争平息了。王媛还是睡不着。这时她又想起颖珊跟她老板刘谰的事来。不过这是一个令王媛感到辛酸却又为自己很庆幸的个案。

还在读大一的颖珊在一次校外活动时认识了刘谰,颖珊倾慕他的事业有成,他倾慕她的美貌,刘谰经常带她吃饭,打高尔夫。

颖珊的父亲几年前因病去世,留下母亲与她和两个弟弟相依为命。她上大学的钱还是亲戚给的。在没被包养前,她有两份家教工作,但还是觉得生活艰难。

刘谰提出要帮助她的生活,在接受过多次帮助以后,颖珊就与他发生了关系,并且在知道他有家室以后,也没有拒绝的意思。于是刘谰干脆来了一个直截了当。

包养费:每月一万。

但颖珊不放心,于是她提出签一个包养协议,她认为这样的话即使她被抛弃了,也有协议保障,因为她身边有人就是这样做的。

协议中,除了规定甲方刘谰每月支付一万元生活费的内容外,其他条款都是颖珊自己草拟的,包括每周双方发生关系的时间、双方权利义务等,颖珊承诺协议期间不找男朋友、不与他人上床。

颖珊亲笔草拟、写下了整份协议,并誊写一份,双方签字,各自保留一份。

上了保险其实不保险。

发现丈夫有婚外情的事情后,刘澜的妻子就找到一家私家侦探去调查。然后和所有的悲剧一样,结局是:颖珊遭到一顿毒打,最后带着伤痛疗伤。

包养协议不受法律保护,颖珊因法律知识的欠缺而在人家妻子那顿毒打后好好补了一课。

想到这儿,王媛开始有些害怕了。

第十四章 结婚啦

男人说：结了婚，女人当然要以家庭为重，不能老是往外跑；结了婚，当然要入得了厨房，洗手做羹汤；结了婚，当然要为两人的未来打拼，分担家务；结了婚，当然要把我的家人当作你的家人一样……

女人说：我不想结婚，是因为不想失去单身的自由；我高兴吃什么就吃什么，不想变成理所当然的煮饭婆；我想花钱打扮让自己开心，不想每天要想怎么省来贴补家用；我想当妈妈永远的心肝宝贝，不想提心吊胆不知道婆婆什么时候会嫌我；我想当永远的情人，不想在努力当个好老婆时，还要当老公的另一个妈。

"才子佳人相见欢，私订终身后

花园，落难公子中状元，奉旨完婚大团圆。""里面的人想出来，外面的人想进去。"但是，阿华的婚礼还是如期进行了，毕竟围城里面还有很多东西吸引着人。

婚礼尽管在缪局长的指令和安排下相对比较低调，但也叫一个奢华。婚礼的主舞台长达数十米，气势恢宏大气，宾客桌则位于舞台两边，显得很是气派。

大概为了营造一个浪漫的不一般人家的婚礼，舞台还特意设计成欧洲城堡的样子。现场仙气缭绕，环境如梦似幻，比什么世纪婚礼还要有世纪。

接近中午时分，新郎官已经接到新娘了，两个人都穿着中国风的礼服。大概因为化妆后男人女人都帅都美吧，倒显得我和另一位伴郎有点相形见绌，成了上不了台面的丘八。

婚宴上的凉菜，本帮熏鱼寓意"有才子佳人，余欲祝恩爱"；南京酱鸭寓意"比翼双飞"；老无锡熏猪手，寓意"长相厮守"；咸水五香花生寓意"早生贵子"；爽口龙豆寓意"龙凤呈祥"；青柠冰草寓意"良辰美景"……

大部分食材亦是从各地空运而来。

不过，婚礼上还是出现了一个小插曲。

缪局长自然而然成为讲话的主要对象，应该说她的讲话还是理智到位的，除了赞美女儿如何优秀、乖巧、温柔、善良这些常用溢美之词外，对阿华也点到为止地赞赏了一番。领导就是领导，永远不会说过头话，尤其是错话。

而阿华的母亲就有点太不把自己当外人了，她在讲话中，用绝代风华的样子说："儿子从出生到长这么大，我给的都是最好的，在我们那地方也是最优秀的孩子，从上小学到大学全是优秀成绩，还得到多少奖。"尤其说到阿华现在单位如何受到领导器重，还举了很多例子。

说到动情之时，还居然抹起眼泪。可是，她不知道那喜极而泣也是哭呀。为此缪局长直皱眉头，不光有点抢过她的风头了，也不大吉利。但是场面缪局长又不能阻止，于是阿华妈一直讲到大家皱眉头时才算结束。

对此，我在心里默默为她点了一个赞，终于为我们农村人长脸了。

不过她们以这样的方式"斗法"，让来宾们都有些好奇起来，纷纷左顾右盼地问："怎么今天都是女人在讲话啊？男人呢？男人呢？"我听着有点汗颜起来。

没人能够回答这一问题。其实缪局长原本就准备不让阿华家来参加由她们家主办的婚礼的，更别说让阿华的妈讲话了，今天是在主持人要求下说"这是惯例"才破例的。

结果的结果是，弄得缪局长有些不开心了，好在她没有说太多的过头话。表扬和赞美自家的孩子可以理解。

怨气在联姻中埋下了。

阿华的婚礼令王媛羡慕得不行。潜台词是在说："何嘉你看看人家多牛掰！"为了防止她跌落红尘中，我立即警告道："为了娶老婆男人真是很辛苦，要有车子，要养房子……"

马上，王媛白了我一眼说："女人因为婚姻，得抛下自己的父母，来照顾男人的父母，要认命地持家，还要相夫教子……"

我回敬道："男人结婚还要准备聘金还有钻石戒指，省吃俭用一辈子，还要一直减少存款数字……"

关键时刻，王媛又用她压倒一切的例证让我投降，她说："女人因为婚姻，得挺个又重又大的球十个月，只为了替男人生下一个跟男人姓的下一代；还得承受生完小孩后的体质变差、身材变形的后遗症，但男人不用。"

对垒之下我词穷。见此，她开始用报复的语言，压倒我还想辩驳的念头——

"女人因为婚姻，得放弃一卡车追求他的好男人，并埋没了最美的青春，但男人却不为青春所惧，反而愈老愈值钱。

"女人因为婚姻，得放弃父母给她二十多年的姓，被冠上某某'太太'二字，但男人没变。

"女人因为婚姻，得早上上班，晚上煮饭做家事带小孩，有工作也有家事的压力，但男人没，反而多了个赚钱的人和不用给薪的女佣。

"女人因为婚姻，得去适应一个完全不同的家庭和面对男人的亲友团批评，女人如果试图寻求男人的保护时，换来的是……责骂。"

于是我开口说："显而易见，在这样的一些令人困惑的真实问题面前，滥抒情怀无济于事，空谈规则也无法服人。我们需要进一步的深究这其中的原因和奥妙。"

王媛不再理我，不过她的一席话让我想了许多，一直不解，这人结婚到底是为什么？不过就在前几天，一个结了婚的女朋友向我抱怨，说他怎么结了婚就成这样了，婚前说得好好的婚后就变卦了，说他又懒又不上进，说自己被婚姻困住了手脚，说这真不是她想要的婚姻……

刚说了个开头，我就被她的手舞足蹈逗笑了："你理想中的婚姻到底是什么样子的？"

"就是，两个人，好好地过日子呗。"

于是，我继续问她理想中的婚姻到底是什么样子的。

"房子嘛，得有几个房间，两个人能有个独立的空间，可以各干各的事情，周末要有点两个人的活动，到郊外去玩，对男人的要求是他能分担一些家务，注意卫生，愿意参加大扫除。"

其实她的要求一点也不过分，可是，她的丈夫不愿意配合她，他喜欢睡懒觉看电视玩游戏，认为家务是女人的事，跟他没关系。就为了这些琐事，天天吵天天闹，本来刚结婚没多久的小新人却像结婚七年后一说话就吵架的中年夫妻。

为此，我好为人师地带点建议道："我们结婚，不是为了一句我爱你而结婚的，我们结婚，是因为我们想要跟另一个人在一起生活，一起创造生活，一起去享受幸福，对吧？"

其实在说这番话时，我仍然不明白人为什么要结婚。觉得结婚吧就如两个人搭伙，你吃我的，我吃你的，多没意思。

她接着不服气地说："你看我，大学毕业就结婚，结了婚婆婆就急着要个孙子，怀了孕得两年待在家里照顾孩子，孩子一岁给婆婆看着，自己出去上班挣钱，挣了钱给孩子买新衣吃好的，挣不着钱饿了自己也要让孩子吃口饭。难道这就是一个女人的一生？"

句句在理，我为此讪讪地笑了，也不知道怎么来回答她。这时我想起我以前的高中同学张婴来，她应该是一个非常不错的女孩，长得也不错，名牌大学毕业，工作也不错，可是就不想结婚。每当爸爸妈妈催促她时她总是这样说："结了婚又怎样，比起一个人过要幸福吗？比起一个人过要开心吗？比起一个人过你能过得更好吗？"

她说，每当此时父亲就会叹气道："哎，你看这个人到现在没对象，唉，剩女，肯定哪儿出问题了呗。"

其实她说的还是很有道理的，这人吧，越长大越发现身边有这样一种另类的"绑架婚姻"，越长大越被很多事情绑架。于是我说："我只希望我结婚时，那是因为爱情。"

"人家结婚你激动个啥，翻来覆去的。"王媛漫不经心地问道。

"是你咻咻得让我睡不着呀。"

"我只是说了事实！"

为此，我有些生气道："你就不能多幽默地问责一下自己，不要把责任全推给对方吗？"

她于是转过身来，将半个身体压在我身体上扭动着并用风轻云淡的语气说："那你幽默一下我听听？"立即，我就被她身体的热度征服，说："比如我说为什么先有闪电，后有雷声？你回答说因为闪电闪亮那一瞬间可以看见你，响的那一瞬间我可以扑倒在你怀里。"

"美死你，小样，不过有点幽默，继续再来。"她说着在我身体上像蛇一样扭动着。

"听好：如果有一天我胖得背不动你了该怎么？回答：那我就变成跟你一样的胖子，然后咱俩一起滚来滚去。""这个不可以有，胖子多不符合我的画风呢？"王媛嫌弃地说。

"这是练习幽默，怎么教你幽默啊。"我嘎嘎笑了起来。

"好吧，那你继续来。"

"比如我问在我怀里的时候，你是不是什么都不怕了？你就回答说好怕，怕你的魔爪松开。"

"嗯，还有点幽默，再来。"

"不行，你幽默我配合吧？"

王媛忙说："好，可以试试。听好了啊。"

"我要杀死你喜欢的人！"

"请问你为什么要自杀？"王媛顿时在我怀里"咯咯"笑着扭动着，令人快乐而情醉。

"别乱动，再继续幽默。"我用小试牛刀的成功感催促道。

"你为什么要放弃治疗？"

"滚，盼我早点死啊！"我责怪中又回答："因为你不是医生啊！"

王媛因此一个 "咯咯"笑着扭动着说："这个活动好玩，太好玩了，咱们继续啊。"我于是拍拍她光滑的后背说："好！"

"我的口头禅是什么？"我一机灵答："你去死吧！"我们笑着、扭动着滚在一起。

人命债，我人肉还。最青春的爱情，总是随性而来，单纯而快乐。

她是那么令我甜蜜，又令我如此痴恋，又担心之后又无可避免像阳光一样从我指缝中流走，成为一辈子的甜美与痛苦。

在风起云涌之后，我最喜欢将她紧紧搂在怀里，那样我会感知她的呼吸和心跳，我会心安。

过去我不懂得什么叫"苍天弄人"，以为那都是胡说八道，苍天怎么会捉弄人？今天我才理解这句话的意义。在我最青春的时候，她像天使一般忽然降临我的身边，仿佛渐渐改变着我的命运。

还是睡不着，我便开始盘算着也像阿华一样办一场让王媛难忘的婚礼。

"钱呢？"我问自己道。一股悲痛从心底而起。

二

"民间有民间的习俗，而从政者有从政者的伦理。既然在政务的位置上，就要遵从行政准则。这里没有两难选择，只能选择其一啊。"坏事了！纪委程副书记找缪局长约谈了。

这是她始料未及的，因为在此之前缪局长已经私下跟纪委相关领导打过招呼，以男方家筹办婚礼，进行了相关手续的报备。缪局长不知道哪个环节出了问题，按说她在婚礼上没有说过头话，也是按照规定动作不放松，走了程序。

"这是哪那个环节出了问题呢，我也没有得罪谁呀。"她百思不得其解。好在找她谈话的纪委副书记跟她是老朋友，谈话是在亲切友好中进行的。

"书记，按照相关法规我这事也没有大的出格是吧，打打擦边球总归有的，对吧？"程副书记耆蔷地笑了笑，说："是呀，人情世故谁也会遇到，不过大操大办婚丧喜庆是中央和中央纪委三令五申严厉禁止的。"

缪局长连忙辩解："我们这儿没有大操大办，都是男方家安排的，咱家这边就五六桌客人，严格按照上级的要求来办的，你相信我程书记，这样的境界我还是有的。"缪局长一脸严肃认真，没有半点说假话的样子。

程副书记微笑着喝了口茶，没有对缪局长话的真假做出是或否的判断。作为一名上了年岁的人，对于表衷心、表决心这样的话，他早就不相信了，所以不想挑明。只好又自言自语道："大操大办的标准专家们是这样给出的：一看婚礼花费是否使用公款；二看是否使用公物，如公车等；三看是否使用公产，如免费的礼堂等；四看来宾中有无管理和服务对象，是否收其礼金礼品，特别是有无借机敛财；五看来宾中有无使用公物；六看是否影响他人休息、破坏环境等。"

其实他这是让缪局长自己照镜子，正衣冠。缪局长心知肚明。

"程书记您这六条中提到的问题我们全没有，举办婚礼的钱是男方家筹措的，我们家只是赞助了一点，这个应该没问题吧？"

程副书记笑了笑。不过那笑中，很有点意味深长。

"公车公物更不会有。"缪局长说，"那婚礼的场地是花钱从饭店租来的，哪有用什么免费的，是吧？"程副书记用笑了笑作答。对此，缪局长像早有准备地说："严禁大操大办的法理依据出自《中国共产党党员领导干部廉洁从政若干准则》。其中第八条第三款明确规定，不准有大办婚丧喜庆事宜，造成不良影响，或者借机敛财等行为。"

缪局长叹了一口气，又说："现在这种形式下，谁敢顶风作案违反党纪条规呢？"

程副书记，说："是呀，《〈中国共产党党员领导干部廉洁从政若干准则〉释义》提出，除了包括结婚丧礼外，还包括父母、配偶、子女过生日，子女上大学，乔迁新居等各种与亲朋好友共同庆祝的事宜。所称的'大办'，是指大大超过了当地一般群众举办类似事宜的规模或消费标准。所称的'造成不良影响'，是指在群众中或社会上造成负面影响，损害党员领导干部的形象。所称的'借机敛财'是指借办理婚丧喜庆事宜，收受各种名义的礼金、红包、贵重礼品等物质性利益。"

一听到"红包"缪局长就有些难为情道："我们那都是亲戚的礼尚往来，不要紧吧。"说完求助似的看着程副书记。

程副书记对此又用文件规章来表态道："当前的情况可以说是，'上位法'提纲挈领，原则性强；'下位法'多而细，操作性强。所以，办'红白事'既要讲'普通话'，又要讲'家乡话'；既要防贪，又要反奢，这样才能倡导文明新风。"

为此，缪局长有些不服气地看着程副书记讨论道："你看那规定中那条管理服务对象，可能是朋友、同学甚至同村的亲戚、族人，如何界定身份，能否宴请、收礼？完全不好界定，是吧？"

"是的，我们可参考香港公职人员《接受利益公告》的内容。人家那《公告》细致到政府雇员可接受父母、儿女和叔父母、舅父母、表兄妹、堂兄妹等亲属赠礼，但表嫂、表妹夫、堂嫂、堂妹夫、舅母的兄弟等除外；可接受私交友好之礼，但相互之间须无公事来往、非上下级关系。"

为此，缪局长又很心疼地感叹道："在相关禁令出台前，我家送出去不少份子钱，现在自己家有了喜事，回收份子钱也是正常的，是吧？"完全是一副心里不平衡的样子。

这时，程副书记觉得跟她谈得差不多了，党纪条规课他在不知不觉中已经给她补了，便用结束的话说："缪局长，你我都是老朋友了，这样吧，你回家后按照我们上午谈的内容，做个对照检查好不好？"

既有商量，也是鞭策，还有高压，缪局长连忙用皮笑肉不笑的表情说："好的，一定深刻进行检查，让领导们放心。"正当缪局长准备离开时，程副书记像突然想起什么说："婚礼是男方家筹备的，是吧？"缪局长一愣，明了意思地答："是的，这个我可保证。""那就好，那就好！"

缪局长心里很温暖，很感激。敏感是她的强项，理解力也随着年龄增长不断超群。不过她百思不得其解谁把她举报了，心想好在自己多年在官场上经营，跟很多部门的领导建立了不错的关系，否则这次搞不好要丢乌纱帽。

缪局长如丧偶之鹣鲽，苍凉一时。

"明天得找人，一定查个水落石出，居然敢坑害我，反了不成！"缪局长在心里恨恨地说。

其实并没有人举报她，确切说是她和阿华的妈相互举报的。因为那天婚礼现场两位女主人的积极发言后，两位霸王花在当地迅速成为别人的谈资。

有人说，"你们不知道啊，那缪局长的女儿婚礼真是高端大气上档次，人家那讲的话可有水平了，把女儿夸得像白雪公主。"还有人说，"缪局长女儿的婚礼现场变成了两只母老虎的争霸，笑死人呢……"

网络时代，信息传递迅速。

各种议论纷纷传出后，纪委领导觉得这事得提前介入一下。他们害怕万一网民把事情搞大了，工作出现被动。于是便让程副书记找缪局长谈谈。

这种谈你可说是约谈，也可以说是组织谈话，还可以说是口头警告，反正中国的词汇博大精深，看你怎么使用了。

不得不佩服他们的聪明过人，又是套路。

回到自己的办公室后，缪局长第一件事就是命令她的心腹办公室主任穆根就此事进行快速、保密的调查。

这穆根岁数不大，四十来岁，但完全是一百四十岁的老成。穆根的工作能力说实在的是完全没能力，办公自动化一点儿也不会，更别说办公室主任要写文章了，但这并不影响他当官。

一来因为他听话，尤其听缪局长的话。指东绝对不会往西，因而深得缪局长的喜欢；二来他的社会关系丰富而有力，三教九流，他都熟。

诚然，真正能办成事的，还是靠钱。因为他管办公室，还有一小金库在他掌管中。钱能办成的事都不是事，这是事实又不是事实。为此每当缪局长交代任务后，他都能快速高质量地完成。

缪局长第二件事就把电话直接打给阿华。电话中她也没说什么事，只说必须把你妈赶紧叫过来，有重要的事情商量。这是阿华第一次接到岳母的电话，从她口气中，感到了急切。于是他的各种猜测就开始了。

"不会因为我妈说要回家办婚宴她要阻止了吧？"这件事阿华的妈在阿华办完婚礼的第二天就决定了，并说她一定要让她那十乡八里人们都知道她们家阿华娶了局长的女儿。为此阿华一听便阻止说："妈，这边办了就好了，省点你们的血汗钱，留着养老吧。"

结果他妈一听，像蹦高样责怪道："那怎么行，我就这么一个儿子，怎么说算就算了呢，再说我们在那十里八乡也是有头有脸的人物，对吧。"阿华很为难地一笑道："你是村干部就更应该遵守党纪条规啊！不然要……""要什么？要受到处理是吧。你妈不怕，回家就辞职！"

"不会吧妈，你还来真的了呀？"谁知他妈底气十足地说："你妈什么时候说过假话？"

阿华知道他妈的脾气，怎样阻止也没有用。想到这里，阿华又担心起来。"要是缪局长不同意我们回家办喜酒怎么办？""不会吧，这事又不要她花钱，她不会干涉的，对吧。"阿华与自己对话道。

不过，在一个转身中，阿华觉着缪局长的口气是急迫的，甚至还带有一点狰狞的寒战。"不会是接受组织调查了吧？"他曾看到过很多新闻，村干部、乡干部、县干部……因大摆宴席受到处理的。

想到这儿，阿华有些为岳母担心起来。不过他随即又想到，缪局长好像跟他说过，这事她来处理，有熟人，可以变通什么的。他很相信岳母的能耐。

"那是因为什么呢？"带着种种疑问，给自己母亲打了电话。他妈一听就不高兴道："没空，我还要筹备你的大型婚宴呢。"说着就要挂电话。这时阿华就急道："妈，你不让我夹在中间难过吧！"儿子的话直击她心窝，因此口气一软，答应了，说："那明天来。"

为此，阿华长长叹了一口气。

"你妈什么时候到？"晚上一回到岳母家，缪局长就非常焦急地问道。"她说明天来。"缪局长立刻就火了，说："我的话你们怎么这样敷衍，怎么在你们这就成了肠梗阻了……"

看到岳母急得头上汗冒，阿华便小心谨慎地问："妈，到底出什么事了？"意外的是，缪局长眼眶盈泪，说道："不知哪个不知死活的东西举报我了！"阿华心顿时一梗，又问："是不是举报我们大摆宴席？"

缪局长怒不可遏地点点头指使道："再给你妈打电话，快叫她马上来！""她来有什么用？"缪局长一急说："只有她来才能保全我们，才能力挽狂澜，我才不会有事，才不会被人笑话。"

谁知，阿华还是不明所意，就自言自语说："她不来添乱就不错了。"缪局长于是突然由暴风雨转成小雨节奏跟阿华说了怎么操作的详情……

三

"都说男人活着都有个目标，其中一个最有成就感的目标就是征服一个喜欢的女人。但是，如果男人在工作、学业、事业等其他方面有所成就，他就不会花太多心思去别的地方寻找成就感，包括女人。"王媛看着笑长春问。

"我这辈子没有什么目标！我只知道这次不能再失去机会了。"他感触很深地说。王媛于是来了一句狠的："至于那些到处乱追女人的男人，往往是因为自己本身没什么成就可言，才会在女人堆里寻找成就感。"笑长春回给她一个翘首月光到来的表情。

王媛不再说话了。

今天，王媛之所以这么假生气，之所以用这么恶毒的语言来对付笑长春，完全出乎对自己的保护。这是为了实现自己悬崖勒马的诺言，她不得不这么做，知道那把琴要是再弹下去，就是乱弹琴了。

可是面对一个求爱者，一个还比较令她有好感的求爱者，她也觉得这样做有点残酷。可现实又欲罢不能。

"走吧，就吃一顿饭，又没什么。"这是笑长春晚饭前堵住她时的话。那时她无聊，在玩一款叫"消消乐"的游戏。本来一天没接到生意，心里就有些郁闷，没想到刚把员工打发回家，正缺消气的东西，笑长春就踩着时间点来到她跟前。

"孤男寡女的，有什么好吃的，我一会儿回家吃。"说着继续玩"消消乐"。不过她在说完后，偷偷看了笑长春一眼，不曾想在最后一次偷看中，两道贼一样的目光居然碰到一起，然后他们漏风豁牙地都笑了。

"有什么好笑的？"王媛脸一板又说道："我发现你偷看人时就像一个贼。"笑长春于是一脸舍我其谁地反驳："有这么英俊潇洒的贼吗？"说着还伸了伸胳膊，故意露出他的绝版卡地亚名表。结果王媛只用潦草的一笑做了回答。

"这女孩子不爱财。"笑长春没有从她眼中找到贪婪甚至连羡慕都没有。这让他有些气馁，不过也让他着迷。

事实上，王媛对这种炫耀最讨厌。之前打高尔夫的好感在一点点减少。正在这时，笑长春来了一个惊人举动，一个单腿下跪，接着打开一个精致绝伦的盒子，一枚钻戒在灯光下闪闪发光。

她快速地瞟了他一眼，意象混沌地发现他眼里透露出一种痛苦的焦虑。

"嫁给我吧，嫁给我吧。"声音发哑，很低沉，还有点发抖。她想笑，都什么年代了你还来这种印象派的小儿科，也太把我小姑娘样，以为那么容易上当，没说出时，他却又开口了："我喜欢你！我的嘴笨，我总是觉得，说对我来说比做要难得多。"

"哼，做比说好像更容易吧！""什么啊……""我没说错吧，你是不是先下跪后说话的？"笑长春立即脖子一梗笑了。不过比哭难看。

王媛觉得，求爱这玩意儿，唯有文艺，方能永恒。

以前很多人向她求爱，无论是和颜悦色，还是深情款款，她都以同样方式拒绝。而像笑长春这样，以一种唐突又局促不安的带有悲喜剧色彩方式向她求爱，她还是第一次遇到。

"我是真心的。"

"知道帅哥都喜欢长发女孩，那掏出来我看看？"王媛一脸严肃道。

"好的呀！"他立刻敞开胸怀。"打住！我不是欲女。""那要哪样？""你能把心掏出来我就嫁你！""你好残忍！""情一动，心会痛！我的舞台小，不适合你诉衷肠。"

"第一次见到你的时候我就爱上你了。我也曾想向你表白可是我不敢……"王媛白了他一眼，说："你以为你在演电影啊，你以为转角就能遇到爱呀！"

"嫁给我吧王媛，我是真心喜欢你！"笑长春上前就要抱她，王媛吓得退了一步，接着又上前一步，用诈尸一样的尖叫惊讶道："思密达啊！好大的钻戒我真喜欢啊！"拖出长长的感叹音中，又改变了主意，斥道："生命很短暂，我没时间讨厌你！"

说完她直盯着他的眼睛，眼神中透露着冷静和傲慢。她根本就没把笑长春从花花公子富二代的角色转到正常人的位置上来。她知道，男人追女人就像追一辆列车，等到上了车就不追了，你就可能开空车、守空房。

笑长春依然跪着不起，这让王媛有些难堪起来。幸亏把员工全打发下班了，若是现在万一来了客户的话，多么尴尬。因此王媛开始正视这一问题的严重性。于是很女汉子地走到笑长春的身边很用力地一拽，结果人家只是像树样，轻轻摇晃了一下。

"你不答应，我今天就不起来了。"

"都说自信可以改变未来，可是未来又有几人改变？"王媛说完又责怪道："你不起来拉倒，锁门下班，看咱们谁拧得过谁！"笑长春则不罢休地回敬道："能够成为你的囚徒是我一生的荣耀。"

这时王媛真的生气了，怒气冲天地指着笑长春喊道："笑长春，命令你立即起来滚蛋，这不是撒泼的地方。"谁知，他来了个死猪不怕开水烫，只是眼睛在她的冲击波下闭了一下，威慑失败。

"好吧，你就装傻是吧，本姑娘今天就不信了。"王媛说着拎起包包，就做出锁门的样子。她想把他吓退，结果人家"历经苍凉却不失纯粹"。

对此王媛只好生气地硬着头皮锁门。这时笑长春说话了："你明天早上上班来看我好了，保证一个姿势。""行！"王媛说，"那咱们就走着瞧。"

她在生气中带着满腹心事地来到附近的杨湖边。面对波光激滟的湖水，王媛突然想起有本书似乎说过，一个女人一辈子，总得给某个男人花痴一回，最好是初恋，那个时候可以笨点再笨点，然后便可以把精明和智慧留给婚姻。

杨湖给人的想象是无限的，是那种迷离与缥缈的幻象。薄薄的雾气里，雾气在氤氲升腾。一只不知名的翠鸟蓦地犁开了雾痕，在湖面上欢腾飞过。

智慧练达的王媛，心如湖水般涟漪，不知最后魂归何方。

"今天真倒霉，怎么遇到这么难缠的家伙。"王媛在心里说着，一边想着对策。正在这时我一个电话打给了她，习惯地问她晚上要不要到我这边来。

电话接通后王媛说正准备给我打电话的，今天妈妈叫她回去一趟，说有重要的事情。

"不会是让你回家相亲吧？"我不知道怎么就冒出这样一句话来。

"好像是的吧，我也搞不清楚。"其实王媛想说好像不是的，结果心乱如麻的她说成了是。"这可不行啊，咱们都感情这么深厚，都快要结婚了。"急促中，我也不知最后说了些什么。不过最后一句我倒是记得非常清楚："我得跟你一起去见你爸妈！"

没想到，王媛如惊弓之鸟般回答："不用，不用。""那我现就去请假过来啊。"谁知王媛又连忙推托道："来不及了，我现在就走了，等下次有机会再去啊。""那你告诉我你家门牌号。"话没说完就听到电话的"嘟嘟"声。

危机四伏感立即袭上心头，后悔自己当时听了王媛的话，说要等时机成熟再带我回家去见她父母。当时她说这话时，我们才交往不久，那时我还没准备跟王媛结婚。觉得她成熟得让我这个单纯的男孩有点不适应。

我开始烦闷地在房间里打着转。

王媛在杨湖走了一圈后，又不得不回到她的中介公司。她相信这只是笑长春一时之气，对笑长春这种"快餐"不能接受，尽管她曾经想过这个问题，但还是来得很快，更重要的是她实在是太爱我了。

在否定之否定中，在说不清的惆怅中，她回到中介公司前，结果一抬头，远远地就从窗外看到笑长春依然保持着原来的姿势。顿时心里就有些佩服甚至是同情起来。

"真的遇到痴情男了？"随即她又否定了。"不可能呀，不是说痴情男死光了呀，还有人说，结婚前，男人是个语言家，千方百计想让他的女伴满意与开心，有时甚至会奋不顾身；结婚后，男人是个思想家，面对女人总是一言不发，生怕引火烧身。结婚前，男人最爱挂在嘴边的话是：我爱你；结婚后，男人常问自己：我爱她吗？"

"就知道你会回来的。"一打开门，笑长春就有把握地说道。王媛于是求饶地说："我有男朋友，你这样做不道德，不遵守规矩，这样会害得我跟男朋友吵架。""分了才好呢！"王媛为此轻蔑一笑，甩袖道："不可能！做你的春秋大梦去吧。"

"反正你不答应我做你的男朋友我就不起来。"王媛又厉声责怪道："那不可能！你的钻戒送错对象了。""难道做你的男性朋友也不可以吗？""男……"王媛一愣，脑洞大开，笑道："男性朋友是可以的。"

笑长春于是饥渴地从地上站了起来。这令王媛再次觉得男人不可靠，便故意激将道：“你不是说要跪到明天吗？”王媛说着，又不解气地说，“你这变得也太快了吧，男人靠得住？”

“反正我也不会上树。”笑长春接着很有经验地说，“男人追求女人如隔一座山，女人追求男人如隔一层纱。但男人往往能追到他喜欢的女人，而女人却得不到她爱慕的男人。因为男人不怕翻山越岭，女人却怕伤了手指头，所以我得改变方法了。”

“你还有什么方法？”

“你先告诉我你想找个什么样的人吧？”

“不想找了，我有了。”

“我是说假如你现在没有男朋友时。”

“当然是找个爱我的人，对我好的，对我不离不弃的，一辈子都疼我爱我的人；我生病的时候他会照顾我，我不开心的时候他会陪着我。我生气的时候他能让我发发小脾气……”

“那你现在的男朋友做到了吗？”王媛心里咯噔了一下，没有表现出端倪，狠狠地白了他一眼说：“有的做到了有的没有做到，没做到我相信他以后会努力做到！”

“这些都是你的一厢情愿，你有没有想过男人娶你是因为什么呢？你想得到的那么多，究竟你能给爱你的人一些什么呢？”

王媛在意外一愣中，快速反驳道：“的确这个世界上有很多女孩子从来只考虑自己想从这场爱情中得到什么，却从来没想过自己能够给予对方一些什么。有句话虽然难听但有一定道理，如果你活着还有被人利用的价值，那才算没白活着。如果等到哪一天你一无是处，那才叫真正的悲哀。”

笑长春用诡异一笑，呆萌地总结了她的陈词。他的心不再狂跳，或曰不定，或曰冥冥。因为他看到王媛真的生气了，话戳到她心间了。

见笑长春不语了，王媛有些心虚地问：“难道我这些想法很错吗？在生理学上，男人是女人的 Provider&Protector，正因如此，男人一生的努力不全是为了他自己，也为了养家与妻小，唯有让家人都生活得好，他才有成就感。”

"算了吧，那都是你们女人的一厢情愿，还是解决当前的问题吧。"他说着配合地摸了摸肚子又说："吃饭才是最重要的事。"经他这一提醒，王媛也感觉饿得倒有点前胸贴后背了。

"吃什么？"笑长春勘破地问。

"不吃，节食！"

"别嘴硬了。"笑长春说着，嘿嘿一笑，又劝道："我知道你辛苦半天也很饿了，我知道有一家叫家奴的火锅不错。"接着开始描述火锅的画面，感叹味道好极了……为此，她动心了。这是笑长春的强项，一说到吃喝玩乐，没有他不知道的地方，没有他不能说出一二的。用词，也一下顺畅起来。

不过，为了装得矜持，假装得不为五斗米折腰，她还是嘴硬地说："算了吧，下次自己去吃。"笑长春连忙激将道："你看你这样就小家子气了吧，不就是吃一顿火锅嘛，你害怕什么嘛？"

故纵中的王媛觉得时机已到，觉得再装下去自己的胃都要起义了，为此极不情愿地，像给了笑长春很大面子样说："那好吧，本宫就成全你的好意了。"

笑长春一激动，拖着声说："起驾！"

王媛被逗乐了。

王媛今天穿得比较随意，上身穿着一件可爱的卡通 T 恤，下身是一件水洗布牛仔裤，纯净的瞳孔和温柔的眼神奇妙地融合成一种极美的风景。

第十五章　求仁得仁

一

阿华在我的意料之中提前退出了我们那个特殊的集体。虽说是意料之中，却觉得还是那么意外。

从上大学到在一起过了五六年的集体生活，习惯了一起的存在。分别之时，真有点难舍难分。于是那天我和左誉立慎重地摆了一桌酒，准备一气牛饮，就此别过。不过那氛围很有点"君行远去我不舍"的味道。虽说彼此有说有笑，一副轻松的样子，但彼此的心里是那么难舍难分。

"兄弟你可一下飞到金窝里了啊！"左誉立有些羡慕地说。阿华兴奋地一笑，又假装不值一提地说："银行也没有什么好的，天天给人家数钱，也累的。"

当时我和左誉立还不知道他已经安排了带长的职务。为此还是配合气氛地赞叹道："真不错啊，听说银行都是拿年薪的，一年十多万元。""哪有那么多！"阿华在自得其乐中又说："都是道听途说的。"其实他知道不止这么多，当然拿不止这么多的得带长，因为他怕我和左誉立妒忌，才欲罢不能地搪塞。

当时我也真有点妒忌的，是那种心理不平衡的妒忌。心想，我就是辛辛苦苦几年也拿不到你这么多薪金，而他是月进斗金。同时联想到我即将到来婚姻，一切都不如他来得如此实惠，便自顾自地喝起了闷酒来了。

大概阿华看出我心里的端倪，就转移话题道："兄弟你跟你那王美女什么时候结婚啊？""今天不想说这个，喝酒喝酒。"一听我的口气，左誉立故意问道："怎么，看到人家升官发财就妒忌了。"

直点我的死穴，我连忙掩饰着尴尬，作淡淡一笑说："都是好兄弟有什么妒忌的，再说兄弟发达了也会助我们一臂之力对吧。"

一听能够助我们一臂之力，阿华连忙拍着胸脯说："是呀，是呀，等兄弟我发达了兄弟们……"他连忙改口说："一定会有求必应。""我怕没有那个福气跟你混喽，得回到我老家去。"左誉立叹了一口气回答。

"回那干吗，穷山恶水的。"阿华情知自己说错了，又连忙挽救地说："我们兄弟仨在一起多好呀。"谁知，左誉立却有点不讨巧地说："再好的兄弟也有散场的时候。"说着端起一杯酒来，意思这不就在此分手。

阿华便又看着我说："兄弟你总不会也要回老家吧？""应该不会回了。"说完我又好面子地吹嘘说："王媛把我爱得死去活来，怎么可以丢下她呢。"

没想到，左誉立却扑哧一下笑了出来。豁牙全露。"真的呀，有什么好笑的？""人家后面不要排长队呀！"左誉立打了一个酒嗝又说："你不吹会死啊。"

他的话点到我的命门，提醒了我，美女后面通常是群狼共舞的，想到这，我开始有点担心起来。王媛现在是老板，又漂亮又能赚钱，干吗要你一穷光蛋呢？

正当我还在担心之时，阿华也不合时机地说："兄弟呀，不是我说你，漂亮的女人都是靠不住的……"语重心长，令人断肠。"对吧，不是我一个人说的吧。"左誉立说完我便很生气道："难道非要找个丑女人就放心啊！"

没想到，这句话深深伤害到阿华。只见他脸一沉说："为什么越成功的男人，娶妻越不在意美貌？一般来说，男人的确都是看脸的，但是只要这个脸还看得过去就可以了，真的没有那么多男人要求自己的老婆是一大美女。那电影《罗马假日》里的乔邂逅安妮公主，靠缘分也靠运气，要是遇上个光有外貌的花瓶，那倒反是个悲剧。"

"你啥意思？"我有些愠怒，但是在心里。不过我相信当时脸色一定非常难看。

"容我重复一段钱钟书先生的话。"不知阿华是否有意还是故意气我地又说："最能得男人爱的并不是美人。我们该提防的倒是相貌平庸、姿色中等的女子。见了有名的美人，最好只仰望她，不能爱她……那是危险的。反过来，我们碰到普通女人，至多觉得她长得还不讨厌，来往的时候全不放在眼里。突然有一天发现自己糊里糊涂地，她却在我们心里做了小窝……"

我心一沉，挣扎道："丑女人我窝不下去啊！"

左誉立见此，连忙和稀泥道："时间是女人最大的敌人，再美若天仙的女人也会被时间打败，再魔鬼的身材也会出现'通体膨胀'，美貌的折旧率最高，只有美德可以历久弥新。"

见左誉立也认可他的话了，阿华更来劲地说："对呀对呀，女人，长得很漂亮是运气，长得一般其实是福气。女人太漂亮，围着的男人多，受的诱惑也多，难免恃娇恃宠，难免过于自我，难免过于自私。"

"干吗、干吗？你在说什么呢？别拿经验去覆盖全人类的思想。"我假装很生气了。但我想反驳阿华你找了一丑媳妇不就是为了用婚姻改变现状嘛，干吗要这么挤对我。但我又说不出来，怕伤了兄弟间的和气。

谁知这时左誉立又火上浇油道："自古以来，文人墨客都爱把漂亮的女人比喻成美丽的鲜花。但是鲜花常常会遇人不淑，因为只有那些无聊的游客才会毫不怜惜地把它摘走，把玩几下再无情地扔掉；而真正有品位有修养的优秀的男人是不会这么不'怜香惜玉'的，他们会停留驻足，会反复欣赏，但不会据为己有。"

阿华有些赧然地连连点头。对此，我强压着心里说不出的滋味，认真思索了一番后，力求用不伤害阿华的语句说："男人总认为太漂亮的女人会面对多种诱惑，为了防止自己被戴绿帽子，所以男人更喜欢平凡女子，对吧？"

"大户人家奉行的也是娶妻娶德的传统，也就是说，在德行和美色之间，前者绝对是王道，当二者不可得兼时，后者自然要为前者让路，所以古时候都是娶妻娶德，纳妾纳色。"阿华说完，我决定反击了，但最终在我对视了他一眼后，妥协了。我知道我一旦出口，"敌伤一千，自损八百"。兄弟是肯定做不成了。便用命令式的语气说："今天不谈女人，喝酒。"

谁知，阿华却意欲未尽道："男人找老婆跟交女朋友的界线是泾渭分明的，交女朋友可以选择性格开朗、豪放外向、爱撒娇的漂亮性感的女人，但要打算娶回家当老婆的女人，则正好与之相反，考虑最多的则是女孩子必须要观念传统。越是成功的男人，在娶妻这个问题上越是谨慎。"

"感觉你们俩今天是开我的批斗会。"说完我又说人家王媛绝对不是你们说的那种人。不错，有的女人只适合恋爱有的才适合结婚，但我绝对不会选一个没有内在的花瓶。

左誉立大概看到我脸色变绿了，连忙附和着说："王媛不错，真的不错。"正当我准备转移话题时，阿华却又说了几句令我非常生气的话，他说："如果一个男人只把眼光瞄准美女，他的心态是不够健康甚至扭曲的。一个女人跟了这种男人，就等于跟了一个十足的赌徒，准保输个精光。"

"我输什么了？"说着我端起一杯酒，倒一样倒进胃里，然后重重地将杯子砸到桌子上，接着就要走。左誉立见此，连忙拉着劝说道："兄弟们都是好心好意，别介别介。"阿华的脸上也立即青筋暴起。

友谊的小船说翻就翻了。见此，左誉立连忙挽救道："喝酒，不谈女人了，还是兄弟最重要。"我左手执杯，右手执壶，一杯接一杯猛拼杀。重拾了过去的神采，眼睛里射出两道炙热的光。

那天我也不知道怎么醉回的宿舍。不过，从那次以后我们兄弟仨的友谊就如倒行的列车跑了起来。尊严是爱的基础。"王媛，你会背叛我吗？那魅惑的脸蛋，眼神如同嘴里藏着的毒信子，永远准备着给人致命一击；她看上去柔若无骨，可心里从来不依附于男人。"她的这一点是令我最最担心的。

从那以后我在心里反复问并成为一个解不开的结，然后就寥落地开始关注她的一言一行。

二

笑长春根本就不是她喜欢的类型，虽然个子很高，但长得也很不壮实，富二代仿佛都一直在挨饿；他皮肤黝黑，胡子虽然刮得挺干净，但"草坪"去掉后，却令人起鸡皮疙瘩；他的眼珠几乎是黑的，却不大，目光还有些迟滞，总是盯着某样东西发呆。

还有，他的眼睛里充满了好奇，却不怎么好看；他的鼻子挺直，也算精致，眉毛并不好看，不是月牙形的，不过他的嘴唇很有形，仿佛要跟眉毛作对，按理说这样的五官怎么也不能算是个帅哥，可令人意外的是他把自己当帅哥了。

不过，当王媛在仔细想他的时候，将他的五官拿出来——单个来看时，生无可恋地发现，又个个都是挺好看的。

想着想着，心里涌起说不清楚的涟漪，以至她走进了中介公司后，心里的纷乱还在跳动着。于是她便歪躺在沙发上，顺手打开小说《围城之外》。她听说这是一本写走进围城之前的书，很多香艳的故事让人看了想吐血。

可是当她一翻开书，纸上的字却是模模糊糊跟她捉迷藏，怎么也看不清起来。她的头也开始疼痛起来，因为她的心里始终有一种无法抑制的让她说不出是快乐还是纠结的一种东西在缠绕着她，就如一朵玫瑰花瓣边缘已经发黄时，再次盛开了。

　　自从那天晚上跟笑长春吃饭后，鬼使神差地跟着他来到OUTLETS，就已经令她不能自拔，不过她一直在告诉自己，那不是她有意的。不过，现在看来，笑长春这人情智倒还是很高的，他是以一种类似遛一只小狗的方式把她遛过来的，然后让她不能自制的是，各种名牌包包便砸到她的眼前。

　　人是一种欲望的动物，最容易被诱惑，也最擅长自我解救，而这种解救往往却是借口，就像许多婚内背叛的人，总能找到一种借口说"我终于遇见命中注定的今生真爱"。

　　当她驻足在一款Fendi面前时，笑长春连忙说："Fendi不错，它可以让你看起来更优雅、秀气。"好话总是令人心悦，王媛没想到笑长春如此在行。于是投去了佩服的一瞥。

　　对此，笑长春又拿起边上的一款，说："Ralph Lauren设计经典，出名的髋关节设计。Victoria Beckham，Natalie Portman，and Sienna Miller等名人都有在用。"

　　"这先生真有眼力。"见人说人话的服务员说着又推荐道："Sylvie这个名字来自拉丁语，在法语中是森林的意思，代表着一类女人：美丽富有，冷静又聪明。缎带双折，拿着或者挎着都非常淑女。除了独特的绸缎肩带，整个包包造型非常复古，方方正正，皮质略有一点光亮，标志性的红绿条不再让人反感，反倒散发着一种复古味道。"

　　"你说这款不适合她？就要Ralph Lauren，你不觉得她比明星还要漂亮一百倍吗？"笑长春说着就决定道："就这一款了，买单。""不要、不要。我只是看看的。"王媛说着就要离开。笑长春却是一把拉住了她说："你不要舍不得啊，挣来的钱不消费用来干嘛！"

　　对此，服务员也连忙附和道："美女，你真幸福，我的男朋友从没有主动给我买过这么贵的包包。"王媛脸一红，快速偷看一眼笑长春，结果与他四目相触。

　　"我……我们……"在王媛想说"我们不是男女朋友"还没有说出口时，笑长春已经打断她说："不要舍不得，你看这款式、这颜色多适合你呀。"

说着让服务员开单刷卡，那样子就像有勇气的流氓样慷慨。

大概是心里不平衡，或说是女孩爱虚荣，或说是"凭什么明星们就能用名牌包包，我咋就不行呢？"在如此众我欲望的驱使下，王媛渐渐不再推辞了。

"从今天开始，咱也手拎 Ralph Lauren，再佩上头戴 Chrome Hearts 棒球帽，明星不过如此了吗。"

王媛在笑长春买好包后，也曾拒绝过并说："我收了你这么贵重的礼物，这算怎么回事呢？"一脸素心无瑕的纯洁。结果笑长春用一脸感恩回报地说："可别这么说呀，你帮我买那么好的房子，还是你准备结婚用的新房，不好好感谢你我还算是爷们吗？"

说这话时，他的外表流露出一种令人心醉的单纯、诚恳；他细长而弯曲的睫毛在风中跳跃；他脸上黝黑的皮肤，配合他是那么坚定不移。

经他"古道热肠"加"感恩戴德"一说，王媛也觉得很是在理，顿时觉得心安理得了。心想，他又不知道我这房子是便宜买来的，又不知道我赚了他多少钱。想着想着，王媛没有一点负疚感了。

人，在相当多时候，对于欲望的拒绝，只是个借口。因为许多人，羞于向外界，或者自己，承认自己是个会被身体欲望击败的人，所以需要给自己找一个高尚合理的借口。

王媛也是凡人，更何况是一年轻漂亮的女孩，她也希望得到资本。只是很多时候，能力无法满足欲望，因此就捆住欲望不要乱窜。就如一些人插足别人的婚姻或背叛婚姻的人说"我终于找到今生真爱"如出一辙。之所以这样说，因为可以欺骗自己显得比较高尚，似乎很正确，还可以占领一点道德的制高点。

收下昂贵的礼物，放下拒绝的权力。在返回的路上，他们一下子亲近了许多，其间还你看看我，我看看你起来，但是他们凝视对方的眼珠时，似乎已经听得见某种声音。仿佛他在说："我知道你喜欢，反正不差钱，只要我愿意。"而她在轻蔑地笑，说："你这是想收买我吗？天真点了吧，我只是想占一点儿便宜呢！"

各怀心思，但这并不妨碍他们渐渐亲近起来。不过，他们不是肩并肩，不是眉来眼去，只是过去呀、未来呀、回忆呀、梦想呀，全都是敷衍心中的心事。

夜色越来越浓地笼罩着大地，街上行人却越来越多，他们被淹没在人海中，仿佛来生，仿佛来世。

接下来的几天，笑长春没有像她想的那样来要求回报，反而他如人间蒸发。如此一来，倒令王媛有些奇怪加按捺不住了。为此在上班时，她还时不时地向门外张望，希望看到那张熟悉的脸。

然后，令她很失望，王媛整个人开始心事重重起来，并在心里说："这人倒真是一怪啊！"

之前真真假假的一切，就像收获了一个荒芜的秋天，颗粒无收。于是她呆呆地翻着手里的书，决定把自己融入小说中，让莫名和惆怅在看不到的未来中消散。

忘记了应该忘记的，王媛的心又回到了最初。

然而几天后，当笑长春突然出现在她的中介公司门口时，她在欢喜天降中又惊呆了。只见笑长春像长颈鹿样将头伸进门框，表情沉重。目光一相遇，王媛便感到一股寒意袭击全身。她感觉他就像死去又活了过来。

笑长春的脸色是那种人之将死的苍白，这样的脸色她曾经在何嘉的脸上见过一次，那是前不久她与何嘉因为吵架，但她忘记因为什么吵架了，就是那种绝望的气息。

"你怎么了这是？"她非常好奇地问道。他无语的表情把她吓得不知所措，一种不祥的预感攀爬上她的眉梢。笑长春的嘴唇如筛糠一样颤抖着，颤抖着连话也说不出来。见此，王媛有些莫名害怕起来。

"你……这'蓝瘦香菇'怎么了？"眼神凌厉看着他问。他的眼神是破碎的，走路的脚步是踉跄的。

"我爸妈出车祸了。"笑长春仿佛用尽全身力气说了出来，接着像个孩子样，用头抵着墙壁紧闭嘴唇，再也无法控制地痛哭起来。

"怎么回事？"他没答。

"怎么会这样？"

笑长春只是哭，哭得非常伤心，王媛充满善意地表示很是同情，并对这种合乎情理的悲伤表示了尊重，顺手扯了几片纸巾递给了他。

谁知，笑长春在接过纸巾的同时，也接过她的手并牢牢抓住不放并哭着说以后他不知道怎么办。那样子就像失去爸妈的孩子，令人同情也令她对这个三十多岁的男人感到好笑、悲哀。

这时，中介公司的员工开始纷纷到来，王媛几次想挣脱笑长春的手，无奈他抓得实在太紧，仿佛说"我的天塌了"。

"你放手，你听我说。"王媛有些难为情道。员工以为王媛又劈腿又移情别恋了，纷纷投去了奇异的眼光。他们知道她的男朋友不是这人，他们知道她的男友是一很有逼格的帅哥。

"笑长春，你松手！"王媛懒得再惺惺作态，懒得再假装悲伤了，而是大喊了一声。笑长春这时才松开了手并止住哭。为此王媛把他引到中介公司里间的办公室。

"到底怎么回事？"笑长春快速地抹了一下眼睛，说他妈爸开车自驾游去西藏，在前往的路上，大概母亲嫌他父亲开得慢开得磨叽，吵起架来，父亲一气之下便把车交给她开，结果母亲一脚油门下去，小车就冲向山崖。

"强势的老虎能吃人，自作自受是自己！"王媛在心里说。她觉得这是一起典型的强势的代价，如果写成小说可以警示很多人。"事已至此节哀顺变吧。"王媛以弱声予以安慰。

"可我不知道以后怎么办啊！"王媛一愣，觉得笑长春真的是长不大的孩子。便有些好奇道："你都多大了还不知道以后怎么生活吗？""不是，是我不知道他们以前工厂怎么安排的。"笑长春说着，一吸鼻涕又说："过去爸妈从不要我经手工厂的事，现在我两眼一抹黑。"

"这下知道当花花公子是要付出代价了吧。"笑长春一愣，责怪道："都这个时候还说这话干吗，如果时光倒流……打死也不会这样子了。""是呀，如果时光可以倒流，每个人都可以成为最好的自己。你想让我怎么帮你？"

对此，笑长春立即破涕一笑，说："你懂得比我多，懂得经营、销售，要不我聘请你当我的总经理吧？"那样子，不像是经历了伤悲，而像是刚刚运动完洗了一把脸。王媛为此难为情说："怎么聘请我呀？我对你家工厂一点都不了解，再说我这干得好好的……怎么可能。"

"求求你……帮帮我吧。"笑长春几乎是用哭的样子恳求着。看着他那副可怜又可气的样子，王媛说："你就继续做一个衣食无忧的公子，那些夜晚和女孩依然是你的。"谁知笑长春延续可怜道："我不要花花公子了，只要你帮我就有希望。"

对此，王媛在哭笑不得中认真思考了一下，心软地说："这样吧，你到你们家工厂，先让财务总管查一下账，看一看目前盈利多少，负债多少，然后再让销售部门负责清查一下外面还有多少账款没有收回来……"

笑长春没有预料之中的醍醐灌顶，而是不知所云一般面面相觑。"你看着我干吗，快去呀！""我真不知道怎么弄啊！"笑长春说着，居然还抹了一把眼泪。

事实上，笑长春对自家工厂真不了解，如果说了解只知道地理位置，至于谁是财务负责人，谁是销售负责人等等，他一概不知。因为平时全是父母一手包办，根本插不上手，也不让他插什么手。

悲哀伴着活人行。对此王媛有心无力地说："要不这样，明天我跟你一起去你们家工厂看看？"笑长春一听，立即如找到救星样，连忙上前又拉着她的手说："就知道只有你会帮我，就知道只有你会帮我。"

"你就这么相信我，就不怕我把你家钱全骗走了？"他却来了一个钻木取火一般回答："你不会的，你不会的。"王媛无奈地摇摇头，心想："命运真是一条辩证的路，它怎么样对待你，你或许无从选择，但你怎么样对待它，却是你要面对的。"

三

当阿华带着一种兵慌马乱的急促突然敲开我的单身宿舍门时，一瞬间，有那么一点万物惊恐的感觉。他的这次到来，离那次不欢而散已经半年之久。为此，在见到他的一瞬间，我恍惚了一下才冒出一句"你怎么来了"的讶然。

这样的恍惚仅仅缘于尴尬感的疏远之后，又回到当初那种坦然相处的状态，那种熟稔的亲昵，似乎我们从未分开。

"怎么，不欢迎呀？"他说着又表现出"相逢一笑泯恩仇"的江湖气来。

不过他变了，眼神里不再有戾气，镶在金丝镜框里的大眼睛，跟住上豪宅似的，有些雍容的富贵；头发短了，是那种平寸，人胖了许多，不过脸上仍能散发出那种多年前就已经培养起来的"我是谁"的精气神。口齿依然是那么令我不喜欢的锐利。

"放着好好的老婆不陪，跑到我这儿来……真是不像话！"心里想极力组织着言语要证明我们从没生疏过。"少啰唆，快把左誉立叫来，我们喝酒去。"

又是喝酒，一听喝酒，我的心里就开始打鼓，那天的场面立即历历在目。因此，便推托地说："算了吧，不想喝酒了。"谁知阿华以不想臣服的激情说："还是不是好兄弟？都主动上门了，你不请我喝酒我请你喝酒还叽叽歪歪的，像话嘛！"我只好无奈地拨通了左誉立的电话，电话中出现女人的温柔声——Sorry! The subscriber you dialed is power off。然后我打开免提让他听。

"这家伙怎么突然关机了。"

"可能是执行任务去了。"我又说，"我也有些天没有见到他去食堂吃饭了。"对此，阿华一惊，问："你们平时不联系了呀？""你这么久也没有跟我们联系呀！"阿华抬起头来，展露出他无可奈何的目光。于是我们都好好看了看彼此。

正在这时，左誉立却神出鬼没地推门闯了进来。

"你怎么来了？"我和阿华同时问道。"不是你们在找我的？"左誉立像是未卜先知样回答。于是我有些责怪道："这么些天干吗去了，人影也见不到一个。"

左誉立立即作了一个小声样子，关上门说："这不都是因为一个小子的案子，害得我几乎三个月没睡好觉了。"

"什么案子？"我和阿华惊愕。左誉立为此在欲言又止中说："那仓库保管×××持枪杀人。"我和阿华因此非常震惊地反问："不会吧，怎么我们不知道。""你们知道了还用我们去破案啊。"

接着，我们从左誉立口中得知，那仓库保管×××在老家谈了一对象，女孩是音乐老师，很漂亮。正当他们准备好结婚的一切后，女孩突然提出了分手，而且是和许多分手的套路都一样，说什么性格不合、家长反对，等等。

"肯定是移情别恋！"阿华脱口而出。"不一定吧，或许一位漂亮的音乐老师嫁给那×××真的不舒适的。"因为我对那仓库保管×××比较熟悉。对此阿华又争辩道："这男女之情吧，就像你去另一个城市旅行，爱得死去活来，其实只是花了钱享用了这个城市最好的部分。所以异乡旅行，总是格外美好。等你真的搬到这个城市住，家长里短，柴米油盐，就未必是那么回事。"

阿华的话，老到得像许多过来人的总结，至少我觉得还是有几分道理，顿觉得他成熟了不少。我便接过话说："一对伴侣的成长是不一样的，很可能，各人在每个人生阶段适合的伴侣不同。所以婚姻制度是允许离婚的：有结婚的自由，自然也有离婚的自由。一段关系有进有出，才算比较科学嘛。"

说完我看了一眼左誉立，他眼神中表现出的是观两只鸡搏斗的场面。然后在我的注视中，他淡淡地说："人的感觉是很主观的，你如何确定你遇到的更合适呢？稍微有过点相处经验的人都知道：男女彼此的感觉，一起过日子前是一回事，一起过日子后又是一回事。"

"那他也不能杀人吧？"阿华有些气愤地说。为此左誉立肯定地说："是呀，问题是他杀了人后，女孩一家人还求情隐瞒事实，千方百计防止这个案子暴露。"

"为什么？"我和阿华惊讶道。

"那女孩到了肺癌晚期，当她得知这一消息后，非常冷静地告诉家人，放弃治疗并说她好不容易来到这个世界，上天还又安排了她那么漂亮的外表，不希望她最爱的人看到她因为治疗中像枯枝败叶毁坏了他心中的形象。"

"那他为什么要杀她？"我不敢相信问，"这也太匪夷所思了。"阿华也附和。"是呀，更匪夷所思的还在最后！"左誉立说，"女孩为了不耽误×××的婚姻大事，居然在他回家之前特意找了一位同学来假装她的新男友，并故意带他来到她的出租房里，将安眠药与酒兑在一起，让男同学喝了后跟她睡在一起。"

"是不是那×××一怒之下，就杀死了女孩？"左誉立点点头。"太匪夷所思了，太匪夷所思了。"我和阿华感叹道。随即我又觉得事情没有这么简单，便问："这也用不着你几个月去破案吧？"

"是呀，如果真是这么简单就好了！"左誉立又叹了一气说，"那×××杀人后自己吓跑了，然后那女孩家收拾好场面后，拿着她的病历去医院开具了死亡证明，最后就……居然成了。"

阿华一听，立即反驳道："不对吧，医院也不是她家开的……怎么可能。"

"她爸就是她的主治医生。"我和阿华惊讶得眼睛都鼓了出来。"天衣无缝啊，那怎么又把案子抖落了出来了？"我好奇地问。

"女孩去世以后，大概×××心中的怒火还是不能平静，于是在宿舍中又对着房间的天花板开了几枪，于是就被发现了他私带枪支。""这可是大案，严重违纪违法的大案啊。"我和阿华说。

"算了，别叹息了，说说你今天来的目的吧？"左誉立看着阿华突然问道。于是阿华像是还沉浸在别人的悲伤中说："也没什么事，就是心里烦得不行。"说完他看了我一眼。我于是接上话："我又没惹你烦。"

"肯定是当官滋润得矫情！""是呀，我想也是这么回事。"我附和道。"当官有什么烦的，就签签字，动动嘴，又不要我亲自干活的。""那是为什么？"我和左誉立用眼神问。

阿华因此摇摇头说："你不知道我那妈啊，真的不让人过安生过日子了。""大事都办完了还有什么不得安生的？"左誉立说，"不会是你妈要来跟你住一起吧。"

"就是因为她是我们的母亲，她就把爱我们、关心我们当成理所当然。"阿华说完，随即又否定道："这也不能怪我妈，我妈也是一片真心，可柳青就是接受不了。"

"什么球事，你不能简单点。"我喘着气责怪道。于是阿华说柳青怀孕了，而且是先兆流产，就把妈妈接到家里来照顾她。结果柳青不是说这菜做得太咸就是太淡，尤其柳青想吃猪肝、想吃烤串、想吃麻辣烫……他妈坚决阻止，顷刻间就如平静的水面上起了涟漪。她们就吵了起来。

"你妈做得对，是得好好劝劝你媳妇，这时候是不能吃垃圾食品。"左誉立附和着。"谁说不是呢！"阿华说，"我劝了没有用，柳青说我就是想吃，就是毒药我尝一点也不会死人吧。"

"那你就跟你妈说说她只要尝尝，只要不多吃就没什么事啊。"我说完阿华就立即回道："我说了呀，可是她老人家就是不听，你说我该怎么办？"

"那让缪局长去说呀！"我说，"这种照顾病人照顾月子的事吧最好让她妈去做，婆婆弄得再好也不如她妈弄的好。"没想到，阿华一听，一脸沮丧道："缪局长哪会这些事，她这辈子只会做官。""那可以让你岳父来啊！"左誉立说。"人家不要上班啊？"

这下，三兄弟全无话可说了。因为过得好不好，是可以一眼看到底的，都怪我们不擅长回答家事矛盾这种哲学性的问题。

"走吧，边吃边聊天吧。"我拉开门，又补充道："今天我请客啊，你们别跟我争。"阿华一改苦闷道："你不请谁请，你们家王媛最近赚了不少钱吧。"

"她能赚几个钱啊，小本生意别拿我们开心。"我轻描淡写道。谁知阿华突然停止脚步，用十分惊讶的目光看着我说："你小子也太不厚道吧……都大发了。"

"我怎么不厚道了？"

阿华于是证据确凿说了起来，但我却闲来如前窗读《周易》，不知山外几春秋。最后在阿华事无巨细的讲述中，才知道王媛利用缪局长的关系，又倒腾了好几套房子在手里。对此，我有些不相信地问："我怎么没听她说呢，你不会搞错了吧。"

"你不会吧。"阿华惊异道，"真的假的啊，这么大的事她不跟你讲？"一副猜疑的表情。他神情里昔日某种令人生厌的东西又传导过来，我内心深处的一些柔软的东西也浮现出来，于是我对自己说我必须在自己卑微脆弱的内心中培育出宽恕的声音。

经他这么一说，我还是不能宽恕，有些生气起来。觉得王媛这城府也太深了吧。正在这时左誉立也帮腔道："得看好你的媳妇了啊！"他的话一出口，那时真的死的心都有。不光太没面子了，更觉得欺骗的滋味不大好受。

"反正我岳母认真说了，如果不看在你们是好兄弟的面上，绝对不会帮你们一次又一次折腾。"对此，那天我就像一个赎罪的人，一杯杯酒向阿华赎罪。一杯杯酒向左誉立求援，希望他们不要看扁我。

酒过三巡，左誉立突然又提到阿华回家办婚礼的事上来，便问："你们婚礼在老家办了吧？"一下子让阿华找到了话题，非常激动地说："你们还真别说，我妈还真是办大事的人……"

说到激动之时，阿华生怕大家不知道地还站了起来，大声说："那是一个史无前例的场面，我妈把乡里所有的村干部都请了过来，那场面比明星们世纪婚礼还要气派……"眼里眉梢都是喜悦自豪。

"不对吧，现在不允许党员干部大操大办的！"阿华轻蔑了左誉立一眼说："所以我妈厉害呀，她辞去了村干部，来者除了亲戚一律不收礼。""这样也行？"我好奇道。"这有什么不行，我妈又不是先例。"说着，他又列举了某地的例子来。

"你们家真有钱啊！"我嫉妒地感叹道。对此阿华非常自豪地笑说："这就是兄弟我的本事了。"说到这他还拍拍胸脯说："你们谁能把老婆的私房钱拿出来给你们家用？我家柳青做到了啊。"

阿华的话让我佩服他的同时，又想起王媛对我的隐瞒。心想这人还是通过我兄弟家人赚钱，都不告诉我一声，将来还指望她能拿出私房钱给我用啊。

想到这我就后悔起来，下意识地捶打了下自己的头，后悔不应该在我和她还没有一纸契约的情况下，就通过关系帮她赚钱，这万一她把口袋填满了，一挥手说"死鬼"咱们拜拜吧，岂不是太让人耻笑了吧。

为此，我忧心忡忡的将目光落在了酒杯上，我不喜欢王媛在我的世界开个小窗户。

酒，成了最好的解药。

那天，我被阿华跟左誉立背回单身宿舍。大概因为王媛没有来吧，阿华也没有回家，因此坐在我的电脑前玩起了电脑。直到半夜我扶着墙四处找水，突然间像遇到鬼，才发现他的存在。

"你在干吗？"我恍惚地问他。"在玩'PUA'。要不来一局，好玩的。"我摆摆手，诡异一笑，说："本人善于实战。"依稀记得那是一款泡妞软件。

第十六章　础润而雨

一

有人说，一场醉酒，对于男人来说就像一场惆怅的革命。而我觉得是一场自我反思的革命。本以为自己有一个翻天覆地的变化，脱胎换骨，变成另一个自己，可是第二天早上醒来，站在镜子面前细细打量自己时，依然是昨天的模样。

心中那积攒的对王媛所有的疑惑，变成了疾走如风的行动。当然这些都来源于阿华、左誉立之前的提醒。然后再仔细一回想王媛这几个月断断续续不回我那过夜，就深信她已经有所变化了。

"你今天过来吗？"早上一上班，便发信息试探她。手法文雅，搦战迅速。很快，王媛发来一张类似于色的笑脸：

"当然回来。"于是我反而有些悻悻然地不过尔尔了。

这时，阳光反射从地面上扑来，让我感到晕眩，似乎要把我沉重的身体拉下深渊。仿佛地面都在动摇，沿着墙角都在上升，而地面却在向一头倾斜，如一条船在海浪中颠簸。王媛则摇摇欲坠，在我眼前的船边上悬空着，颠簸的船不断发出呼唤的怒号。于是我看到了王媛伸出求助的手。

在我奔跑的一刹那，我像梦醒了一般，停止了脚步，定了定神，一眨眼，幸福生活就翻过一部年历，回到人间。

眼神跟随他的步伐向前挪动。王媛没想到笑长春家的工厂规模大得令她咋舌。

威克车用化工公司是最具规模的大型企业之一，公司定位于中国汽车售后市场，是中国最值得信赖的车用化工企业。公司不仅专注于车用化工产品的研发和推广，还致力于开发未来新的清洁能源，正全力打造中国车用化工产业的第一品牌。

"因为心无所恃，所以随遇而安，你平时都没来吗？"王媛一下车，眺望了下工厂的规模后，看着笑长春问。笑长春嘴角向下耷拉着，眼神中透露出沮丧说："都怪我爸妈不让我参与，我也想来帮帮他们的。"

"世间安得双全法，不负如来不负卿。看来你爸妈太舍不得浪费你这一身膘了。"王媛很有些心里不平衡道，觉得自己从上初中就开始勤工俭学，自食其力，每天辛苦得跟狗一样，这老天也太不公平了。

笑长春知道她在笑话他，便自觉委屈道："这也不能怪我啊，这不是大学、出国……"总之很国粹，错误全是别人的，理由全是自己的。

"难怪有人在说民企已经有200万家的家族企业在第二任传承当中淘汰了。"她在心里想。面对他的强词夺理，又责怪道："你的父母肯定是让你在国外学点管理经验，然后回来帮他打理企业，结果你……不学无术了吧。"

笑长春立即难为情地笑着说："我是不学无术，这个我知道，可他们可以带着我学啊，但他们一次也没有。"

"可以肯定地说，对于那些毫无准备的家族企业创始人而言，家族企业的继承问题更像是一颗随时可以引爆的炸弹。一旦家族企业的继承问题处理得不好，不仅直接关系到企业的长远发展，甚至是生死存亡。你这就是一个例子。"

"你也觉得我不行是吧？"

王媛并没有接他的话说："众所周知，家族企业要想打造成百年老店，甚至是上千年历史的企业，第一道坎就是如何成功地将家族企业的权柄交给接班人的问题。这个问题说起来容易，做起来却非常艰难。"

"唉，这个问题我也没想，反正我也不想那么多，只想维持现状就行了。"笑长春快快地说道。那样子被他妈养得四体不勤，五谷不分，就算万古八荒的流云翻滚，也不关他的鸟事。

真是公子与败家子之间只有一墙之隔啊！王媛心里想着，并立刻用一种恨铁不成钢的眼神瞪了他一眼后，很好奇地问："一会儿你怎么介绍我啊？"

"你想让我怎么介绍啊？"他很无助地反问。王媛一听，真想给他来一个巴掌醒醒。心想你爸妈养你这样的怂货也是醉了。对此王媛只好自己决定道："这样吧，就……就说你临时请的顾问吧。""这可不行，这可不行！"笑长春连忙摆手道。

王媛非常好奇地问："为什么不行？""你就说是来接我爸的位置的。"霎时间，王媛扑哧笑了出来，而且还笑出了眼泪。接着就反问："那要是人家问你我跟你是什么关系呢，你又咋回答呢？"

笑长春哑然中，抬头却是看着她灼灼的目光。看着看着，他眼中凝聚了薄薄的水雾。

"就按照这样介绍吧！"王媛说着，接着又补充："你就说我是你家亲戚，临时来帮你一下。""可……那好吧，一切听你的。"笑长春快快地回答。

"唉，真是有人听过无数的道理，却仍旧过不好这一生，你没救了！"笑长春回了一个尴尬的笑。

来到总经理办公室后，王媛又有些气馁起来，发现总经理办公室也并没有那么奢侈，房间里除了摆了一张中号的老板桌、沙发、花瓶外，最引人注目的是老板椅后面矗立着一面国旗，很有点那么红心向党的意思。

她心想，这老笑同志比起笑长春一掷千金米，这也算是一位朴实的老板了，不由得心中生出几分敬重来。

王媛像主人样幽幽巡视一圈后，心如身体一样沉重地坐下来，便让笑长春一个电话叫来财务部长。因为她觉得要了解一个企业的全部，只有看财务报表才可以知道个大概。

可是，问题又来了，王媛学的并不是财务，对财务知识的掌握仅在收钱付钱的基础上。好在她一路上已经想好，让财务部长汇报总可以吧，我有耳朵呀！无言胜过有声。

财务部长是位中年妇女，进门先是一愣，接着在偷偷仔细打量王媛。笑长春开始发挥了主人作用，介绍起王媛来，然后才把财务部长的视线拉了回来。

财务部长似乎早有准备地带来了财务状况的报告，她从企业目前的盈利到企业往年的收支、负债到截至当前的总收支等等，进行了比较简洁而有数据的汇报。

当王媛听到威克还有存款一亿多元时，没见到过这么多钱的她，心里着实惊讶了一下。心想难怪笑长春花钱如流水不当事，生活得一副妙不可言。觉得这家伙就是把企业关了也够他一辈子吃喝玩乐了。

听完财务部长的汇报后，王媛又让笑长春叫来了企业的销售部长。她曾听人说过，一个企业的生存发展，很多时候离不开销售部门这面旗帜。而这个部门通常也是企业老板最难把控的，因为很多企业销售部门的负责人会借着企业的名义在外面搞自己的自留地甚至挖企业的墙脚。为此，在销售部长没有到来时，就在设想这应该是一个怎样的人。

很快，销售部长就来到跟前，没有如她所想，来人并不像王媛想象中的大腹便便，油头光面。这是一个其貌不扬的中年男人，脸上有微微胡碴，皮肤黝黑，指尖也是微微的黑，能看得出来他长年抽烟。他的脊背很直，显得落落大方。

但眼睛中却时而流露出商人们共有的，不是一般的狡诈！

他说："销售形势的好坏将直接影响公司经济效益的高低。半年来，产品销售部坚持巩固老市场培育新市场，发展市场空间、挖掘潜在市场，利用我公司的品牌知名度带动产品销售，建成了以本地市场为主体，辐射全省乃至全国的销售网络格局。"

说到这，他吞咽了一下接着说："在外开拓市场的同时，对内狠抓生产管理、保证质量，以市场为导向，应对今年全球性金融危机的挑战，抢抓机遇，销售部全体人员团结拼搏，齐心协力完成了本年度的销售工作任务……"

当他还想要继续念下去时，王媛有些不客气地打断了他的话说："不要念总结，我们只想听听目前销售的回款。"销售部长的脸色顿时一沉，又如背书样说道："这个问题，笑总经理在的时候一直很重视，一直在催促中，你们也知道现在经济都不景气，欠款比较多。"

"有多少？"销售部长连忙答："大概有几千万元。"王媛一听，心里一惊又问："咱们年销售收入多少？""大概五千多万元吧。""这不行啊，简直就是收不抵支啊。"不过她是在心里说的。销售部长大概看出她的疑问和担心，便又措辞道："这是企业过去积累造成的。"意思这是老问题，不关他的事。

"你们以前的销售部长是谁？"王媛好奇地问。"就是我呀，一直是我。""好吧，我知道了。"因为她觉得再废话下去就是跟自己过不去。

"笑公子，你们家企业看似很有钱，其实并不多啊，按照销售收入，这企业是亏损在运营啊。"销售部长离开后她不无担心地说道。

"这个我也不知道。"笑长春有气无力地回答。"我知道你是当然不知道，但你应该从现在开始做一个知道的人，赶紧请一个财务审计部门的人来对企业进行一次全面的审计，这样才能摸清家底。"

说到这她故意停顿了一下说："你这销售部长不称职啊。"

"那怎么办？"笑长春一脸无奈道。王媛为此更有些恨铁不成钢道："请专门的财务人员来审计啊，然后你来当起掌门人，把你爸妈一辈子打拼的企业好好办下去！"

令她意外的是，笑长春连忙摆手道："这个我不行，这个我不行。"说完又补了一句："要不你来掌门吧。"王媛立即哭笑不得，并责怪道："你就这么相信我啊，就不怕我把你们家工厂给卖了。""你不会的，你不是那样的人，我相信你。"又一副举世无双的模样。

"你爸妈要是活着一定会后悔生你！"王媛又恨又同情道。笑长春则是尴尬中，漏风豁牙一笑。他根本不知道此时此刻他在她心中激起的最强烈、同时也是最意想不到的态度，竟然是怜悯。

"要不你来帮我掌管这企业吧，我真的做不来。""我是你什么人啊？"笑长春在用力咽了一口气，很虔诚地试探说："……要……要不我们一起吧，所有的一切都好办了。"

"嗯，这倒是个好办法！"王媛看到他一喜时，又嫌弃道："那是不可能的！"不过王媛在说出"那是不可能的"中明显脸上带着丝丝窃喜，不过那笑长春是看不出来的。心想，在这个人人求财，不择手段谋财的当下，这送上门的巨大财富不要不是太辜负老天的垂青了？

想到这儿她心里立即涌起一波窃喜，不过，随即她只觉得这现实就像放了葱姜大蒜花椒大料以及王守义十三香的小龙虾一样，美味得不太真实——真的那是不可能的！

大概笑长春窥探出她的细微表情变化吧，便又用恳切的语气说："我真的什么也不懂，只有你来这企业才有希望，还是你来帮我管吧。"

都说人心换人心，换不来就死心！可他无法死心。对此，王媛闭上眼飞快地思考一下说："先不管这个，明天你就到会计师事务所，赶紧联系财务人员来审计。""我不认识他们啊。"笑长春很无助地说。

"你就不能打电话问啊，上网找……查啊！"

"好吧。"他像个失魂落魄的孩子样答。王媛顿时又很是可怜起他来。

也就从这一刻起，她本着来了就来的态度，做出一个激动的决定。

二

一旦看见，就无法不在意。

我远远地看着她。她在微笑着，不过她的笑容显得有些不自然，是那种矜持的不自然。同时，我还看得出来，她有几分焦虑，还有几分得意。面对眼前不远的他们，我的心被刺痛了，我的天堂失火，拿不定主意是装作视而不见前去打声招呼，还是按照之前的计划，静观其变。

而窥视的代价使我的思绪在脑海表面浮动，就像倒映在平静湖面上的片片白云，看得见摸不着。于是痛苦开始袭击我的自尊、我的自信，于是我的世界坍塌了，由此我的灵魂就凝在那个百转千回的时刻。

那天本是星期六，难得的休息，原来很想睡一个懒觉的，可是就在王媛拎起包跟我说再见时，我突然发现她手中的包光鲜饱满，尤其在她转身一刹那，看到一个非常熟悉的 Logo，顿觉心头一惊并在心里说："乖乖，她这包价格应该不菲呀。"

顿时所有的睡意全无。联想到前面阿华和左誉立的提醒，再联想到她不再是那么热情洋溢和隔三岔五地不来陪我，于是我以一分五十钞的比赛速度穿好衣服，跟踪上去。

王媛像许多出门的男人女人一样，一走出门后，便从包里拿出手机边走边看起来，仿佛那一夜没看手机就像丢了魂一样。不过，从背影上看不出她的悲喜，但从她一直两手并用的动作来看，好似在发着信息。

于是我悲哀地想，她一定是外面有人了，那么急切地发着信息，这是多么渴望着急上墙的程度了！为此我在心里说：不然哪有这么忙，一晚上没有联系一定憋坏了吧。"对，肯定是一晚上没有联系憋坏了。"

我又庆幸今天跟踪及时，决定来个现场直播。

在我窥探的迷蒙中，那男人已经殷勤地为她打开车门。不过，在上车前王媛像有些犹豫的样子并犹豫一秒钟后，毅然而然钻进了车里。那样子给我传递的信号是：我到底要不要上去，或说会不会上当的感觉。

面对她的这一举动，更使我坚定地认为，他们一定是才交往不久的恋人或偷情不久。这当然是基于我的书本知识判断，因为从进入我的视线开始，他们不像电影电视中的情人，不是很默契地拥抱、接吻，更没有像我不喜欢的基蒂见到情人汤森时的那般兴奋。

"要不要去打散他们？"我一遍遍地问着自己，一次次做着思想斗争。最终，我跟自己说："不，让暴风雨来得更猛烈一些吧，让我看一看究竟。"

不过，这个场面让我的心像突然被狼撕了一口似的，鲜血淋淋。我很痛苦、很受打击地"捂着伤口"叫了一辆计程车尾随到他们的车后。这一场景，我想对于任何一个男人来说，肯定是丢死人的事。我想此时我的样子一定像个傻瓜，像个贼，他们才是光明正大的人。

他们像知道有人在跟踪，车在不断加速，好几次都快要甩掉我的跟踪，老练的计程车司机大概明白我的用意，也使出了全力"咬"住他们的车影并在几个急速转变中，我又看到前面的车，接着，清清楚楚看到进入一家工厂。

"是跟踪情人还是……还是跟踪欠债的？"司机在我要求停车时突然发问。反应灵敏的我在颓败中力挽狂澜撒谎道："一个欠我债的家伙！"司机顺势认真打量了我一下，问："那咱们开进去，帮你抓住他吧？"

我连连摆手道："这倒不用了，我一个人足够了。"司机仿佛学过读心术样看出我的某种端倪，便试探着说："现在的女人就是见钱眼开，什么世道啊。"

他的话，瞬间令我几乎要崩溃了，不过，我依然给自己解围道："不是女人，就是来追债的。"令我意外的是，司机好像成心要与我对抗一样，问："你知道这家工厂的老板有多少钱？"我犹豫了一下，不以为然地说："一个小工厂的老板还能有多少钱。"

司机是用那种笑我傻的眼神，接着摇摇头说："兄弟，这老板可是本市，不！中国也为数不多的大老板，别看他这厂的规模不大，这是中国最值得信赖的车用化工企业，公司不仅专注于车用化工产品的研发和推广，还致力于开发未来新的清洁能源……"

　　"啊！不会吧，这么厉害。你怎么知道？"我惊讶道。"知道刚才前面那车叫什么吗？"他怕我无知地补充道："那可是绝版凯迪拉克！"说到这，他又彻底否定我之前的谎言说："这么大的老板会差钱？兄弟你蒙谁呢，是不是情人被人家橇跑了？"

　　立刻，我的世界坍塌了。只好乖乖地投降并简要地告诉他一些事情后，问："这家企业老板多大年纪？""怎么着也有六十多了吧。"司机像很知情地回答我。"不会吧，明明看到的是一年轻的男人啊。"我却没法说出口。

　　"司机肯定是在忽悠我。"大概司机又看出我的疑问，便有点兔死狐悲地安慰道："老弟呀，这女人和鸟儿一样，拣高枝拣良木而栖，是你的鸭子总是你的，不是你的就是煮成鸭血粉丝汤，也能飞走，算了吧，放手吧。"

　　心如刀绞。

　　也不知道沉默多久，我在痛苦中回过神来说："你走吧，我想在这里转转。"看到我一副霜打瓜秧的样子，司机又好言相劝道："不是我劝你啊，这种事吧不要枉费力气了，我见到这样的事太多了。"

　　我又如遇到救星样，试探加否定地问："不会吧，你都见到过什么人？"为此司机很得意地说："见过你这样的人多得去了，你这种做法太小儿科了，人家聘请私家侦探，007电影中的装备都用上了……"

　　说完他又补充道："老弟不是我劝你啊，就算你抓住现场也没有用啊，无非打她一顿出口气，搞不好还被人家打一顿……前天就遇到一男人被老婆的情人打得鼻青脸肿，不值得呀！"

　　良言很苦，我无力地挥了挥手，司机却并不想离开，反而不知趣地拉着我边聊边走说："是不是女朋友跟别人跑了？"于是我在心死如灯灭的难过中"嗯"了一下。他便更得意地说："你一上车我就看出来了。""不会吧？"于是司机说他这种职业就像便衣警察，每天都可以见各种各样的人，各种怀着不同心事的人。比如，什么职业的人，一上车他就能看出个大概来。

　　"那你看看我什么职业？"我不太相信。司机在得意一笑中说："你是那种特殊职业的人。"我心一惊又问："何以见得？""因为你眼神流露出

机警，像特种兵……"

像找到了知音，我便和司机用心聊了起来。从八卦到现实，从现实到未来，最终又绕到我的悲哀上来。尽管司机一路劝说了我许多关于婚姻是两相情愿的大道理。但下车后我并没有回去，而是不死心地徘徊在王媛中介公司的不远处。

我的心情纷纷跌入红尘中，很有点虽阅人无数，却又被无数人抛弃的味道。

"她不会背叛我的！可是怎么又跟一陌生男人在一起了？"我在心里肯定又否定着。尤其一想到她上车的情景，我的心跳就加速运转起来。"难道她遇到要挟了吗？不对呀，这大白天的？"

想着想着，我既害怕见到她，又迫切想早点见到她，是因为不敢面对残酷的现实吗？假如真如计程车司机所言，她真的变心了，我知道了又能怎样？

我一遍又一遍这样想着，却无法抚平心头的焦虑和愤慨。为此，我在心里默念了一遍又一遍要对她说的话。最终自己颓败——大吵大闹又有什么用呢？

若她不爱我，背叛这种事是没有办法解决的，唯一能够解决的就是最终分开。记得曾经对她表白过，我希望她过得比我好，或者找个比我更优秀的人，可是一旦面对背叛，面对比我更有实力的人，还是不能接受。

可我一直觉得我们是真心相爱的。因为我从她真爱状态中的眼神感到自己像是在一朵云中，或一汪水里，或一瓣花上，有着无限的生长的春光啊。思绪到这里，我立刻就回到那梦境中，就如同独自在春月下踏着落花。

在徘徊和焦急等待之中，我还是忍不住给王媛发了一条信息，问她今晚要不要回来一起吃饭。

时间分分钟过去，随着时间的拉长我开始焦躁不安起来。"一定是背叛我了，一定是背叛我了。"这是从未有过的漫长时间，仿佛一夜万年。

笑长春在王媛的陪伴下召开了威克全体高管的第一次会议。也许因为有了王媛的助阵，也许是车到山前必有路，也许是一夜长大了吧。笑长春没有王媛之前设想的那么百无一用的花花公子样子。

会议开始后，首先他倒是很在行地、声泪俱下地真诚感谢各位长辈、领导们多年来一直为威克的付出，并站起来做了深深的感谢。尽管这些人中有的比他年轻许多。

接着，笑长春就像歌曲唱的那样，擦干眼泪说出了他对威克发展的下一步设想。虽然他讲的全是小学课本上的励志的废话、空话，但也是很应景的实话，毕竟他的父亲刚刚离世，如果真讲一些具体的人事安排或转变生产方式，高层们会强烈反对动了他们的奶酪，再说他空白的头脑里也讲不出勃勃生机来。

对此，王媛对这位花花公子有了新的认识，并不是纨绔子弟，还有一救。这时她才认识到，每个人的性格中，都有某些无法让人接受的部分，再美好的人也一样。所以不要苛求别人，也不要埋怨自己。

看着王媛温暖鼓励的眼神，笑长春最后用豁亮的嗓音说："我准备对公司财务做一次全面的审计，摸清家底再创未来。"为此，当他说出这句话时，王媛发现高层们有点人人自危地将眼睛瞪大了一些。这些她相信笑长春是不会看出来的。

不过当笑长春解释说这是为了摸清家底，进一步增加员工福利时，高层们又露了喜悦的惊讶。人为财死，鸟为食亡的本性在王媛意识中得到重新诠释。

夜幕已经降临，我的心情也越来越暗。

当王媛从年轻男人的车上走下来时，我的心陡然战抖起来。于是我努力屏住呼吸看着她，眼睛瞪得丧心病狂，生怕看到不应该看到的结果，狂乱的思绪已经淹没了我的意识，就像毒药流淌在我的血管内。此时灵魂就像一只振翅而飞的鸟，翅膀因为充满了仇恨而沉重不堪。

年轻男人似乎在跟她说着什么，王媛则神似很不耐烦。

"应该是被那男人缠上了吧！"我在心里说。随即我又否定道："也不会呀，都一天在一起了，不想被缠住总有机会逃脱吧。"此时此刻，我心里七上八下，不知道做怎样的决定。

"她这是要老大嫁作商人妇了，还隔江犹唱后庭花？"终于，我的尊严、我的愤怒让我下定决心与那年轻男人较量一下，无论胜败，我觉得我不做，就不是一个男人。

然而，就在我下定决心与他较量时，那年轻男人一挥手走进他的车里，又在一瞬间就消失在滚滚车流之中。

剩下的画面就是王媛独自一人走进中介公司。

"进去？还是返回？"我在心里做着有生以来最为激烈的思想斗争。虽然我知道一切是自由的，尤其是男女在没有完成法律约束前，自由也必须在不背弃盟约的前提下进行。任何高尚纯真的借口，都不足以支持背盟——那是要流氓。

"你怎么来了？"王媛非常惊讶。我一脸诡异的神情回答："怕你夜黑风高走多了遇到坏人。"王媛粲然一笑，双唇间闪出一排精致的皓齿，说："我是谁，我才不怕鬼呢！"说着依然甜蜜幸福如往常挽起我的胳膊。

不过，当她挽起我胳膊的时候我下意识地来了个避让的嫌弃，她则如发现端倪样，瞥了我一眼，就把我知道的一切都以无声来淹没。

我凝视她，但没找到一点想要的东西。

三

一生二，二生三，三生万物。

街上的路灯徐徐流过两人的脸庞。此时无言胜有言。我们彼此躲避着，又凝视着，我能感觉到我们的心里在轻轻地哀叹着什么。我们都极力想说点什么，可是我们又好像很怕交谈，仿佛都在说："没什么呢。"

"今天生意不错吧？"我不知道怎么发出这样的问话。心有一片海，无法起波澜。

"嗯，最近还好。"随着回答，她用小指勾住我的手，一股久违的暖流又涌入心间。

"是不是又接到一个特别大特别肥的大单？"我问的语调欲罢不能得连自己都觉得那么夸张。

王媛斜视了我一眼，说："你怎么今天说话的语气怪怪的？"说着她又用生无可恋的眼神看了我一眼说："哪有，柳青帮我拿的两套房还没有卖出去。"

"你什么时候又找柳青了？"正合我意，我故意装作一惊问，"我怎么不知道。"王媛止住步抬起头，看着我说："这么点小事都需要告诉你吗？"

"什么不是小事？沐浴焚香是大事还是小事？"我竭力压住心中愤怒，不过，尽量用风轻云淡的口气，因为我舍不得分！王媛并不说话，而是一个转体，背靠着我，软软地依偎在我的胳膊上。

这对我来说，简直就是一种折磨甚至是惩罚。心里是那么的厌恶，却没有半分挣扎的力量。我知道，我放下个性，放下原则，放下自由，只是因为放不下一个人。

"有些事还是不知道的好，只要知道我是你的就够了。"说完她又转向，双臂含情，环绕在我的脖子上。看着她娇艳欲滴的双唇，我像检查食物是否新鲜样吻了上去。那不是吻，而是心里的愤怒。

"亲爱的，有你在真好！"完毕后，她在微笑中感叹道。她的笑，依然干净又明润，像是一朵闲逸的云。

"嗯。"我呢喃了一句，胡诌道："你的心好大，大得我都快被淹死了。"

她回答："你的文笔好烂！不过你不用担心。你知道我会永远跟你在一起，不离不弃一万年。"

"呵呵，是吗？"我说着又脱口而出质问："一万年太久，我们还能在一起吗？""为什么不能在一起？"王媛立即把眼睛睁得大大的并把我的脖子搂得更紧了，像盛开的蜡梅一样，不管风雪是否到来也旖旎。

我无赖地挣扎着摇摇头。

"我很爱你！很爱很爱！"她的声音很轻，但却是异常坚定执着。"我知道你这个人靠得住，但我只允许自己做一只有眼睛的动物。"我激将道，并依然在寻找着她未变的蛛丝马迹，结果很失望。

"你好像没有太多的信心？"

"不！我的信心一直是你给的。"

"我给的？""是的！"她把我搂得更紧。这时我想，王媛到底是一个什么样的人呢？她自己表达了自己没有太多的信心，却又把信心寄托在我的身上。百思不得其解中，我说："爱的信心是彼此真诚地面对，没有欺骗就没有伤害。"

"那善意的欺骗呢？"王媛说，"人有时候身不由己，言不及义，你懂得吗？"

"桃花一年开一次，铁树十年才开一次，而女孩一生可以开无数次。女人的世界我不懂！"我说着又旁敲侧击道："我只知道爱就像一只小船，在风雨到来时需要同舟共济。"

"王媛，快把我放开！"

"就不放！"那是一波一波的摇晃，有点让人怀想轻飔。我挣扎着，挣扎着。其实并没用力。

她仰起头笑了笑，那是一种充满幸福爱恋和胜利的笑。而我的眼睛充满了不舍甚至还有渴望。于是我配合地用双臂将她环起来，让她丰满的前胸顶住我的胸膛，就在这一瞬间，她的热度就立即支撑我即将倒塌的世界。

"我会让你死在我的怀里，信不？"

"人类敬畏天堂和地狱，人间反而挤不进人心，今咱就试试。"

"为什么？"

"因为一个女人死在她深爱的男人的怀抱那是多么幸福。"我立即悄悄松开了原本渐渐收紧的臂膀。不过，曾有那么一刹那间，我真想让她在我的臂膀里新生，觉得我得不到别人也休想得到，但她的话让杀戮变成爱流奔涌。

舍不得放开，我的整个身体因为彼此的热吻变得激动。

"你今天好像心事重重？"

"没有啊？"

"我感觉到了！"

"是你心虚了吧。"

"我有什么心虚，一直未变。"

"没变的是你的身体吧？"

"你什么意思？"

"因为你的身体需要我的救赎。"

王媛为此很不高兴地挣脱了我，质问："如果哪儿做得不好你可以直接告诉我，我不希望猜疑变成我们爱的纷争。"说完她停顿了一下又说："找柳青，利用她买便宜房产我是不地道，但我想这并不伤害到什么，你干吗一直耿耿于怀，千错万错也是为了我们美好的未来。"

在哑然中，我机灵地编了一个故事，当然是为了试探她。希望在绝望中找到希望。

"曾经，有个男孩与一女孩相恋了，他们很爱很爱。可是有一天，男孩发现他深爱的女孩背叛了他，爱上一个非常有钱的老板。男孩为此非常痛苦，非常舍不得，他不知道怎么办，于是选择了自杀。"

"这男孩也太没出息了吧！"王媛说，"他干吗不告诉那女孩他很爱她？"

"告诉她会有用吗？"我试探道并紧盯着王媛的眼睛。王媛并不回避我眼睛说："如果不试怎么会知道呢？"

"大概男孩觉得强扭的瓜不甜吧。"我有些气馁地说。

"输赢绝对不是在失败之后决定的，因为真正的胜利者，是在失败之后依然能够抬头挺胸站起来的人啊，经历过年少气盛，挥刀浴血，也经历过同胞四散，契阔天涯，人是走过一场场必败的战争之后成长起来的。"

"你的意思那男孩即使说出来不成功也不怕，更不要因此而选择自杀。"

"是的！"王媛说，"如果爱了，是自己心甘情愿地爱了，就会一朝牵手，相守白头。"

"永恒这个词，除非做到，我从不会说。明星们也都这么说的啊！可是有一天他们又说'终于找到了真爱'……"

"一对男女，遇到真爱与真情是两码事，真正生活到一起，过了段日子，才能知道真爱来源于真情。这跟你跟一个异性，在酒会上饭局上宴会间把酒言欢是一回事，一起浪漫地逛街吃饭旅行又是一回事。"

"对了，你为什么不带我去见你的爸妈？"面对我的突然提问，王媛似乎有些不知所措，不过随即她灵光一闪答道："这个愿望应该会很快实现的。"

"我很丑我很差令你带不回去吗？"

面对我的死磕，王媛长长地叹了一口气说："好吧，你要知道的全部今天就告诉你。"

她说她妈在她身上倾注了自己全部的热情，而热情下隐藏着残酷的心机，这是她拿手的。她的目标不是为女儿安排一桩好婚姻，而是一桩闪耀的婚姻。

"嫌弃我穷是吧？"王媛似乎并不讳言，而是带着伤感加忧郁地回答："这是一个不争的事实吧。"

贫穷，这两个字对我来说是不争的事实，但经王媛这样说出来，心里还是有些隐隐作痛。我明白了，她妈算计了一辈子，也密谋了一辈子，追求的是我不能给她女儿的富有，我也能够理解，但我却不能理解我为什么贫穷。

"那你干吗还要跟我在一起？"

"因为我选择爱情！但我也不想伤害母亲。"

"可是你已经伤害了她啊。"

"所以我在拼命地赚钱！"王媛说着，又像一块石头落地样自信道："我会兼顾得很好的。"

"假如有位非常有钱的老板追求你，你也不会改变你的爱吗？"

"不会。"王媛肯定地说，"就是再有钱再富裕，我也要找那个毕生能够与我相爱的那个人。"

一言胜万语。我感动得险些掉下了眼泪。如此拜金的当下，还有人坚守纯洁的爱情，令人感动。然后在用力张开双臂中，将她一下子揽在怀里，不过有点像是掩饰住倒塌前的崩溃。

"别激动啊！"王媛又没有信心地说，"也许有一天我也会离你而去。"就在我过山车一样崩溃中，她又补了一句："那一定是因为你伤害了我。"

"怎么听起来有点痴情的脚步追不上你变心的翅膀呢？""你不用加速前进的脚步，只要留一只手在我身后我会抓着那只手的。"

满天的星空下，幕天席地，我一遍遍亲吻着她的身体，如同海风一遍遍卷起海潮，令她发出深邃的呻吟。

第十七章　爱如初见

一

柳青那天泪流满面地突然闯入我的宿舍时，我惊讶中立即猜想出一定是阿华背叛了她，否则一个女人不会呈现出那种绝望的眼神。不过这件事是发生在几个月之后。

"怎么啦柳……柳青？怎么这个时候来了。"我却结巴得差点忘记她的名字。"他……他……在外面结婚生孩子……"柳青结结巴巴说着并绝望地哭泣着。

果然如我所料。虽然我早有心理准备，阿华一定会像所有驸马爷一样，会借着他们的高枝攀到另一个高度，然后休妻再找一美女。但没想到的是，万万没想到阿华在七年之痒还没到来时就"痒"了。

"不会吧，不会吧，柳青你是不是搞错了？"我还是帮着阿华否定着。尽管我觉得这样很不诚实，在欺骗她。柳青却是哭得更伤心地说："我哪能骗人，是我亲眼所见。"她又说："这人也太过分了，不要我们母子俩也就算了，干吗非要做出这么对不起我们的事来！"

"你肯定看错了吧，柳青。"我试图帮阿华力挽狂澜。但不是真心的。

"他经常不回家，我一直怀疑他外面有人了，没想到……没想到连结婚、生子都做了。"

"不可能吧！"阿华不是这样的人。我的口气明显开始无力起来，但我只能这样说，因为不知道阿华到底在移情别恋的道路上走了有多远。

"我怎么会骗你！"柳青说着，很激动很愤怒地一指我的电脑，说："你打开电脑我来告诉你。"

"电脑？"

"嗯，电脑。"莫名其妙，我突然觉得她是不是得了抑郁症或神经病。心里陡然为阿华担心起来。这是认真的担心，兄弟般的那种义气担当的担心。

"你打开 PUA 软件。"随着她的话一出口，我便失望地一下明白了一切并发出了一长串令人诧异的大笑。

"游戏而已！"我有些气馁地责怪道，"干吗那么认真啊，柳青。""他在里面娶妻、生子。"柳青犹豫了一下又很生气地说："他还嫖娼，打着卖笑不卖身的旗号也太可恶了吧？"

于是我很难为情地哈哈一笑说："柳青，别当真，这虚拟的世界你也当真啊。"我却觉得——怎么说呢——他像在演戏，只不过当了一回临时演员罢了。

而柳青并不这么认为，像是将阿华一下子捉奸在床，依然愤怒得喋喋不休。对此，我说："你无须久久不能释怀，虚拟的世界正常人不懂。"柳青听着更加伤心欲绝。

看来受伤不轻，需要时间来疗伤。

关于"PUA"软件，是那天仨兄弟聚会后，阿华在我电脑上玩了一晚上留下的"罪证"，然后在我用电脑时才发现那么一个东西。

大概出于好奇，我也试着玩了一下。没想到那里的世界太精彩。里面有枪战、飙车、抢劫、嫖娼，可以说无恶不作。也就是说现实世界中不能做的事，这里全部可以实现。比如泡妞。

兄弟喜欢的东西总是充斥着吸引兄弟的好奇，在"奸淫掳掠"了一晚上之后，我居然突然有一种精神上的恍惚感同时也有一种畅快的真实感。那种感觉是非常奇妙的，也是无法用语言来形容的。是跟王媛在一起不一样的感觉。

现实生活中，人们在法律、道德的约束下，这种虚拟的快感是无法找到的。而在这里，没有了人与人的约束、监督，没有法律的管束，内心一些肮脏的欲望在这里得到最极致的放纵。

但在虚拟世界里，人们不用再披着道德的外衣，极力克制着自己。因此"PUA"一下子赢得了男人们的欢心。而我和阿华不一样，我想做的就是仅仅开着自己的豪车，对着站街女按按喇叭，吹吹口哨，然后带上一个漂亮的站街女，到野外简单地放松一下，然后一枪把她崩了，接着拿回自己的嫖资，然后再接下一位站街女……

虽然这样做我也觉得有点不道德，是另一种犯罪，但在欲罢不能中，依然会去干抢银行的勾当。而那种亵渎生命的过程，还是非常惊险刺激的，以至如果不是在王媛的阻止下，也许我也不能自拔的。

这得感谢王媛，那天我激动地与站街女谈钱后，正准备开始交易时，王媛突然闯进我的宿舍。此时此刻我正在欲罢不能中，迷离的恍惚中，手忙脚乱，来不及关上电脑，就被她当场抓了个现形。

聪明的王媛一目了然，接着她怒吼一声问："这种东西好玩吗？"拧着我的耳朵问。我嬉笑着，无耻地答："好像很是刺激，你要不要来玩玩。""啪！"一个巴掌重重打在我的脸上说："真的不比假的好玩？不要脸。"

最后，王媛又用不可救药，抽丝剥茧不带一点火气地警告我："你再这样，都分不开虚拟与现实了！"

"游戏而已！"我攒着一张无耻的笑盈盈的脸又责怪道："干吗那么认真，对吧！"王媛并没有生气，而是用大数据分析，大讲革命道理："你这样下去就会从虚拟的世界来到人间，然后……你就会成为现实版的那演员谁谁谁……"

见她并不是真生气，我继续不要脸地嘿嘿一笑道："这不是也想好奇一下嘛！谁叫开发商和我一样无聊呢？"

"好奇个屁！"王媛又恨恨地说，"你个臭不要脸的，娶了一漂亮媳妇还要拈花惹草，你们就一路货。"骂完她不解气地发出通牒："你如果色心不改，明天就让你戴绿帽子，不信你就试试。"口气异常坚定。

一听戴绿帽子，男人都会反感，我的心里就开始叫苦不迭，因为这是我最忌讳且不可容忍的事。虽然我知道现在二十一世纪了，贞洁并不再那么重要，但要是真搁在我头上那是不行的，别人戴绿帽子我可以帮助。

自那以后，我又从虚拟的世界回到了平淡的人间。

"你怎么发现阿华在玩'PUA'？"我说着又不相信地问："'PUA'是有账号密码的呀。"柳青轻蔑了我一眼说："你忘记了我是网络工程师啊。"

"算了吧，毕竟是虚拟的世界，不要太当真了。"我假假地劝说道，仿佛阿华令我很失望，他应该来真的我才心安。那样我才心理平衡。

"我不能允许他迷失自我吧？哪个挨千刀的设计这么个软件，真是该天打雷劈。""不要当真，不要当真。"我又说："改天我劝劝他，你赶快回家吧，不然阿华会着急的。"谁知这时柳青却又抹起了泪水，说她妈在退休前好不容易给他托关系弄到一行长的位子，居然不务正业玩起了虚拟世界。

我一听阿华都当上行长了，心里有些惊讶，不过，更多的是妒忌。于是我自己都不相信地说："阿华找到你真的幸福。"说着我指指身上我一直自豪的制服。

"哼，这人太没良心了，早知道我妈怎么也不会让他脱下制服，还是你们这里纪律严，管得好，你看你们多正气。"她的嘴角微微一挑说。

对此，我猛吸一口气，强迫自己与她对视表示自己很正直。可心想，这男人吧，都一路货色，只不过有的人没胆量去变化，还有的人没能力去变化，还有的人没有金钱去变化，你看那些贪官并不是一开始就变化的，而是当他们有权有钱时才变化的。

"回去吧，柳青。"我无地自容地想把她早点支走。谁知柳青像是一肚子苦水想往外倒没倒完。因此她很委屈地说："何嘉，你看我容易吗？从跟他谈恋爱开始就一直付出……我纡尊降贵地看上他，他不感恩戴德也就算了，还劈腿就太不厚道了吧。"

林林总总，历史的，现实的，她把之前我知道的和不知道的又重复了一遍。说到动情之处，满眼都是心碎的悲伤。我的心开始融化了。

"都不容易，都不容易。"我只好附和地感叹。没想到柳青更加哽咽道："你知道吗，我跟他好久没……"我很明白她的话意。便又安慰道："他会迷途知返的，他会迷途知返的，你……可以改变一下自己。"其实我想说你可能要好好收拾一下自己，不然男人看到一个邋遢女人是没有兴趣跟你做那事啊。

谁知，她像没听明白我的意思，却又站在"有权力惩罚的立场上"说："反正这样的事我不能容忍！哪怕是游戏！"

这是一桩从一开始祝福，却最终不被看好的爱情。于是我开始用举例来开导她。

我说你还不知道吧，现在很多白领都不愿意结婚，但他们更愿意在云端、在虚拟世界结婚生子，还乐此不疲……并胡诌说这是因为人们生活压力增大，不愿意当房奴，不愿意分担家务负担，不愿意生孩子，麻烦一大堆……

说到最后，发现柳青有点张目结舌。不过，那样子是从渐修到顿悟，再从顿悟到圆满，终于，我知道效果达到了。

"真的是这样吗？"柳青说，"他在我们家没有任何压力啊，不信你问问有些人。"说完我又补充道："算了，你就问了他们也不会跟你说实话。"

还别说，柳青结婚后的变化真的挺大的，早几年前的形象全无，本来就方正的脸，还剪了一头短发，就显得她的脸像雕塑一样僵硬无比。再配上渔网样、渐渐伸展的皱纹，实在有点令人扫兴。

其实我也理解在虚拟世界的阿华的。但在那天送走柳青后，我还是跟阿华通了一个长长的电话。接到我的电话时，阿华像是很忙，很不耐烦说有事你别烦。为此我没有好气地说："你在忙着结婚生孩子吧。"

"你小子怎么知道？"口气中有惊讶。

"我知道的还多了去了！"说完我又假装站在道德的至高点上说："你小子当行长了好歹也是有头面的人，再怎么也不能败坏形象啊。"阿华于是回道："看来你是知道的不少。下次我带你玩一款新游戏，真心不错。"

"是'PUA'吧？"我说，"我现在百毒不侵！"

"对！是'PUA'，这东西比现实生活好玩多了，赶紧弃暗投明吧……"一副津津乐道加厚颜无耻。

"回归现实吧。"我又好言劝道，"你这样怎么对得起柳青，再说你这当行长的身边那么多美女，干吗不回归现实啊。"阿华好像愣了一下，然后警告道："别结婚啊，虚拟比现实好玩。"为此我真的有点鄙视他道："你小子站着说话不怕腰痛，结婚、生子，升官发财，是成心不让兄弟过上好日子啊。"

"反正我的烦恼比你多，听我的啊。"说着就放下电话。我很生气，心想，你要不是有俩蛋子坠着，还不得上天。

为此，我想起一篇鸡汤来——

烦恼的根源都在自己

生气，是因为你不够大度；

郁闷，是因为你不够豁达；

焦虑，是因为你不够从容；

悲伤，是因为你不够坚强；

惆怅，是因为你不够阳光；

嫉妒，是因为你不够优秀。

凡此种种烦恼的根源都在自己这里。

后来的后来，因为工作的调动，朋友真的走着走着就散了，自然而然便与阿华失了联系，不过我还是希望阿华在云端过得幸福满意。毕竟每个人都有烦恼无处诉说，而在那儿可以自由发泄，谁叫他是我的好兄弟呢，毕竟一起扛过枪啊。

二

自从上次那番对话后，王媛虽然有点"的确初犯"而且是"未遂"的端倪，可我心里还是很郁闷，可奇怪的是，当我一伤感地闭上眼睛时，仿佛又看到了明媚。

我们的爱，继续依如初见。

女人一温柔，身上的魅力就四射，丑女也是如此，何况是天生丽质的王媛呢。那天晚上，我们聊了很久。从结婚聊到孩子，然后再聊到未来我们有钱了去爱琴海。她说："无论等多么久，你都要在爱琴海向我求婚，否则我跟你没完……"

"为什么非要到爱琴海呀？"我抚摸着她的秀发问。王媛在我怀里如蛇一样，蠕动着回答："因为我要让最纯粹的大海来见证我们纯粹的爱情。"

"那要是我们没有那么多钱去呢？"她立即又有些黯然神伤地说："只要我们一起努力，就一定能够实现。"于是我在感动中，深深地吻了下去，两张笑脸霎时快乐地缩成一团。

"亲爱的，知道吗？在这个世界上没有什么事比跟你在一起更让我愿意了。"我立即回应："我深深爱着你。"

面对我的诚恳，王媛就像一条飞鱼跃到我的胸脯上，是那种欢快的跃起，我无法形容那是一种怎样的欢腾和激烈……虽然我知道她的天性是喜欢让别人高兴，脸上总是带着那种迷人的笑。不过她那双漂亮的眼睛，是从不安分。

"够了没有？"我在长吻她一番后问。

"不够，还要！"

"哪要？"

"就是……心里……吧。"

"不给！"

"我知道你很棒。"

她那笑容是香的，就像一石激起千层浪……见我行动迅速她阻止道："我们不纠缠肉身，只扭曲灵魂吧。"说完她把我吸得好深好深，仿佛不到底都不行。

年轻的爱，总是没完没了。

自此我们日子过得简单美好，天空一般了无褶皱，流云样长生不老。谁知不久，我突然接到一项绝密任务，需要外出很久。当王媛听到我要外出的消息后，表情上立即呈现出一种依依不舍，生不可恋。

忽然而至的道别，猝不及防的变数。"我不要分开！"说着她又加重语气说："永远不要分开！"

"分别是为了更好的相守。"我轻轻拍拍她的后背说。王媛深情地看了我一眼，泪水一下涌出她的眼眶。顿时，我的心里突然被某种情绪一下子撑满了。她再次冲进我的怀里，使劲地吻我的唇。我说："虽然晚上不可以花前月下，白天可以视频电话呀！"

她意欲未尽说："不！我还是要……现实的你。"

都说恋人短暂别离却是妖娆，想她三百六十五夜总算过去。

执行任务归来，我想给王媛一个出其不意的惊喜，阿拉伯国家各式各样的食品、纪念品，美丽的鲜花及诉不尽的情话，想一股脑地给她。然而当我带着无比激动与喜悦来到她的中介公司时，员工告诉我，她已经好多天没有来上班了。

顿时，一种不祥的预感袭上心头眉梢。这是我做梦也没想到的结果，我的直觉让我决定去那工厂寻找她。

五彩的夕阳笼罩在我的头上，像有人在黑夜深处燃起的礼花，火光扎在夜空的帷幕上，也扎在我丝绒一般的心房里疼痛。

愤怒、绝望在见到他们的一瞬间直冲肺腑，没想到一来到那家工厂门口，就看到王媛跟那个男人有说有笑地走了出来。这无疑是晴天霹雳，痛苦立即贯穿了我紧张的神经。

等到王媛发现我时，她和我都不约而同地停止脚步，接着，她便张开一个八月烈日的笑，把我脸烤得发烫。我佯装淡定，却是飞速而去，那踢腿带起风都有几分杀气，又突然止住了脚步——立刻石化。

对视、凝望，再对视、凝望。我看到王媛嘴里喃喃地在说着什么并不顾一切冲了过来。然后抱着我转身的后腰自言自语："你回来了怎么不告诉我？你个大坏蛋！"

"滚开！"终于扯着嗓子炸了，震天般的怒吼。愤怒填满我并不宽广的内心，我想我的脸阴沉得可怕，心在流血。我从未想过以这样的方式见面，多少次在梦中，在回来的飞机上，我想我们应该是热烈的拥抱。

也从未想过一个人可承受如此大的痛苦。在绝望中我一遍又一遍地问自己到底造了什么孽，竟然会遭遇到这样的惩罚。我也不明白她为什么这么容易见异思迁和口是心非。

眼见为实，我觉得不是我的错，因为我已经使出了浑身解数——那么爱她，甚至百般地讨好她。我们在一起时相处得那么好。在一起的时候，我们总是有说不完的情话、爱恋。

我们不但是情侣，更是亲人了。王媛跟那个男人同框的画面再一次地进入我的视线时，我的心就碎了，我甚至听到了碎裂的声音。我告诉自己要恨她、鄙视她，不过一想到她即将与我分别，我破碎的心又揪成一团。从此唯命不绝，而情已绝。

在沉默几秒钟后，她辩白道："不是你看到的那样！"王媛说着用力抱着我喊道："你真是我碰到的最自我、最愚蠢的家伙。"我无力地摇摇头，我后退，再后退，左脚踩上右脚，说："眼见为实！"声音干涩而沙哑。那只身体里的野兽，似恶魔样邪恶恐怖地出没了。

但我却动弹不得！

"呃，亲爱的你听我说，你听我说，你看到的不是真的。"这声音曾经那么熟悉、喜欢，现在却是那么恶心。我本来就是满血，这种语调更加受到了重创。

"你脚踩天堂是地狱的倒影，我给你自由！"我不再愤怒了，而是怨怼。

"何先生，你听我解释。"那男人没有丝毫忌惮跑上前劝说道。我立即狠狠地瞪了他一眼。那男人不自然地笑了笑，那种笑在我看来是对我的耻笑，于是，火气立刻从脚底升起来，一路免签地蹿到了脑门，顺手就挥了他一拳，鲜血瞬间从他鼻腔汩汩流下。

"你疯了！"王媛吼道。我从她的眼睛中看出她被激怒了。"这第一巴掌打给无耻！"我接着说："这第二巴掌打给无赖！"不过我的手高高举起中，那男人却没有一点怯懦，而是说："我是该打，但应该是王媛来打，而不是你。"

我一愣，气又不打一处来，心想："真是个莫名其妙的世界，这狗男女还相互谦让起来。"在我愤怒的拳头即将挥过去的时候，王媛一个闪身，挡在了他前面。

对于他们这种将灵肉分离，分开消费的举动，我非常生气并硬生生地把手上的力量收了回来，吼道："赶紧滚！"简单粗暴，却没直击灵魂。

"何嘉！"王媛是用有气无力的声音喊出的。她说："要是一个女人无法做到让一个男人相信她，那是男人的错！""这得让我傻得什么样才能相信你的话呢？"我轻蔑道。

于是王媛哭了，是那种非常伤心痛苦的哭，并说让我别激动，给她一个机会，听她说——

曾经有个男人，他是爸妈的心头肉，在爸妈的世界里，他就是他们的一切，为了让孩子有一个好的未来，爸妈从打零工做起，然后自己开了一家小作坊。小作坊开工后，经济效益不错，为了扩大规模，他爸妈又四处筹措资金，然后小作坊变成大工厂，正当生意如火如荼时，世界金融危机来了，他们的厂一下子倒闭了。

　　为了躲避债主们的逼债，他的爸妈只好远离家乡，隐姓埋名外出打工。他跟着一起受尽了磨难。

　　可是突然有一天，他的爸爸在绝望中走进一家彩票店，就用他的出生年月买了一张彩票，没想到上天跟他们开了个天大的玩笑，爸爸中了大奖。于是爸爸还清债务，继续开小作坊，然后又变成大工厂。

　　为了不让孩子输在起跑线上，像所有天下父母希望孩子将来有所作为一样，爸妈把他送到国外读书，他便在国外从中学上到大学再读到研究生。

　　回到国内后，由于他早已经忘记了小时候的苦难，加之爸妈的宠爱，他便成为许多富二代的模式，吃喝玩乐，不务正业。正在这时，上天又给这个家庭开了一个玩笑，爸妈在一次外出车祸中，双双离世。于是偌大一个工厂无人管理，于是……

　　"于是你就自告奋勇帮他管理起来了是吧？"王媛没有回避地点点头。尽管她说的时候用的是那种天生具备插科打诨的风格，却是意趣迭出，讲得十分生动。

　　不过我眼睛更加冷漠，还带点嘲讽。

　　"坦诚不代表你的悖逆！"我又质问："他很爱你是吧？""是！"王媛说，"但我只爱你一个！"

　　"爱是你做得怎么样！"我说，"爱，不是说出来的！"为此，王媛苦笑了一下，她大声叫了我的名字。声音还是那么好听，柔声蜜意的，是往常那种很自然地就脱口而出，意义却悲惨得那么可怜。

　　"如果你不听我的解释，那么我们的爱情将死得比窦娥还冤。"王媛泪如江南的雨丝，惆怅而缱绻。

　　眼见为实，我本能地攥紧了拳头。王媛似乎看出我压抑已经到唇边的恼怒在叫喊。我在心里说："一个男人可以很爱很爱一个女人，但并不意味着可以原谅她的背叛。"

　　她的眼睛又闪电般看向我。这时我发现她彻底绝望了，大颗的泪珠顺着脸颊滚落下来。

她开始歇斯底里地哭。这是我见到王媛最伤心最痛苦的一次哭泣。

不过，她的哭泣给了我一点时间思考，我的大脑在一片空白中又写满了软弱的诗篇。没想到她居然比我还伤心难过。"难道我错怪她了？"

她的泪水，又一点点浸湿了我的心，像对我施了什么异域巫法，使我的心一点一点被蚕食。本来心底抑扬顿挫地咆哮着，表面上风平浪静，还不争气地伸出手，在擦拭着她的眼泪的时候，发现自己的泪水也流了出来，而且波涛汹涌。

王媛一下子怔住了。"我不是故意哭给你看，是我也心中有很多不舍，请你记住我的爱。"我说，"如果你没有新的感情，你还是我爱情的末班车好吧？"我抹着泪水说。

谁知，她却是绝望地看着我，脸色变得如死灰一般，这可把我吓坏了。为此我一紧张，伸出手，又把她紧紧抱在怀里。她那张漂亮的脸因为悲伤变得扭曲，可她依然不想掩盖自己的悲伤。

在那个无比宁静的夜晚，又闻到她身上散发出的那种深邃的花香味道，我几乎是不假思索地转过头，用我的嘴唇衔住她的唇，炽烈而润湿，亲切得爱如初见。

"我们还能真心相爱吗？"说这话时，我未必有心粉饰，却即使有半分虚伪，也是温柔几分。

王媛立即挣脱了我，面对面，泪眼婆娑地点点头说："若今生尚在，不如以爱。"

约定、承诺、许愿……相爱时这些带有仪式感的符号总让人感觉格外难忘与美好。

如此纯粹的相许，却是经历了何等的艰难险阻。我们彼此心知肚明，如果让爱情与相助的界限更分明一些多好。

相爱的人还是会相爱。

后　记

　　都说"世界上有一种最美丽的声音，那便是父亲、母亲的呼唤"。

　　父亲的爱，对于我来说始终是一种惭愧的砥砺前行，记不清从小就命运多舛的我在他肩头上、在他的竹篮中伴着他的踉跄而攀缘岁月的苦楚，更记不清他为一家人的操劳风雨兼程几许。而当他最需要我时，我却在千里之外，就这样在他再一次呼唤我的乳名中阴阳两隔。

　　父爱对于我来说是一次没有回望的旅行。当今天，父爱成为我们甜蜜与酸楚的轮回时，父爱如山的赞誉原来是如此沉重。

　　母爱对于我来说又如一场重复的辜负，落地无音，却是有痕。十八岁，参军到部队。母亲的牵挂就如她脸上的皱纹，这皱纹是一本无字的书，我却读出了酸楚滋味的同时，又读出了几多缠绵的惆怅。而——我们在那一个又一个花好月圆的日子里，却在为她的皱纹梳妆。

　　每次回家探亲时，母亲总是忙里忙外，似乎要把家里一切好东西掏尽，招待她远方归来的游子。那存了一两年的咸鸭蛋，那沾满了灰尘的腊肉，都一一端上桌来，而这些仿佛都能足以表达她的母爱漫延。还自言自语个不停："这孩子大老远回来也不提前打声招呼，让你妈多少有个准备……让你这个'公家人'笑话了。"

　　朴实的语言里，母爱逆流成河。

　　"爱"字里面有个心。无论是父爱如山或母爱如水，这样的爱谁都不能从容面对。但残酷的现实告诉我们害怕面对却依然又不得不面对。当他们老去的时候，赡养、陪伴和因寿长而幸福快乐的困惑——成为《冬至未至》的话题。

"老吾老以及人之老，幼吾幼以及人之幼。"不错，《冬至未至》讲述的是父爱如山，母爱如水的故事。这看起来是一个美好加感人肺腑的话题，却又是山一样沉重，水一样深沉。因为现实的残酷令许多人无以回报他们。而他们就如"冬至"这天许多人在吃饺子，在享受幸福团圆之时依然在"路"上——是在为儿女分担忧愁的路上。

《冬至未至》不谈风月，只道生活的现实。小说以讲故事的方式，把身边人、身边事说出来，提醒人们所有父母的凝望，所有父母的牵挂，从来、一直都不曾间断过。故事里的故事也许有些赤裸甚至有些残忍，但它都是具足实象的事实，回避即是漠视。

今天，我们活在一个格外重视表象的世界里，子女的成长，子女的成败，往往是一个被人关注并被许多父母认为得失的回报——即"面子"的重要组成部分。"面子"很多时候决定着"里子"。为此许多为人父母者在"面子"的道路上乐此不疲。

人们总是习惯于带着制式化的眼光去打量别人的生活，并通过一鳞半爪表象加以窥测推断——或好或坏。但是标签的归类方式虽然让对方认得并变得简单清晰迅速直接，却也难免简单粗暴以偏概全。

一个人的表象也好，一种爱的具体也罢，都不能反映一个人、一个社会的内里，往往容易一叶知秋，又很容易一叶障目。因此我想说《冬至未至》里的故事，不是这个社会的全部，但它却昭然若揭是现实。于是我把那首歌改编了一下——

小时候我以为你很美丽

领着一群小鸟飞来飞去

小时候我以为你很神气

说上一句话也惊天动地

长大后我就成了你

才知道那间老屋里

放飞的是希望

守巢的总是你

月亮之下，有你才有家。

定稿于 2017 年 3 月